新 潮 文 庫

傷

慶次郎縁側日記

北原亞以子著

新 潮 社 版

6641

目次

傷

慶次郎縁側日記

その夜の雪

苦髪楽爪《くがみらくづめ》とはよく言ったものだと、森口慶次郎《もりぐちけいじろう》は思った。苦労している時には髪がのび、楽をしている時には爪がのびるという意味だそうだが、娘の三千代が聞いたなら、「父上様のお髪《ぐし》はもう、苦労なさってものびません」と、可《か》愛《わい》い憎まれ口をきくだろう。

髪はのびなくとも、世の中は平穏無事がいい。無事だからこそ、陽当りのいい縁側で、背を丸くしていられる。

慶次郎は、あらためて懐紙にのせた足を見た。

十五の年齢《とし》に南町奉行所見習い同心《どうしん》となり、二十五で定町廻《じょうまちまわ》りとなって、双方の月日を合わせれば三十年、市中を歩きまわった足は、鼻緒のあとがかたくなっている。足の裏にも、黄色い色をしたたこのようなものができていて、近頃はそれが、ひびわれてくるようになった。

雨の日も風の日もよく歩いたものだと、慶次郎は我ながら感心して、深い息を吐いた。が、あと半月だと思った。慶次郎は、吟味《ぎんみ》方与力《かたよりき》の三男を聟《むこ》にして、半月後には臨時廻り同心となる。役目は定町廻りと同じだが、いわば後詰《ごづめ》で、定町廻りの相談役も兼ねる。下手人を追う先鋒《せんぽう》となる今よりも、多少は楽になるだろうし、神仏も三十年の苦労をねぎらってくれているのか、このところ、むごたらしい出来事もない。

その上、今までのように毎日顔を見られなくなるからと、道筋の自身番が好物のおはぎやきんつばを用意して待っていてくれるようになった。慶次郎についている手先の辰吉《たつきち》は、「めしより酒」のくちだが、月番に当っていた先月末に、おはぎを三つもたいらげた。ご祝儀《しゅうぎ》と思ったのだという。

まさに平穏無事であった。

慶次郎は、ゆっくりと爪を切りはじめた。

鋏《はさみ》には赤い糸が巻かれ、小さな鈴がついている。三千代がつけたものだった。小春日和《びより》の穏やかな陽射《ひざ》しの中に、鈴の音はよく響いた。

ふと、慶次郎は爪を切る手をとめて、耳をすました。勝手口の戸が開いたような気がしたのだった。

「三千代か」

返事はない。それに、三千代が帰ってくるには少し早かった。仕立上がりの着物にしみがあるのを見つけ、日本橋の呉服屋へ苦情を言いに行った三千代は、ついでにその周辺を歩いてくると言っていた。

が、ひっそりとではあるが、人の気配がする。

慶次郎は、鋏を置いて立ち上がった。

そのわずかな物音が、台所に伝わったのかもしれない。台所に入っていた者が、あわてて裏庭へ出て行こうとした。

腰高障子に触れた海老茶《えびちゃ》の袖《そで》が見えた。三千代が好んで着る色だった。慶次郎は、裸足《はだし》で娘のあとを追った。

三千代は、栗《くり》の木の下に立っていた。日頃の三千代からは考えられないほど髪は乱れ、衣服にも泥がついている。蒼白《そうはく》な顔には、血のにじむみみず腫《ば》れさえあった。

何が起こったのかは明らかだった。慶次郎は、黙って娘に近づいた。こんな時に強いて事情を尋ねれば、潔癖な三千代は舌を嚙《か》みかねなかった。

「外は寒いぞ」

と、慶次郎は言った。そのほかに言葉は思いつかなかった。

「ええ」

三千代は、かすれた声で言って俯《うつむ》いた。かすかに肩が震えている。泣いているにちがいなかった。

「俺の軀《からだ》は暖かい。今まで日向《ひなた》ぼっこをしていた」

慶次郎は、三千代を抱き寄せた。三千代の乱れた髪が風になぶられて、慶次郎の頰を撫《な》でた。

三千代。――

思わず慶次郎の腕に力がこめられて、三千代もこらえきれなくなったように慶次郎にすがりついた。

涙が慶次郎の胸を濡《ぬ》らし、その雫《しずく》が懐《ふところ》へつたっていった。

「父上様、私は……私は……」

「無理に言おうとするな。夢だ。みな夢の中の出来事だったのだ」

涙は慶次郎の胸を濡らしつづけていたが、慶次郎には、三千代がかすかにうなずいたように見えた。


が、その夜のうちに、三千代は命を絶った。懐剣で胸を突いたのだった。

そんなこともあろうかと用心して、同じ部屋に床をとらせ、ようすを見張っていたのだが、父上様と並んで寝《やす》むのはひさしぶりだと三千代が嬉《うれ》しそうに言うのを聞いて、ふっと安心したのかもしれない。

風に鳴った雨戸を辰吉が叩《たた》いたのだと三千代が言い張り、慶次郎は、羽織をひっかけて縁側へ出て行った。そのわずかな間の出来事であった。

仕事柄、みずから命を絶った者は、見慣れていた筈《はず》だった。理不尽に命を奪われて、顔をゆがめている亡骸《なきがら》を抱き起こし、経を唱えながら目をつむらせてやったこともある筈だった。

なのに、縁側から戻ってきた慶次郎はその場に立ちすくんだ。医者を呼びに行くことなど思いも寄らず、わけのわからぬことをわめいて部屋へ飛び込んだあとは、三千代の胸からあふれる血を両手で押えていた。

どれほどの間、そうして三千代の名を呼んでいたかわからない。

医者を——という声が聞えたような気がしたのは、亡妻が見かねて慶次郎を叱《しか》ったのかもしれなかった。我に返った慶次郎は、隣家へ走って行った。同役を叩き起こしたのだが、今になって考えてみれば、それも無駄な行動だった。数軒先に住んでいる同役は、役宅の庭に家を建て、医者に貸していたのである。

「うろたえるな」

と、隣家の同役は、慶次郎を叱りつけた。島中賢吾《しまなかけんご》という、慶次郎より十歳も年下の男だった。

賢吾は、妻を医者へ走らせて、自分は庭木戸から慶次郎の屋敷へ飛び込んだ。医者が来るまでの手当ても、この男がやってくれたのだが、手おくれだった。

三千代の遺書は、医者が見つけてくれた。

いつの間に、どんな気持でそんなものを書いていたのだろうと思うと、慶次郎は、読む前に涙がこぼれた。

先立つ不孝をお許し下さいませ――と、三千代は、墨の色も淡い文字で書いていた。しみのついていた着物を持って日本橋へ向う途中、三千代は、霊岸島《れいがんじま》への道を尋ねたらしい。身なりのこざっぱりとした、顔つきもごく穏やかな男であったという。

どこの国のものか言葉に訛《なま》りがあって、江戸の地理にはくらいように見えたので、三千代は、途中まで道案内をしてやった。

が、それでも心許《こころもと》ない顔をする。自分の用事は急ぐほどのこともないからと、三千代は、男の持っていた手書きの地図を受け取って、丸印のついている家まで連れて行ってやった。

その家が、空家《あきや》だったのである。男は江戸の地理にくらいどころか、精通していたとしか思えなかった。

三千代は、男のこぶしを腹にうけて気を失った。

息を吹き返した時には――とまで書いたものの、気丈な三千代も、さすがにその先へは筆をすすめられなかったにちがいない。墨をすりつづけていたのか、急に文字の色が濃くなって、それが何箇所も涙でにじんでいた。

息を吹き返した時には、身に何もまとっていなかった。――

その一節を記した時、三千代の胸はどれほど痛んだことか。取り返しのつかない口惜《くや》しさに、どれほど身を揉《も》んで泣いたことか。

晃之助《こうのすけ》様に抱かれたかった、晃之助様に誘われた時、逃げるのではなかったと、三千代は慶次郎に訴えていた。

岡田晃之助は、吟味方与力の三男で、三千代の夫となる筈の男であった。晃之助が、屋敷の外で水を撒《ま》いていた三千代を見初め、三千代も、剣術の稽古《けいこ》に通うたび屋敷の前を通る晃之助を、憎からず思っていたらしい。森口の聟なら――と吟味方与力も乗気になって、縁談は急速にまとまった。

恋い慕う者どうしのことである。将来を話しあっていれば、肩を寄せあいたくもなっただろう。ことに男の晃之助は、男女の密会を商売とする茶屋へ、三千代を連れて行きたくなった時もあったにちがいない。

その腕から、三千代は逃げてしまったという。

仮に慶次郎がそれを知っていたとしても、好いた男の腕から逃げるような野暮をするなとは言わなかった。素行がわるいと八丁堀《はっちょうぼり》で評判の娘と、耳朶《みみたぶ》まで赤くして男に背を向ける自分の娘をひきくらべ、うぶでしようのない奴《やつ》だと苦笑しながら、三千代の行動を自慢の種にしただろう。晃之助に抱かれたかったとは、慶次郎にとっても、傷口をえぐられるようにつらい言葉であった。

「父上様が仰言《おつしや》ったように、わるい夢を見たと思おうといたしました」

と、濃い墨のまま三千代は言う。

「幾度も、幾度も、あれはわるい夢だったと自分に言い聞かせました。でも、どうしても夢と思うことはできませんでした。気を失っていた筈なのに、あの男になぶられた一部始終を、軀が覚えているのでございます。

あんな男の思うがままになった軀を、晃之助様にお見せしたくはございませぬ。こんな軀になったことを、夢だとごまかして晃之助様に抱かれるなど、なおのことできませぬ。

といって、晃之助様がほかのお方と祝言《しゅうげん》をあげられることになりましたなら、私は、妬《ねた》みに苦しむことでございましょう。お幸せにと、晃之助様には申し上げておきながら、奥様となられたお方を憎み、日夜、呪《のろ》いかねませぬ。

人を憎むなとは、仰言って下さいますな。なぜ心を強く持たぬとも、なぜわしの面倒をみて暮らす気になってはくれぬとも、どうぞお叱りになりませぬように。

三千代は、父上様が大好きでございます。でも、それでも、晃之助様への気持を消すことができませぬ。この世で晃之助様と暮らせぬのなら、あの世でお待ちしとうございます。

親子の縁《えにし》は一世と申しますが、三千代は、閻魔《えんま》大王に土下座して、もう一度父上様の子に生れさせてくれとお願いいたします。生れかわった時に精いっぱいの孝行をして、今、父上様より先にあの世へ旅立つ不孝を償わせていただくつもりでございます」

ばかもの。——

と、慶次郎は言った。閻魔大王に土下座するのは、この世での縁を使いきってからにせい、そう思った。遺書の文字は、慶次郎の涙でも、あちこちがにじんでいた。

胸の底に、三千代の死を悲しむのとは別な気持がうごめきはじめたのは、一つ一つの文字の癖を覚えてしまうほど、繰返し読んだ遺書をたたんだ時だった。

くそ。——

慶次郎はうめいた。軀中の血が逆流して、頭から噴き出しそうだった。

「殺してやる」

罪を犯した者を決して憎むなと、後輩や肉親を殺された者達に諭《さと》していたことは、きれいに忘れた。慶次郎は、遺書を懐に入れて立ち上がった。

島中賢吾と医者には、三千代の死を急な病いによるものであるとしてくれるように頼んだ。ほんとうの死因はどこからか知れ渡るにちがいなかったが、上司に咎《とが》められようが、届出に嘘《うそ》があったことで養子を認められず、森口家が潰《つぶ》れようが、知ったことではなかった。

晃之助は、慶次郎を水くさいと言った。自分はすでに森口家の人間のつもりでいるのだから、すべてを打明けてくれとも言った。

慶次郎は養子縁組の解消を乞《こ》い、ひたすら詫《わ》びた。

晃之助が三千代の夫として森口家に入ってくれるのは嬉しかったが、いつまでもやもめではいられない。いずれ嫁をとって、夫婦養子のかたちをとらねばならなかった。が、三千代は、晃之助に想《おも》いを残して死んでいる。その位牌《いはい》のある家で、晃之助に妻を迎えさせることなど慶次郎にできはしない。

男に捨てられた女が起こした事件は、この三十年の間にいやというほど見た。三千代は捨てられたわけではないが、生身の女に惹《ひ》かれてゆく晃之助を見て喜ぶ筈もなかろう。第一、晃之助を養子として迎える前に、慶次郎が、森口家を潰してしまうかもしれなかった。


霊岸島は、町方の組屋敷がならぶ、俗に八丁堀と呼ばれる一劃《いっかく》の向い側にある。昔は名前通り、海中に浮かぶ小島であったらしいが、今は埋め立てられて、八丁堀との間に川が流れているとしか見えない。

慶次郎は、御用を言いつかっているのだと嘘をついて辰吉を屋敷に待たせ、霊岸橋を渡った。

左側が新堀で、そこにかかる湊橋《みなとばし》を渡れば永久島であった。朽木島といっていたところを、七十年あまり前の宝暦頃から埋め立てたのだという。埋立地はみな町屋となった。箱崎町二丁目などは、十八で命を絶った三千代が生れた頃、まだ雑草の生い茂る空地ではなかったか。当時の慶次郎は、三千代のことも妻にまかせきりだったが、永久島の原っぱで遊んだと言って、二人とも赤く日に焼けた顔をしていたことがあった。

その妻は、三千代が九歳の時に逝《い》った。二人が遊んだ原っぱは、賑《にぎ》やかな町屋となっている。慶次郎は、湊橋に背を向けて歩き出した。

三千代は霊岸島としか書いていなかったが、おおよそは見当がつく。連れて行かれたところが賑やかであるわけがない。

霊岸島は、新堀のほかに、島のほぼ真中を新川が流れている。舟で商売物をはこぶには好都合で、川岸には白壁の蔵が並んでいた。

ことに新川沿いの霊岸島四日《よっか》市町《いちまち》あたりは北新川と呼ばれ、酒問屋が軒をつらねていて、手代《てだい》やら小僧やら人足やら、物売り、在所からの見物客などが入り混じって、人通りの絶える時がない。言うまでもなく川は、日が暮れるまで酒樽《さかだる》を積んだ舟が行き交っていた。

裏通りに入れば多少静かだが、料理屋や蕎麦屋《そばや》は始終客が出入りしているし、表通りの混雑を避けた荷車が走って行きもすれば、子供達が石蹴《け》りで遊んでもいる。空家へ女を連れ込むには人目があり過ぎた。

素通りをするつもりだったが、一の橋を渡ったところで、知った顔に出会った。二の橋前にある酒問屋、山口屋の番頭であった。

嫌いな男ではなかったが、今は会いたくない。慶次郎は、気づかぬふりをして通り過ぎようとした。

が、番頭は、嬉しそうな笑みを浮かべて慶次郎の前に立った。

足をとめぬわけにはゆかなかった。慶次郎は、はじめて番頭に気がついたような顔で、口許《くちもと》に笑みを浮かべた。ぎごちない笑顔になったが、番頭は、慶次郎の手をとらんばかりのようすで近づいてきた。

「おひさしゅうございます。お元気そうで、何よりでございます」

「うむ――」

曖昧《あいまい》にうなずいて、横を向く。

番頭は、二、三日のうちに、山口屋の主人の供をして婚礼の祝いに行くところだったと言った。

慶次郎は、聞えぬふりをした。番頭は、訝《いぶか》しそうな顔で慶次郎を眺めた。

文五郎という男で、十五年前、十八歳の時に山口屋の娘と大川へ身を投げたのを、たまたま通りかかった慶次郎が助けてやった。同じ十八歳だった三千代の命を助けてやれなかったことを考えれば因縁としか思えない。

文五郎は、三千代も元気かと尋ねていた。あっさりうなずいてしまえばよいのだろうが、慶次郎にはそれができない。文五郎は、昨年生れた娘を見に来てくれと言いかけて、どうもようすがおかしいと思ったのか、十五年も昔の礼を言った。

心中は、ご法度《はっと》である。ことに主従で心中をはかった場合、奉公人が生き残ると、人殺しの下手人にされるというやかましい掟《おきて》があった。それを利用して、死に急いだ者の家族に、法外な口止料を要求する同心や与力もいないではなく、あの時、文五郎も山口屋の娘も、助けてくれた男が定町廻りであると知って、背筋が寒くなったらしい。

が、慶次郎は、一言もご法度には触れなかった。顔見知りの船宿から着物を借りてきて二人に着替えさせ、山口屋まで送って行って、先代の主人に会った。二人の言い分にも耳を傾けてくれるよう、頼んだのだった。

文五郎も、山口屋の娘も先代も、意外そうな顔をした。が、慶次郎にとって、定町廻り同心の役目は、下手人《げしゅにん》を捕えることだけではなかった。下手人をつくらぬことが第一だったのである。

文五郎は、それからしばらくの間、相当に居辛《いづら》い思いをしたようだった。なぜ助けてくれたと、慶次郎を恨んだことさえあるというが、二、三年が過ぎてから、先代と連れ立って八丁堀の屋敷をたずねて来た。

文五郎は生きていてよかったと言い、先代は、山口屋になくてはならぬ男と大事な娘を助けてもらったと涙ぐんだ。定町廻りでよかったと、慶次郎がしみじみ思う時であった。

今、文五郎は、心中の相手であった娘を女房にし、義理の弟となる山口屋の当主を助けて働いている筈《はず》であった。山口屋は、当主が若くとも文五郎がいるかぎりはびくともせぬと評判で、文五郎は、仕事も女房との仲もすべてうまくいっているのだろう。しばらく見ないうちに、風格さえ感じさせるようになっていた。

「すまねえが、急ぎのご用だ」

無愛想に言って、慶次郎は歩き出した。少し素気なさ過ぎたかなと思った。文五郎は、呆気《あつけ》にとられて慶次郎の背を眺めているらしい。

が、新川の南、霊岸島 銀町《しろがねちよう》の表通りも酒問屋のならぶ賑やかなところだった。慶次郎は、すぐ人通りの中に埋もれて、背に貼《は》りついていた視線の感触も消えた。

慶次郎は、ちらと橋のたもとをふりかえってから銀町二丁目の角を曲がった。

そのまま真直《まつす》ぐに歩いて行けば、大名屋敷の海鼠塀《なまこべい》に突き当る。越前《えちぜん》福井藩下屋敷の裏だった。海風が強いせいか、砂埃《すなぼこり》のたまった海鼠塀のまわりで、掘割が水を緑色によどませていた。

銀町側となる道の幅も狭く、まったくの嘘ではあったが、人さらいが出るという噂《うわさ》のたったこともある。

三千代が連れ込まれたのは、このあたりしかない。定町廻りの娘で、なまじ人さらいの噂は嘘と知っていたためにこわいとも思わず、男が見当らぬと言う家を、親切に探してやっていたのだろう。

海鼠塀に陽が当っていた。雀《すずめ》がしきりに鳴いている。

子供の遊んでいる姿もなく、物売りの声も聞えない。表通りの喧騒《けんそう》も、ここまでは届かずに消えていた。

ようやく風呂敷《ふろしき》包をかかえて角を曲がってきた女を見つけ、慶次郎は、海老茶《えびちゃ》の着物を着た若い女を見かけなかったかと尋ねた。が、女は口の中で「いいえ」と言い、逃げるように家の中へ入って行った。

慶次郎が定町廻り同心であることは、身なりからすぐに知れる。かかわりあいになりたくないと思ったのだろう。

格子《こうし》戸が閉まると、またもとの静けさに戻った。

慶次郎は、隅田《すみだ》川の河口へ向かって歩いて行った。

福井藩邸の樹木が、足許《あしもと》へ茶色に枯れた葉を落としてくる。

慶次郎は枯葉をよけて歩きながら、よく三千代がきれいに色づいた葉を拾ってきたのを思い出した。水で洗った葉の上に、やわらかく煮た栗《くり》などをのせて出すのである。暦をかける釘《くぎ》に千代紙を貼ってみたり、そんなことの好きな娘だった。

人声が聞えて、慶次郎は足をとめた。仕舞屋《しもたや》の格子戸が半分ほど開いていて、若い女が赤ん坊に外を見せてあやしていた。

慶次郎は、女に笑いかけた。女は妙に緊張した表情になって、赤ん坊を抱きしめた。かかわりあいになりたくないというだけではない表情だった。

「可愛《かわい》い坊やだね」

と、慶次郎は言った。

「すまねえが、ちょいと聞きてえことがあるんだ」

女はかぶりを振って、自分は何も知らないと答えた。慶次郎は、女が閉めるより先に格子戸を押えた。

「大丈夫だよ。これは、或《あ》る人から内密に調べてくれと頼まれたのだ。引き合いに呼び出したりして、迷惑をかけることはねえ」

女は、疑わしそうな顔で慶次郎を見た。迷惑をかけぬという言葉を信じなかったようにも見えたし、自分の知っていることを慶次郎がどこまで勘づいているのかと、不安になった表情のようにも思えた。

「二、三日前に、海老茶の着物を着た武家娘を見かけなかったかえ？」

女の表情が動いた。心当りがあるらしい。

が、返事はなかった。やはり、迷惑はかけぬという言葉を信じる気になれなかったのだろう。

慶次郎は、同じ言葉を繰返した。それでもまだ黙りこくっている女へ、その娘が行方知れずとなっているのだが、事情があって表沙汰《おもてざた》にできない、自分がその娘を探すだけで、決して奉行所が乗り出すことはないのだと辛抱強く言った。

女が、独り言のように呟《つぶや》いた。

「死んじまったのかしら、あの人」

「何だと?」

咎められたと思ったらしい。女は、あわてて弁解した。

「行方知れずになっちまったと、旦那《だんな》がえ仰言《おつしや》ったんじゃありませんか。だから、そう思ったんですよ」

慶次郎の胸を塞《ふさ》いでいるものが動いた。のどもとの蓋《ふた》をはね上げて、嗚咽《おえつ》となってこぼれ出そうになる。

「娘を見たのかえ?」

ややしばらくたってから、慶次郎は尋ねた。

女も、間をおいてから答えた。

「多分、その人だろうと思うんですけれど」

「どこで見た」

そこの家――と言いながら、女は外へ出て来た。指さしたのは、二軒手前の家だった。

「この子を表で遊ばしていたら、そこの家から出て来なすったんですよ」

貸家の札はなく、慶次郎は、その家の前を何気なく通り過ぎてきた。

「はじめに男の人が出て来たんですよ」

女は、弁解のつづきのような口調で言った。慶次郎は、頰がひきつれそうになるのをこらえて、女にうなずいてみせた。

「わたしと顔が合っちまったものだから、その男が、こんにちはと挨拶《あいさつ》をしましてね。あんまり愛想《あいそ》がよいから、わたしは、てっきりその男が家を借りることになったのだと思いましたよ」

三千代が出てきたのはそれから小半刻《こはんとき》もたってからで、女が家へ入ろうとしていた時だという。

「真蒼《まつさお》な顔をしなすってね。頰から血を出していて、親御さんにはお気の毒だけど、何があったのか、一目でわかりましたよ」

慶次郎は、こぶしをにぎりしめた。

女は、思わずうちで休んでゆけと声をかけたと言っている。が、三千代は案外に落着いた声で礼を言い、先を急ぐからと角を曲がって行ったそうだ。

「事情が事情だから、強いてひきとめるのも何だと思ったのだけど。そのまんま、大川にでも飛び込んじまったのですかねえ」

そうではない。三千代は、生きていたかったのだ。生きて、晃之助と暮らしたかったのだ。

「男の顔を覚えているかえ?」

「それがねえ」

女は、不満そうに鼻を鳴らしはじめた赤ん坊を、揺すり上げてはあやした。

「目の前へ連れて来られれば、この人って言えるんですけどねえ」

美男でも醜男《ぶおとこ》でもなく、やさしげな顔立ちで、軀《からだ》つきもごく普通なのだという。

「ただね。ツネって名前だけは知ってるんです。常蔵か常吉かわからないけれど、前にも女を連れてこのあたりをうろついていたことがあって、その時、女がツネさんと呼んでいましたから」

「有難うよ」

慶次郎は、二軒手前の空家へ飛び込んだ。これ以上女の話を聞いていては、唇を嚙《か》んでいても、福井藩邸の樹木を眺めていても、涙がこぼれてきそうだった。

慶次郎は、枝折戸《しおりど》を開けて庭へ入った。

男は、三千代に乱暴を働いた直後に出会った女にも、愛想よく挨拶したという。三千代に油断がなかったとは言わないが、やさしげな顔立ちで愛想のよい男から道を尋ねられ、あわてて逃げ出す者はまずいないだろう。

その上に、貸家札のない空家だ。案内を乞《こ》うても返事がなく、絵図が間違っているのだろうかと途方に暮れた顔をされれば、親切な娘なら、裏に人はいないかと、のぞきに行くくらいのことはする。

「くそ——」

慶次郎は、雨戸を蹴った。

すぐにはずれるよう細工されていたのか、雨戸は音を立てて踏石の上へ倒れ、暗い部屋へ縁側越しに陽が射《さ》し込んだ。

風呂敷包があった。

慶次郎は、身じろぎもせずにその風呂敷包を見つめた。明るい鬱金《うこんじ》地に四季の花を散らした風呂敷は、三千代が好んで使っていたものだった。

「殺してやる」

ツネという男を一生かかっても探し出し、三千代があじわったのと同じくらいのせつなさを感じて死ねるよう、一寸刻みに殺してやる。

島中賢吾や医者に、三千代の死因は急な病いにしてくれと手を合わせて頼んだのも、一つにはこのためだ。病死にすれば、表向き、ツネには何の罪もなくなる。賢吾をはじめとする同役達が、ツネを捕える理由がなくなるのだ。ツネだけは、どんなことがあってもツネだけは、俺の手で殺してやる。

が、目を血走らせてふりかえると、屋敷に待たせている筈の辰吉が立っていた。

辰吉は、雨戸が蹴倒《けたお》されたままになっている家の中へ入って行った。

風呂敷包を取りに行ったらしい。中から出て来た辰吉がかかえている、包の鬱金色が陽に光った。

「帰りましょう」

と、辰吉は言った。鬱金色の風呂敷包を小脇《こわき》にはさみ、器用に雨戸を立てている。

先に帰れと、慶次郎は不機嫌な口調になって横を向いた。屋敷で待っていろと命じたにもかかわらず、そっとあとをつけてきたらしいのが気に入らなかった。

「あとをつけたりなんざしませんよ」

辰吉は、慶次郎の胸のうちを読んだようだった。

「山口屋の文五郎さんが、屋敷へ飛んで来なすったんです。旦那のようすがおかしいってね」

慶次郎は舌打ちをした。よけいなことをすると思った。

「帰りましょう、旦那。旦那は、疲れていなさるんだ」

無理にでも連れて帰るつもりか、抱きかかえるように背へまわしてきた辰吉の手を、慶次郎は乱暴にふりはらった。

わずかな間に、ツネという男の名前までわかったのである。こんな日は、存分に探索をした方がいい。ツネの居所もわかるかもしれない。それなのに、どいつもこいつも邪魔をすると腹が立った。

「先へ帰れと言ってるじゃねえか。俺はまだ、ご用が残っているんだ」

「何のご用です」

辰吉が慶次郎を見た。哀《かな》しそうな目をしていた。

「ここでご用ってなあ、ちっとばかり方角が違やしませんか。旦那の受持は、浅草の方だ。旦那が浅草を受け持っていなすったから、俺は今、こうして無事でいられるんだ」

慶次郎は辰吉から視線をそらし、隣家の瓦屋根《かわらやね》へ目をやった。瓦屋根も、文字通り春を思わせるような小春日和《びより》の陽に光っていた。

辰吉の言いたいことはわかっている。

十三年前、二十四歳だった辰吉は匕首《あいくち》を懐《ふところ》にのんで、女房を殺した男を探していた。好いて好かれて一緒になった仲だったが、女房の方に別れた男がいて、よりを戻せ、戻さぬの騒ぎが起こり、男が女房を刺したのだった。

当時の辰吉は、定職を持っていなかった。住まいも深川、浅草、神田などを転々としていて、人を脅して金を得るようなこともしていたという。が、一人の女を心底から好きになって、無頼な暮らしがうとましくなった。女も辰吉の変わりようを喜んでくれて、下谷《したや》にある長屋を借りて所帯をもち、辰吉は、最も手軽にはじめられる塩売りとなった。

事件は、その矢先に起こったのである。

匕首を懐にのんだ辰吉の気持もわからぬではないと、当時の慶次郎は思った。思いはしたが、それよりも、せっかく気持も顔つきも穏やかになった辰吉が、またもとの荒《すさ》んだ暮らしに戻ってしまうのがもったいなかった。可哀《かわい》そうだった。

「俺は、浅草田圃《あさくさたんぼ》であの男を見つけたんだ」

と、辰吉が言った。

「あいつは、旦那に追われていた。あいつが旦那につかまっちまったら、俺があいつを殺《や》ることはできねえ。夢中で走りましたよ、先廻りをして、あいつを殺っちまおうと思ってね。ところが、俺は、先廻りをし過ぎちまった。向いから駆けてきた俺に気がつきなすった旦那は、あいつを突き飛ばして俺を抱きとめなすった」

そんなこともあったと、慶次郎は思った。

「恨みましたよ、あの時は。田圃の中へ飛び込んでゆくあいつを追いかけて行ったのは、当時、旦那の手先だった田原町《たわらまち》の父《とっ》つぁんだけ、旦那は俺を押えつけていなすったんだもの」

辰吉が言葉を切った。慶次郎が口を開くのを待っていたようだが、慶次郎は何も言わなかった。

「何が仏の慶次郎だと思いましたよ。あいつのかわりに、旦那を刺してやろうとも思いました。何が情《じょう》にもろい同心だ、笑わせるんじゃねえや、人の気持をまるでわかっちゃいねえってね」

「その通りだったんだ」

叩《たた》きつけるように言ったつもりだったが、口の中がかわいていて声がかすれた。それでも一瞬、辰吉は呆気《あっけ》にとられた顔つきで慶次郎を見た。

「俺は、まるで人の気持をわかっちゃいなかった」

「待っておくんなさい。旦那は、あの時、何と言いなすった」

「あの男はいつでも捕えられる、今取り逃がしても終りということはねえ。が、お前《めえ》があの男を刺したら、何もかも終りになっちまう——。そう言った筈《はず》だ」

「その通りでさ」

辰吉が、その言葉をそっくり返してくるのはわかっていた。慶次郎は、自分を見つめている辰吉を見返した。その間に、雀《すずめ》の声が聞えてきた。

「俺は間違っていた」

「何ですって？」

「俺は、間違っていたよ。心底惚《ほ》れていた女房を殺されて、殺した男を憎まねえ方がおかしいんだ」

「今更そんな……」

「俺は、お前にあやまらにゃならねえ。あの男を殺してやりてえと、お前が思ったのは当り前だった。あれだけ惚れていたんだ、そう思わねえ方がおかしいんだよ」

「そりゃそうでしょう。が、ほんとうに殺しちゃいけねえんだ。俺が今、こうしていられるのは、旦那に止めてもらったお蔭《かげ》でさ。頼むよ、旦那。あの時を思い出しておくんなさい。旦那は、俺が荒んだ暮らしに戻るのを、もってえねえと言ってくれなすったじゃありやせんか」

「烏滸《おこ》の沙汰だったよ」

「旦那――」

「ご法度《はっと》を守る者だけが、まともな人間だと思っていたんだよ、俺は。ご法度やぶりを捕える定町廻りの家に生れて、俺はいつの間にか、ご法度がこの世で一番大事なものと思い込んじまったのさ。ご法度をやぶるのはとんでもねえやつ、まともな人間は、たとえ身うちを悪党に殺されても、ご法度の中で暮らしていなけりゃならねえと、そう思っていたんだ」

「それでいいじゃありやせんか」

「よかあねえ。俺は、身うちを殺された者の気持を忘れていた」

「そうかもしれねえ。が、忘れていなすった方がいい。思い出してもれえてえのは、俺を可哀そうだと言っておくんなすったお気持だ。せっかく立直ったお前をもとの無頼に戻したくねえ、そのためにゃ手柄の一つや二つ、ふいにしたっていい、そう言っておくんなすったじゃありやせんか。俺あ、その一言で、旦那《だんな》と働く気になったんだ」

「罪を憎んで、罪を犯したやつを憎まずにいられるわけがねえ。盗人《ぬすっと》にも三分の理というが、人の幸せを叩っ毀《こわ》したやつに、何分の理があるってんだ。惚れた女房を殺されりゃ、殺したやつを憎むのが当り前、俺はあの時、お前の気持を無理に捻《ね》じ曲げたような気がする」

辰吉が口を閉じた。

「俺は、三千代に乱暴をしたやつが憎い。三千代と俺の行末をめちゃめちゃにしたやつは、殺してもあきたりねえ」

「やめておくんなせえ、旦那。旦那は疲れていなさるんだ。疲れがとれりゃ、いつもの旦那になるにきまってらあ」

「辰吉」

慶次郎は、女房を失ったまま独り身を通している手先を見据えた。

「俺は、やつを必ず見つけて、叩っ斬《き》ってやる」

「お願いだ。やめておくんなせえ」

「森口の家は潰《つぶ》れるかもしれねえぞ。今のうちに、島中の手先にでもなっておけ」

「そこまで仰言《おっしゃ》るんですか、仏の旦那が」

「仏ってえ綽名《あだな》が間違っていたのよ。俺は人の気持のわからねえ、氷の慶次郎だったんだよ」

「ようがす、わかりやした」

辰吉は、慶次郎を見返した。慶次郎に負けず、辰吉の目も血走っていた。

「俺あ、島中の旦那にお頼みして、手先にしてもらいやす。そのかわり、旦那にゃやつを殺させねえ」

慶次郎は、肩をそびやかした。

捕物については俺が仕込んでやったのだと思ったが、先に目をそらせたのは慶次郎の方だった。

慶次郎は、もう一度遺書を読み返した。

ツネに出会った場所は書かれていなかったが、三千代が霊岸島までの案内をあっさり引き受けていることから見て、屋敷からそう離れていないところで声をかけられたにちがいなかった。

屋敷近くで会ったとすれば、ツネは、三千代を待ち伏せしていたか、或《ある》いは八丁堀に迷い込んでいたことになる。が、霊岸島銀町の裏通りにあるあの空家を知っていたツネが、八丁堀へ迷い込むとは思えなかった。

といって、三千代がツネに待ち伏せをされるほど恨みを買っていたとは、なおさら思えない。仮に、ツネの横恋慕を三千代が強い言葉でしりぞけたようなことがあったとしても、それならばそんな男の道案内を引き受けるわけがなかった。

慶次郎は奉行所へ出かけ、自分のかかわった事件の調べ書を片端から開いてみた。役目柄、どこでどんな恨みを買っているか知れぬと思ったのだが、捕えた者の中にも、引き合いに呼んだ者の中にもツネはいなかった。

慶次郎は、調べ書の山を睨《にら》んで腕を組んだ。

同役の中には、三千代と同じ年頃の娘を持つ者もいる。同役が恨まれて、三千代がその娘と間違えられたとも考えられた。

今日は十月十二日、月番が北町奉行所に変わって半月近くが過ぎている。はじめて会った人の顔をいつまでも覚えていられるわけがなく、裏通りの女がツネの顔を記憶していたのは、ツネがごく最近、女連れで歩いていたからだろう。その後にツネが復讐《ふくしゅう》をせずにいられぬ出来事が起こったとすれば、北町の同心が恨まれている可能性が強かったが、慶次郎は、とりあえず九月なかばからの調べ書に手を伸ばした。が、どの調べ書にも、常の字のつく名前は出てこなかった。常吉も常蔵も、常次も常五郎も、一人くらいは出てきそうなものなのに見当らなかった。

一度、ツネという文字に、思わず「いた」と声をあげそうになったが、それは引き合いに呼ばれた古着屋の女房だった。人殺しの下手人が、身なりを変えるために古着屋へ立ち寄ったのだった。

九月はじめまで期限を延ばしたが、やはり、ツネはいない。

霊岸島へ行く途中でたまたま三千代に出会い、出来心で空家へ連れ込んだとも考えられるが、ツネは、それ以前にも女連れで歩いているのである。裏通りの女の話では、その女をむりやり霊岸島へ連れてきたとは思えない。やさしげな顔立ちをしているということでもあり、行きずりの女を空家へ連れ込まねばならぬほど、女に不自由をしている男ではなさそうだった。

考えれば考えるほど、八丁堀同心への恨みを、そこに住む女に向けたとしか思えない。やはり北の定町廻りが原因だろうかと、慶次郎は腕を組んだ。

霊岸島の地理に詳しいらしいツネは、十中八、九、その近くの住人である筈だった。

が、南の定町廻りが、北町奉行所に調べ書を見せてくれとは言いにくい。その上、日本橋の南側を受持にしている北の定町廻りとは反《そ》りが合わず、八丁堀で出会っても簡単な挨拶《あいさつ》をするだけで、立話をしたこともない。ただ、その手先となっている男はよく知っていた。あまり性質《たち》のよくない男で、十手《じって》をちらつかせて商家を強請《ゆす》っているのを見つけたことがある。外へひきずり出して叱《しか》りつけ、小遣いを渡してやって以来、その男は慶次郎に出会うと、てれくさそうに挨拶をする。

慶次郎は、男の住まいがある大根河岸《だいこんがし》を訪れた。以前は女房も子供もいたというのだが、逃げられたという噂《うわさ》で、今は蕎麦屋《そばや》をいとなむ妹夫婦と暮らしている。吉次という名だった。

日暮れてから北風が吹きはじめ、昼までの暖かさが嘘《うそ》のように寒くなった。間もなく満月となる月の光も凍りつくように透きとおって、闇《やみ》を吸い込んだ京橋川の流れに触れ、ぎやまんの器《うつわ》のように砕けていた。

横丁の居酒屋からだろうか、賑《にぎ》やかな人声が聞えてくるのに、川沿いの道には誰もいない。

川風のつめたさに身震いをして、慶次郎は足をとめた。蕎麦屋の仄暗《ほのぐら》い軒下で、掛行燈《かけあんどん》の火が揺れていた。

裏口へまわって障子を開けると、蕎麦をゆでている湯気が軀《からだ》をつつんだ。

家の中へはつめたい風が流れ込んで、鉢巻にたすき姿で釜《かま》の前に立っていた妹の亭主が、丼《どんぶり》を手にしたままふりかえった。

慶次郎の顔は、妹の亭主も知っている。二階を指さした慶次郎を見て、妹の亭主は、苦笑しながらうなずいた。吉次は、二階で寝転んでいるらしい。

慶次郎は、足に湯気をからみつかせながら階段をのぼった。

兄は掃除をさせぬので困ると、吉次の妹が愚痴をこぼしたことがあったが、なるほど汚い部屋だった。せっかくきまった養子の話があの部屋を見せたとたんにこわれたとも言っていたが、それも無理はない。

四畳半のほとんどが吉次の首を突っ込んだ事件の覚えを書きとめた帳面で埋まり、その真中に炬燵《こたつ》を入れた万年床がある。周囲には黴《かび》のはえたみかんの皮がころがり、泥まみれの足袋が脱ぎ捨てられ、夕食にしたらしい蕎麦の丼と箸《はし》が置いてあった。

慶次郎は、部屋の入口に立って吉次を呼んだ。

足音は妹だと思っていたのだろう。万年床で腹這《はらば》いになり、帳面を読み返していた吉次は、ぜんまい仕掛の人形のように跳ね起きた。

あわてて帳面を伏せたところをみると、叩けば埃《ほこり》の出そうな商家を探していたのかもしれない。吉次は、日焼けのしみついたような色の黒い顔を赤らめて、こんなところへお通しするばかがいるかと、低声《こごえ》で妹を罵《ののし》った。てれかくしにちがいなかった。

みかんの皮や足袋をかき寄せて、慶次郎に炬燵へ入れと言う。たいていの者は尻込《しりご》みをしそうな炬燵だったが、慶次郎は黙って腰をおろし、膝《ひざ》を入れた。

南の定町廻りが、北の手先と世間話をしたくてたずねてくるわけがない。吉次の細い目が、慶次郎を見つめた。

慶次郎は、近頃ツネという男が事件を起こさなかったかと、単刀直入に尋ねた。

「さあてね」

吉次は慶次郎から目をそらせ、不精髭《ぶしょうひげ》のはえたあごを撫《な》でた。

「一昨日、海老床《えびどこ》のツネ公が、切れねえ剃刀《かみそり》で客の月代《さかやき》にみみず腫《ば》れをつくったそうですがね。――それよりも、旦那、お嬢様が病気でお亡《な》くなりなすったそうで」

慶次郎は、黙って吉次を見た。

吉次は横を向いたまま、髭ののびたあごを撫でている。三千代が病死したのではないことを知っていて、慶次郎がなぜツネを探しているのか、すぐにわかったようだった。

「線香をあげに行かなくっちゃならねえとは思いやしたが、あっしのような者が顔を出してはまずいんじゃねえかと、遠慮させていただいたようなわけでござんしてね」

「教えてくんな」

慶次郎は、炬燵の端に手をついた。

「ごく近頃、お前《めえ》の縄張りうちで、ツネと名のつく男が騒ぎを起こした筈だ」

「およしなせえ、旦那。海老床のツネ公がつくったみみず腫れくれえで、旦那が手をつくこたあねえ」

「頼む。どこで何が起こったのか教えたくねえのなら、お前の知っているツネは何という名前《なめえ》なのか、それだけでもいい」

「旦那。虫がよすぎやしませんかえ？」

「何だと」

炬燵の上で視線がからみあった。慶次郎は吉次をねめつけ、吉次もよく光る細い目で慶次郎を見据えて、俯《うつむ》こうとも横を向こうともしなかった。

「確かに、あっしは旦那の世話になりやしたよ。が、それが、北で扱った出来事を旦那に教えなくっちゃならねえほどの恩ですかね」

腹が立ったが、一言もなかった。慶次郎は自分でも気がつかぬうちに、視線を炬燵の汚れた布団《ふとん》へ落としていた。

「せっかくおみえになったのだ。蕎麦でも召し上がっておゆきなせえやし」

と、吉次が言っている。慶次郎は、かぶりを振って顔を上げた。吉次の視線が待っていた。

「教えてくれ。頼む」

「海老床のツネ公の素性ですかえ？」

「教えてくれるまで、俺は一晩でも二晩でもここにいるぜ」

「ツネ公の素性なんざ、たった今、教えて差し上げまさあ」

「お前《めえ》が商家を強請っていると、北町の上の方へ知らせたっていいんだぜ」

「知らせたけりゃどうぞ。あっしゃあ、ご存じの通り、女房もいなけりゃ子供もいねえ。十手を取り上げられようと、妹に放り出されようと、手前《てめえ》一人がおっ死《ち》にゃいいんだ」

吉次は、動じる風もなかった。

「頼む——」

慶次郎は、あらためて両手をついた。ツネの手がかりを得るには、この男が頼みの綱だった。

「旦那——」

と、吉次は低い声で言った。

「お嬢様は、ご病死でしょうが」

違うとは答えられなかった。

「そっとしておいてお上げなさいやし。ほじくり返したって、いいことは何もねえ」

「三千代に隠し事があったと言うのか」

「そうじゃねえ。あっしゃあ、手前《てめえ》のことを言ってるんだ」

吉次はうっすらと笑って、慶次郎を上目遣いに見た。

「もう十年も昔のことになりやすがね。あっしゃ、よせと言われたのに、築地《つきじ》の鉄砲洲《てっぽうず》橋《ばし》で起こった喧嘩《けんか》沙汰《ざた》に首を突っ込みやした」

遊び人とみえる男が、脇腹《わきばら》を刺されて橋のたもとに倒れていたのだという。通りかかった油売りに、返り血を浴びた男が突き当っていて、遊び人どうしの喧嘩だとはすぐにわかった。

が、吉次は、そこから逃げて行った女もいるという油売りの言葉に飛びついた。女は、かかわりあいになるのをおそれて逃げ出したにちがいなく、その女を探し出せば金になると思ったのだった。

油売りは、後姿なので女の顔立ちはわからないが、紺の弁慶縞《べんけいじま》に、あずき色の帯を締めていたと言った。紺の弁慶縞を着ている女など、江戸市中には幾人いるかわからない。それでも吉次は、呉服屋や古着屋を丹念に調べてまわった。呉服屋も古着屋も、吉次の執拗《しつよう》さに負けて、うちで聞いたとは言わないでくれと念を押しながら、弁慶縞を買った女の名を教えてくれた。

同心は、いい加減にしろと吉次を叱った。油売りの見た背恰好《せかっこう》と、死んだ男の仲間の話から、下手人の名前はわかっていた。穏やかな暮らしをしていて、その日たまたまそこを通りかかったにちがいない女を、奉行所へ呼び出す必要はどこにもなかった。

吉次は、下手人の顔を見ている筈《はず》の女こそ重要な証人だと強情を張った。同心の叱言《こごと》を無視して調べつづけ、京橋五郎兵衛町《ごろべえちよう》の古着屋で、一人の女に突き当った。吉次は、顔色を変えて家へ駆け戻った。が、吉次が五郎兵衛町の古着屋へ入って行くのを見かけたのかもしれない。家からは、女房の姿も子供の姿も消えていた。

「かかわりあいになるのがいやで、その場から逃げ出したからといって、お前《めえ》が女房を強請りゃしめえ。家から飛び出すことはねえだろうに」

「飛び出しますあね、浮気をしていれば」

吉次は首筋を叩《たた》き、かわいた声で笑った。

「女房に逃げられたあとで、下っ引が教えてくれやしたよ。相手は、その日暮らしのざる売りだったそうで」

吉次は、かわいた声で笑いつづけた。

「旦那《だんな》の前ですがね、あっしゃ女房に惚《ほ》れていやした。ええ、岡っ引の女房になんざなるのはいやだと言うのを、口説《くど》いて口説いて口説き落として、やっと所帯を持ったんでさ。――貧乏をさせなけりゃ、岡っ引の女房もわるくないと思ってくれるんじゃねえかと、叩けば埃の出るやつを探しちゃあ、強請りに精を出しやしたよ。そのあげくが、笑っちまうじゃありやせんか、その日暮らしのざる売りに寝取られたんだ」

そこまで一息に喋《しゃべ》って、吉次は唾《つば》を飲み込んだ。が、慶次郎に何も言わせぬつもりか、すぐに言葉をつづけた。

「わかってやすって。旦那がツネをほじくりまわしたって、お嬢様にやましいところは、これっぽっちもねえ。やましいところはねえが、旦那、お嬢様はご病気で死になすったんじゃねえんですかえ？」

慶次郎がツネを追いかけまわせば、三千代の死因を世間に知らせることになると、吉次は言いたいようだった。

慶次郎は、吉次を見据えながら立ち上がった。こうなってはやむをえなかった。反りの合わぬ北町の同心と衝突をしても、吉次の縄張りうちにある自身番を片端からたずね、子供であれ老人であれ、ツネと名のつく男をすべて聞き出すほかはなかった。

吉次がその胸のうちに気づいていないわけがなかったが、階段を降りきっても、呼びとめる声は聞えなかった。

南伝馬町《みなみてんま》の自身番屋へ入ろうとした時に、慶次郎は中から出てきた男と突き当りそうになった。

「森口さんじゃありませんか」

と、自身番屋の明りを背負って、影になった男が大声で言った。隣りの島中賢吾だった。

「どこへ行っていなすったんですよ」

嚙《か》みつくような声だった。

「お気持はわかりますがね、黙って勝手な真似《まね》はなさらないで下さいよ。埃だらけのお調べ書をひっくり返していなさるのは見た者がいましたが、それから先は飯炊《めした》きに聞いてもわかりゃしない。――辰吉が大番屋へ送られましたよ」

「何だって？」

大番屋へは、面倒な事件を起こした者が送られる。

自身番の者に詳しい事情を尋ねようと、賢吾を押しのけようとした慶次郎を、賢吾は逆に押し戻した。

「今、引き取りに行くところです。くわしいことは歩きながら話します」

厚い雲が月を隠し、大戸のおりた商家のならぶ道は、星明りだけとなった。

自身番に詰めている差配が、壁にかけてあった提燈《ちょうちん》をおろしてきた。闇となった時の用心に持って行けと言う。新しい蠟燭《ろうそく》も出してきてくれた。

礼は賢吾が言って、どちらからともなく急ぎ足となった。

辰吉が送られたのは、俗に三四《さんし》の番屋と呼ばれている本材木町の大番屋であるという。

「森口さんが森口さんなら、辰吉も辰吉だ」

賢吾は、吐き捨てるように言った。

霊岸島で慶次郎と別れたあと、辰吉は、真直《まつす》ぐに奉行所へ行ったらしい。雑務に追われている賢吾を急用だと呼び出して、今日から旦那の手先におくわえ下さいと、両手をついて頼んだそうだ。

賢吾は、首を横に振った。慶次郎と喧嘩をしてきたのだろうとは、容易に見当がついた。

「そりゃね、わたしにも幼いながら娘がいる。三千代さんの敵《かたき》を討ちたい森口さんの気持は、痛いほどよくわかりますよ。けど、辰吉まで巻添えにしなくったっていいじゃありませんか」

それは違うと、慶次郎は言うつもりだった。敵を討ちたいのは慶次郎だけで、辰吉は、その邪魔をしようとしているのである。

が、賢吾は慶次郎に口を開かせず、一人合点《がてん》の言葉をつづけた。

「辰吉を叱《しか》り飛ばしてやりましたよ。森口さんが無茶をしそうになったら、それをとめるのがお前の役目じゃないかってね」

仰言《おつしや》る通りですと、辰吉は詫《わ》びたという。俯きがちに歩いて行くその後姿を見て、賢吾は、これで万事おさまったと思っていた。

ところが先刻、南伝馬町の自身番屋から、辰吉となのる男が町内の男を殴り、怪我《けが》をさせて北の同心に捕えられたと知らせてきた。

同心が調べてみると、辰吉は懐《ふところ》に十手《じって》を入れていた。南の島中賢吾の手先で、殴ったのも御用の筋でのことだと弁解したが、番屋にいた者の中に賢吾の手先を知っている男がいた。その男が辰吉の顔には見覚えがないと言い、辰吉も口を閉ざしたので大番屋送りにした、問題はないと思うが、念のために耳にいれておく――というのだった。

「びっくりして飛んできましたよ」

と、賢吾は言った。

「早く森口さんにも知らせなければと思ったのだが、さっきも話した通り、どこにいなさるのか見当もつきゃしない……いや、文句はあとまわしにしましょう。人を殴ったくらいで南の十手持ちを大番屋へ送るなと、北の同心に文句を言おうと思ったら、辰吉が無茶をしていること、北紺屋町《きたこんやちょう》でも、具足町《ぐそくちょう》でも騒ぎを起こしているんです」

辰吉は、自身番屋へ顔を出しては町内にツネと名のつく男はいないかと尋ね、教えられた常次やら常五郎やらの家へ駆け込んで、次々に喧嘩を売っていた。

「すまねえ」

慶次郎は、顔をそむけて詫びた。

慶次郎が八丁堀へ戻ったあと、辰吉が霊岸島のあの女から、ツネの名を聞き出すのはたやすいことだったにちがいない。

「北紺屋町にいたのが常次だか、具足町が常五郎だか忘れましたがね」

と、賢吾は話しつづけている。月がまた顔を出して、急ぎ足の道が明るくなった。

「いずれにしても喧嘩を吹っかけた男に辰吉が殴られて、唇を切ったり、目の下に痣《あざ》をつくったりしたそうです。辰吉はそれを口実に二人を番屋へしょっぴいて、近頃霊岸島へ行かなかったかと、しつこく尋ねたらしいですがね」

慶次郎が、お調べ書の山の中に埋もれている頃のことだろう。賢吾の視線が頬に突き刺さり、慶次郎は、「すまねえ」と繰返した。

おそらく辰吉も、ツネは霊岸島の近くに住んでいると見当をつけ、このあたりでツネを見つけようとしたにちがいない。

娘に乱暴を働くような男なら、売られた喧嘩は十中八、九買う。辰吉は、喧嘩を売っては殴られて、唇や瞼《まぶた》の下に血がにじむのを待ち、そこで十手をちらつかせて、よくも怪我をさせてくれたとすごんだのだろう。驚いた相手を番屋へ引っ張って行き、霊岸島へ行っただろうと執拗に問い詰めれば、身に覚えがある者なら、どこかでうろたえる筈であった。

ばかが――。

慶次郎は、口の中で呟《つぶや》いた。

慶次郎がツネを探し出せば、有無《うむ》を言わさず斬《き》り捨てる。三千代が病死である以上、それはただの人殺しであり、慶次郎は罪を犯したことになる。そうはさせまいと辰吉は手段を選ばずにツネを探し、慶次郎の先を越そうとしているのだった。

が、三千代を空家へ誘い込んだツネに行き当るまでには、腕力の強いツネや乱暴者のツネに出会うかもしれないのである。十手を取り出す前に突き飛ばされて骨を折ったり、匕首《あいくち》で脇腹を刺されたりしたらどうするつもりなのか。

「着きましたよ」

と、賢吾が言った。我に返ると、慶次郎は、大番屋から洩《も》れる明りを踏んで立っていた。

南の島中だ――と言いながら、賢吾が戸を叩いた。戸が勢いよく開けられて、道へこぼれていた明りが頭から降りかかってきた。

大番屋は、調べ番屋とも言う。江戸市中に七、八箇所ほどあって、自身番屋では扱いきれない事件を起こした者を取り調べ、小伝馬町の牢獄《ろうごく》へ送る手続きがすむまで留めておく。

隅《すみ》には捕えた者を押し込めておくところもあるのだが、辰吉は、北の同心と並んで板の間に腰をおろしていた。島中賢吾の手先とわかって、そこから出されたらしい。

「やあ、申訳ありません。ご厄介をかけました」

賢吾が如才なく言うと、北の同心も、苦笑しながらかぶりを振った。

「いや、こっちこそよけいな面倒をかけちまって。十手持ちがついこぶしを振りあげるのはお役目に熱心なあまり、放してやってくれてもよさそうなものだと思われたかもしれませんが、何せ自身番の雇い人が、島中さんのところにこういう男はいないと言ったものだから」

「間違いは誰にでもありますよ」

「それにしても、南の十手持ちはちょいとばかり乱暴じゃありませんか。喧嘩を吹っかけちゃあ、俺に怪我をさせたと言って番屋へ引っ張ってくるんだから。――いえ、わたしが辰つぁんを大番屋送りにしたのは、殴った男や殴られた男を集めて調べるには、南伝馬町の番屋が手狭だったからで、他意はありませんがね」

「わかってますとも」

賢吾は大きくうなずいてみせた。

慶次郎は、辰吉を見た。幾人もの男に殴られたせいだろう。辰吉の顔は、人相が変わるほど腫《は》れ上がっていた。

が、慶次郎が近づくと、辰吉は、不機嫌な顔で横を向いた。慶次郎は、辰吉の肩に手を置いた。

「行こうか」

へえ。――

と、辰吉は答えたのかどうか。

答えたくても、大きくふくれて血のこびりついている唇が動かなかったのかもしれないが、横を向いたまま慶次郎を見ようともしない。

「辰つぁん、行くぜ」

大番屋の番人達に心付けを渡していた賢吾が、辰吉に声をかけた。つめたい風が吹き込んできたのは、番人の一人が戸を開けてくれたからだろう。辰吉を見つめている慶次郎の耳に、外へ出て行く賢吾の足音が聞えてきた。

辰吉が、肩に置かれている慶次郎の手を滑り落とすようにして立ち上がった。北の同心と番人達に頭を下げて、賢吾のあとを追って行く。慶次郎も口早に詫びを言って、踵《きびす》を返した。

「待てよ、おい」

辰吉を呼びとめたうしろで、大番屋の戸が閉まった。

常次や常五郎との喧嘩《けんか》で踝《くるぶし》をひねったのか、足をひきずって道を急いでいた辰吉は、一瞬ためらってからふりかえった。賢吾は、火をいれぬ提燈を肩にかけ、月明りの道を素知らぬ顔で歩きつづけている。

「ばかが――」

慶次郎は懐から手拭《てぬぐ》いを出して、辰吉の前へ差し出した。押し返されるのではないかと思ったが、辰吉は素直に受け取って、唇や鼻の下にこびりついている血を拭《ぬぐ》った。

「そんなことをしていたら、死んじまうぞ」

返事はない。

「お前の気持は有難くもらった。明日っからは休ませてもらえ」

「放っといておくんなさい」

ふくれ上がった唇がわずかに動いて、聞き取りにくい言葉が返ってきた。

「今度は、旦那に生きていてもらう――」

慶次郎は辰吉を見た。辰吉も、かろうじて開いている片方の目で、慶次郎を見つめていた。

「ご面倒をかけました。手拭いは、いただいて参りやす」

長い間世話になったという意味か、賢吾と一緒に大番屋へ駆けつけたことへの礼か、咄嗟《とつさ》に判断しかねているうちに、辰吉は、足をひきずって走り出した。

その先を、賢吾がふりかえりもせずに歩いている。

慶次郎は、辰吉が賢吾に追いつくのを眺めていた。十三年前、慶次郎は、女房を刺し殺した男に襲いかかろうとした辰吉をとめた。そのことを、辰吉は、彼自身も気づかぬうちに、恨みつづけていたのではないかと思った。

それにしても、あの男——と、慶次郎は思った。大根河岸《がし》の吉次が、辰吉の起こした騒ぎを知らぬわけがない。慶次郎に従っていた辰吉と幾度か顔を合わせているし、三千代の死因にも気づいていたようだから、辰吉の乱暴の目的も、わかっていない筈《はず》がなかった。

が、吉次は、一言も辰吉の騒ぎには触れなかった。意識して触れなかったとしか思えない。

あの野郎——。

思わず大根河岸へ向って歩き出した目の前を、吉次の妹夫婦の顔が通り過ぎた。妹夫婦はそろそろ竈《かまど》の火を落とし、暖簾《のれん》を中にしまっている。あの蕎麦《そば》屋の朝は早い。疲れきった軀《からだ》で、もう一働きだと売り上げの勘定をし、やれやれと寝床に入って手足を伸ばしたところへ、また定町廻りが顔を出しては迷惑だろう。

いつまでも動こうとしない慶次郎が心配になったのか、賢吾と辰吉が足をとめていた。

慶次郎は、足早に歩き出した。案の定、それを見た辰吉が、賢吾より先に歩き出す。今日は、どうしても慶次郎と顔を合わせたくないようだった。

幾つか横丁を曲がっているうちに、二人の姿が見えなくなった。二人とは違う横丁を曲がってしまったのかもしれなかった。

慶次郎は、足をとめて月を眺めた。先に寝《やす》めと言ってある飯炊《めした》きの男は、もう夜具の中にもぐり込んでいて、屋敷には明りすらついていないだろう。

が、戻ってみると、屋敷の前で賢吾が待っていた。

「辰吉は小網町《こあみちよう》に友達がいるそうで、今夜はそこへ泊めてもらうと言ってましたよ。あの足で天王町まで帰るのはつらそうだから、うちへ泊れと言ったんですが」

「すまねえ――」

慶次郎は懐を探った。賢吾に立て替えてもらった番人への心付けを払うつもりだった。

賢吾は、その手を押えて「お互い様」だと言った。

「それよりも、うちでめしを食いましょう。たいしたものはありませんが、酒は、ちょいといいのがありますよ」

「賢さんと飲みてえのはやまやまだが」

慶次郎はかぶりを振った。少しでも早く床に入って、明日を待ちたかった。明日になれば、爪《つめ》の先程でも、ツネの手がかりが摑《つか》めるかもしれないのである。

蕎麦を食ってきたと言う慶次郎を、賢吾も強いて誘おうとはしなかった。妻がいて、十歳と七歳になる娘と、三歳の息子がいる賢吾の屋敷で食事をしたあとで、自分の屋敷へ戻って行く慶次郎の気持を考えたのかもしれなかった。

慶次郎は、賢吾の妻から蠟燭《ろうそく》の明りをもらって屋敷に入った。飯炊きの男が気をきかせたつもりなのだろう、居間に床がとってあり、五勺《しゃく》ほどたしなむ寝酒の支度もできていたが、慶次郎は羽織と着物を脱ぎ捨てて床に入った。これまでは目をつむると朝がきたが、今は夜が長かった。

翌朝、めしを食わねば軀に毒だと言う飯炊きの男の叱言《こごと》を聞き流して、慶次郎は大根河岸へ向った。昨日とはうってかわって、凍りつきそうな風の吹きおろしてくる曇り空だった。

まだ店は閉まっていて、裏口へまわると、妹の亭主が一心不乱に蕎麦をうっている。声をかけるのも憚《はばか》られたが、物干場にいた妹が慶次郎を見つけてくれた。

吉次を起こしてくると言って部屋の中へ入って行ったが、なかなか戻ってこない。慶次郎の名を聞いても吉次が床から出ようとしないらしく、妹は申訳なさそうな顔で二階から降りてきた。

「上がっても差《さ》し支《つか》えなけりゃ、俺が起こすよ」

「うちは、かまやしないんですけど。何せ、汚くしておりますから」

「いいさ」

慶次郎は、笑って階段をのぼった。

「入るぜ」

声をかけて唐紙を開けると、頭から掻巻《かいまき》をかぶっていた吉次が、ようやく半身を起こした。

「来なさるだろうとは思っていたが、時刻が早過ぎるよ」

と、あくびまじりに言う。頭をかくと白い雲脂《ふけ》が散り、はだけた衿《えり》もとから、瘦《や》せてあばら骨の浮いている胸が見えた。

「昨日、南の十手《じって》持ちが騒ぎを起こしたことを教えてくれていりゃ、俺だってこんなに早く来はしねえさ」

「お教えする気はあったんですがね。旦那《だんな》がツネのことばかりをお尋ねになったんで」

「なるほど」

慶次郎は、枕許《まくらもと》にとぐろをまいていた帯と着物を吉次の膝《ひざ》へ投げ、腰をおろす隙間《すきま》をつくった。

「で、一晩ぐっすりと寝て、ツネの一人や二人は思い出してくれたかえ」

「さあて」

「頼むよ」

と、慶次郎は言った。

「お前がツネを思い出してくれねえと、あの十手持ちが、また騒ぎを起こさねえともかぎらねえ。お前や月番の同心にも迷惑をかけるし、あんなことをしていたら、あの十手持ちの軀が毀《こわ》れちまう」

「好きでやっていることでしょう」くらいの、意地のわるい言葉が返ってくるのではないかと思ったが、吉次は黙っていた。

「お前《めえ》も知っているだろうが、俺の娘はツネに乱暴され……」

「おっと」

吉次はめやにだらけの目を向けて、慶次郎と視線が出会うと横を向いた。

「お嬢様は、ご病死でしょうが」

慶次郎は口を閉じた。

吉次は、雲脂の落ちる頭をかき、あばら骨の浮いている胸のあたりをかいて、溜息《ためいき》ともあくびともつかぬ息を吐いた。

「やっと一人、ツネを思い出しましたよ」

吉次が慶次郎を見た。

「が、言っておくが、こいつはあっしの縄張りうちで起こったことだ。あっしに断りなく、ツネを探さねえでおくんなさい」

「わかった。能書《のうがき》はいい」

「いえ」

吉次は、膝の上の着物と帯を払いのけて坐《すわ》り直した。

「ツネが何をしたか知らねえが、俺あ、手前《てめえ》が教えたことで、南の旦那や岡っ引に手柄をたてられるなんざ真っ平だ。いいですか、ツネはあっしがつかまえます。決して旦那お一人で、ツネを探さねえでおくんなさい」

はじめて見る吉次の真剣な顔だった。慶次郎は、横を向いてうなずいた。

捕えると吉次が言うからには、ツネには叩《たた》けば出る埃《ほこり》があるのだろう。が、その埃は、たいしたものではないにちがいない。ちがいないが、実はツネには、埃どころか大きなごみがついている。ツネは、三千代の命を奪った大罪人なのだ。吉次に捕えさせては意味がない。ツネは、所払いくらいの軽い罰を言い渡され、江戸の町の中に埋もれてゆく。慶次郎がふたたび見つけ出すまで、のんきな顔をして酒をのみ、くだを巻き、朝寝をしていられるのである。

一日も、いや一刻《いっとき》もツネにのんきな顔をさせておきたくはなかったが、北の十手持ちを連れて歩くわけにはゆかぬなどと言えば、吉次はまた口を閉ざす。嘘《うそ》も方便と、言訳をしながらうなずいた慶次郎の胸のうちには気がつかず、吉次は真剣な顔つきのまま、十日ほど前に炭町の自身番へ駆け込んできた娘がいると話しはじめた。

娘の話によると、前日、鼻緒を切って困っていた男に端布《はぎれ》を渡してやったらしい。その男が、菓子折を持って礼を言いにきた。やさしげな男だったので、娘も安心して礼の言葉を聞いていたが、親達が留守だとわかると、馴《な》れ馴《な》れしく部屋に上がってきた。端布の礼に菓子折を持ってきたことも、娘を見る目つきも薄気味がわるく、娘は、茶の葉をきらしたと言って家を飛び出してきたという。

自身番には、折よく定町廻りと吉次が居合わせた。すぐに娘の家へ駆けつけて、娘の帰りを待っていた男をつまみ出したのだが、その男の名が常蔵だった。

「どこだ。どこに住んでいる男だ」

「落着いておくんなさい、旦那」

吉次は、苦笑して言った。

「一緒に探すと言ってるじゃありませんか。すぐそこの畳町に住んでいたんですがね、炭町の娘を手籠《てご》めにしそこなったという噂《うわさ》がたって、引越して行きましたよ」

どこへ——と言いかけて、慶次郎も苦笑した。吉次は、「一緒に探す」と言っているのだった。

「それに第一、畳町の常蔵が、旦那のお探しになっているツネと決まったわけじゃありません」

「その通りだ」

畳町へ行って、常蔵という男の評判を聞いてみようと思った。慶次郎は、懐《ふところ》を探って吉次への小遣い銭を出した。

吉次が、いやな顔をした。小遣い銭が少なかったのだろうかと思ったが、慶次郎の視線に気づくと、吉次は口許《くちもと》に薄笑いを浮かべて金を右手で放り上げ、左手で受け取った。

念のために、畳町の自身番で常蔵の引越先を尋ねてみた。夜逃げ同然ですからねと、番屋の書役は苦笑した。炭町で定町廻りからこっぴどく叱《しか》られた翌々日、ふいに引越して行ったらしい。が、隣りの惣菜屋《そうざいや》の女房が常蔵の娘を可愛《かわい》がっていたので、尋ねれば多少のことはわかるかもしれないという。慶次郎は、常蔵が住んでいた畳町北側の裏通り、稲荷《いなり》新道へ急いだ。

抜け裏と思ったのが行き止まりで、舌打ちをして引き返す。急がばまわれと表通りへ出たとたんに、男達の罵《のの》りあう声が聞えてきた。

中の一つに聞き覚えがある。慶次郎は、もう一度舌打ちをして走り出した。

乾物屋の角を曲がれば稲荷新道だが、その曲がり角に人だかりがある。喧嘩《けんか》を遠巻きにして眺めているらしい。人をかきわけて前へ出て行くと、案の定、辰吉が二人の男を相手に十手を振りまわしていた。

あのばかやろう。まだ化物みてえな面《つら》をしてやがるってえのに……。

一瞬、これまでのいきさつなどは、きれいに忘れた。昨日も散々殴られている辰吉の躯が心配になって、慶次郎は懐の十手を摑み、三人の中へ飛び込もうとした。

その袖《そで》を引く者がいた。ふりかえると、吉次がめやにだらけの目を細くして笑っていた。

「ツネは一緒に探すと申し上げた筈ですぜ、旦那」

「ツネじゃねえ、辰吉が……」

「ご心配なく。ありゃ、あっしが使っている男でさ。ご覧なせえ、辰兄哥《あにい》も殴られちゃいねえでしょうが」

言われてみれば、二人の男は辰吉の胸ぐらや肩を摑んで揺さぶっているだけで、こぶしを振り上げてはいない。

ちょいと早道を駆けてきたのですがねと、吉次は、もう一度笑った。常蔵の行方を探しに来た者へ難癖をつけ、惣菜屋へは行かせぬようにしろと下っ引達に言いつけたが、まさか辰吉がひっかかるとは思わなかったと言う。慶次郎が自身番へ寄ったり、抜け裏でまごついたりしている間に、畳町へ着いていたようだった。

「あっしの縄張りうちで騒ぎを起こすのは、辰兄哥一人にしておくんなさい。いいですかえ？　旦那」

年下の者に言い聞かせるような口調だった。

慶次郎は、あらためて吉次を見た。吉次は、手拭《てぬぐ》いでめやにを拭《ふ》いている。顔も洗わずに飛び出してきたにちがいなかった。慶次郎は、一曲りも二曲りもしている吉次の胸の底にあるものに、はじめて触れたような気がした。小遣い銭で礼を言おうとした慶次郎に、いやな顔をする筈であった。

吉次は、慶次郎を路地へ押し込んで、三人に近づいて行った。縄張り違いを理由に、辰吉を追い返すつもりらしかった。

嫌味な言葉を並べる吉次に、辰吉は、まだ腫《は》れ上がっている顔をしかめていたが、ここは引き上げた方がよいと判断したのだろう。十手を腰にはさんで踵《きびす》を返した。路地には慶次郎がいると気づいていたようだが、まったくの知らぬふりで通り過ぎて行った。

「旦那――」

吉次が手招きをしていた。

その横に、たすき姿の女が立っている。惣菜屋の女房のようだった。

が、惣菜屋の女房も、常蔵の行先についてはまるで知らなかった。自身番の書役も言っていた通り、ふいに思いついての引越らしく、常蔵の娘ですら、荷車を借りてきた父親を見て驚いていたという。

「でもね、炭町の娘さんを手籠めにしようとしたというのは嘘ですよ」

惣菜屋の女房は、意外なことを言い出した。

「常さんは、娘が座敷へ上がれと言ったのだと話してましたもの」

常蔵が嘘をついているのかもしれないと慶次郎が口をはさむと、惣菜屋の女房は、とんでもないというように首をすくめた。

「それはね、旦那が常さんに会っていなさらないからですよ。お会いになりゃ、すぐおわかりになります。ほら、どういうわけか、放っておけないような気持になる人がいるじゃありませんか」

常蔵はそういう男だったと、惣菜屋の女房は言った。炭町の娘も、鼻緒を切った常蔵を黙って見ていられずに端布を渡したのだろうし、礼を言いに行った常蔵を、出入口では何だから――と座敷へ上げる気にもなっただろうというのである。

「常さんもわるい人じゃないんですけど、手は早い方ですからね。炭町の娘さんは、急に薄気味わるくなって、自身番へ駆け込んだのだと思いますよ」

だから、定町廻りに追いかけられるような罪はないのだと言いたいらしい。

吉次が慶次郎を見た。三千代も、道に迷っていたツネを黙って見ていられなくなって、霊岸島まで案内して行ったのではないかと言っているような気がした。

慶次郎は横を向いた。仮に三千代が炭町の娘と同じような気持になったのだとしても、ツネが三千代に乱暴し、三千代がその口惜《くや》しさに耐えかねて、みずから命を絶った事実に変わりはなかった。

慶次郎は、常蔵の商売を尋ねた。出入りの店を聞き出せば、行方はわかる筈《はず》であった。

貸本屋だったのですけどね――と、惣菜屋の女房は、歯にものがはさまっているような言い方をした。

「おとしちゃん――ええ、常さんの娘は、おとしちゃんっていうんですけど、その子の話じゃ、ずいぶんと繁昌《はんじょう》していたそうですよ。そりゃ、常さんが行くのを待っている人が大勢いるんだもの、繁昌もするでしょうが、なかには旦那がいるのに常さんといい仲になっちまったり、おとしちゃんごと常さんをひきとっちまう人もいたようでねえ」

客の女達とのいざこざが絶えなかったらしい。常蔵は、出入りをしていた板元《はんもと》から関係を絶たれたようだった。

「このところ、見かけない女がきていたようだから、その女に養ってもらっていたんでしょ、きっと」

惣菜屋の女房は眉《まゆ》をひそめた。

「おとしちゃんは、最初のおかみさんの子でしてね。あの子も、もう知らない女の人と暮らすのはいやだ、小母《おば》さんの子になりたいって言うし、わたしもそのつもりになっていたんですけどねえ」

そんな時に、炭町の娘を手籠めにしたという噂がたった。おとしは、常蔵にせきたてられるまま引越の荷造りをし、常蔵の引く荷車のあとを押して行った。十三歳になる娘だという。

慶次郎は、惣菜屋の女房の顔から、淋《さみ》しげな表情が消えるのを待って尋ねた。

「常蔵に荷車を貸したのは誰か、お前《めえ》、知っているかえ」

惣菜屋の女房は、うなずいて数軒先を指さした。炭屋の看板があり、看板の向うに荷車があった。

「その日のうちに返すと言ったから貸したのに、返しにきたのは二日後だって、炭屋の半兵衛《はんべえ》さんは怒ってましたよ。常さんも、そういうところがいい加減なんですよね」

「有難うよ」

慶次郎は、惣菜屋の女房の饒舌《じょうぜつ》に苦笑しながら歩き出した。炭屋へも寄ってみるつもりだったが、吉次が猫のように、足音もたてずについてくる。

慶次郎は、炭屋の前を通り過ぎた。惣菜屋の女房の口ぶりでは、炭屋も常蔵の行先を知らぬだろう。念のために足をとめ、炭屋から話を聞くよりも、早く吉次を追い払いたかった。

常蔵は、その日のうちに荷車を返しにくると言ったという。

江戸で貸家の札を探すのは、さほどむずかしいことではない。常蔵は、畳町に近い芝か日本橋で、空家を見つけるつもりだったのかもしれない。

が、返しにきたのは二日後だった。芝へ行ったか日本橋方向へ向ったかわからないが、引越して行こうと思っていたところで、てごろな貸家が見つからなかったのではあるまいか。

貸本屋の職を失った常蔵の懐が、ゆたかである筈がない。といって、四畳半一間の長屋では、女がたずねてきた時に娘の居場所がなくなってしまう。やすい家賃で二階のある家を——と探しまわっているうちに、梟《ふくろう》の鳴声が聞える江戸郊外まで行ってしまったのだろう。

翌日は疲れはてて、動く気にもなるまい。荷車を返すのが遅くなるわけだった。

高輪《たかなわ》か、巣鴨《すがも》か、雑司《ぞうし》ケ谷《や》か、或《ある》いは隅田川を越えて、亀戸《かめいど》村あたりへ行ってしまったか。

白いものがちらついてきたような気がして、慶次郎は目を上げた。雪はまだ降り出していなかったが、数寄屋橋御門《すきやばしごもん》が見えていた。南町奉行所は、橋を渡った向う側にある。

慶次郎は足をとめた。吉次を振りきるために奉行所へ顔を出すつもりだったが、先刻からつけられている感じが失《う》せている。

ふりかえってあたりを見廻したが、やはり吉次の姿はない。それでも用心をして、いったん橋を渡り、御門の前から引き返そうとすると、「森口の旦那《だんな》じゃありませんか」という声がした。島中賢吾の手先だった。

「お探し申しておりました」

手先は、慶次郎の腕を摑《つか》んだ。有無を言わさず奉行所へ連れてこいと、賢吾に言いつけられているのかもしれなかった。

一緒にいた下っ引らしい男が、奉行所へ駆けて行った。二言三言話すと、門番も事情を承知していたとみえ、すぐに中へ走って行った。

手先は、両手で慶次郎の腕を摑んでいる。

痛《いて》えじゃねえかと叱りつけて、その手を振り払おうかと思ったが、門番が戻ってくるより早く、賢吾が奉行所の門から飛び出してきた。

そのうしろから、筆頭同心も駆けてくる。慶次郎の脳裡《のうり》を、喧嘩を売った相手に殴られて、戸板ではこばれてきた辰吉の姿が通り過ぎた。

「森口さん」

腹立たしさに息がはずんでいるらしい賢吾の口からも、真先にその名前が出た。

「いったい何があったんですか。辰吉を見張るよう言いつけておいたのですが、俺が先にツネを見つけなければ森口さんがあぶないとか大変なことになるとか、わけのわからないことを言って、皆がとめるのもきかずに素っ飛んで行っちまったそうです」

どこへ――と、思わず慶次郎は言った。

畳町の常蔵が女のことで騒ぎを起こし、引越して行ったと、辰吉がどこから聞き込んだのかはわからない。が、辰吉なら、引越には荷車が必要と見当をつける。荷車は、炭屋の看板の横にあった。辰吉は、吉次の手下と揉《も》める前に、二日も返してくれなかったという炭屋の愚痴を聞いていたのではないか。

「どこへって、こっちが聞きたいくらいですよ」

と、賢吾は言ったが、下っ引が、巣鴨の方へ行ったと口をはさんだ。

「お前さんも、あまり勝手な真似《まね》をしねえでくんなよ」

筆頭同心が、穏やかな口調で慶次郎に言った。

「これ以上、島中に迷惑をかけなさんな。辰吉が妙な騒ぎを起こさねえうち、下っ引の手を借りて、早く探してきな」

慶次郎は、深々と頭を下げた。怒った顔を人に見せたことのない筆頭同心にも、三千代の死以来、面倒をかけつづけている島中賢吾にも、心底からすまないと思った。

が、慶次郎に、辰吉を探す気はなかった。畳町にいた常蔵と名前がわかれば、もうツネの字のつく男に喧嘩を売ったりはしないだろう。辰吉探しは、下っ引にまかせておけばいい。慶次郎は、辰吉が常蔵を探しに行ったという巣鴨とは反対方向の、高輪へ行くつもりだった。

吉次が慶次郎の屋敷をたずねてきたのは、その日の夕暮れであった。重そうにふくらんだ雲が低くたれこめて、暮六つを過ぎたような暗さだったが、夕暮れ七つの鐘もまだ鳴っていなかった。

慶次郎は、高輪から帰ってきたばかりだった。品川まで足を伸ばそうと思っていたのだが、慶次郎のようすをあやしんだ賢吾が手先にあとをつけさせていて、なかばむりやりに連れ戻されたのだった。

「見ちゃいられねえや」

と、吉次は声を出さずに笑った。

「旦那も、辰兄哥もさ」

巣鴨へ向った辰吉も、下っ引達に連れ戻されたらしい。

「板元からお払い箱になって、女に食わせてもらっている男が、高輪やら巣鴨やら、女が通うに不便な所へ行きやすかね」

その通りだった。投げ出した足をこぶしで叩《たた》いていた慶次郎は、横を向いて苦笑した。

「あっしゃ、騙《かた》りってえことで、常蔵を引《し》っ捕《とら》えるつもりなんですがね」

「何だと」

顔色を変えた慶次郎を見て、声を出さぬ吉次の笑いが濃くなった。

「旦那に黙っていちゃあ、一生恨まれるんじゃねえかと思って」

「一緒に行く。案内しねえ」

慶次郎は、十手《じつて》を懐《ふところ》へ入れて立ち上がったが、吉次は動こうともしなかった。

「せっかくですが、こいつは、あっしの捕物なんで」

「わかっている。が、俺にも調べてえことがある」

「あっしの捕物だと申し上げておりやす。ご存じでしょうが、あっしの捕物にゃ、ろくなものがねえ。好きな男に貢《みつ》いでいた女を脅かして、あいつに騙《だま》されて金を渡したと訴えさせたりね」

慶次郎は口を閉じた。吉次のやりそうなことであった。

「ご納得いただけやしたかね」

どっこいしょと、吉次は年寄りじみた掛け声を口にして腰を上げた。

「が、お断りしておきやす。妙なところがあれば、かならず騙りの罪をかぶせやすが、いいいっぽっちも埃《ほこり》が出なけりゃ、追《お》っ放《ぱな》すよりほかはござんせん。よろしゅうござんすね」

どこかの娘に乱暴を働いたのではないかと予測がつけば、騙りの罪をきせるようにするが、うまくしらをきられた時は、「わるかったな」の一言で放免にすると言っているのだった。

慶次郎は答えなかった。吉次も、辛抱強く慶次郎の返事を待っていた。長い時がたったようでもあり、すぐにその考えがひらめいたようでもあった。

わかった——と、慶次郎は言った。

吉次は、疑《うたぐ》り深そうな目で慶次郎を見た。が、慶次郎が、懐から出した十手を、三千代の戒名が書かれた白木の位牌《いはい》の前へのせるのを見て安心したらしい。「よけいなことですが」と前置をして、口うるさい年寄りが説教をするような口調でつけくわえた。

「北の旦那方も言ってなさいやしたがね。お嬢様がお亡《な》くなりなすっても、何とかいう若いお方をご養子にお迎えなさりゃいいじゃありやせんか」

人に説教する柄か——と、てれくさくなったのだろう、最後の方は、聞きとりにくいほどの早口だった。

「それじゃ、ご免なすって」

吉次は、尻端折《しりはしょ》りをして裏口から出て行った。いやなものが降ってきやがったという声が聞えてきた。とうとう雪が降ってきたようだった。

慶次郎は、羽織を脱ぎ捨てた。簞笥《たんす》の引出から、そろそろ暇を出してもよいのではないかと三千代が笑っていた古い紬《つむぎ》をひきずり出し、手早く着替えて尻を端折る。ちょっと迷ったが、十手はそのままにして、大小だけを腰にさした。

玄関から外へ出ると、風が雪を吹きつけた。粉雪が牡丹《ぼたん》雪にかわるのか、小さな雪を押しのけるようにして、それこそ牡丹の花びらほどもありそうなのが、暗い空からとめどもなく降っていた。

慶次郎は、三千代に聟《むこ》を迎えて暮らす筈だった屋敷を眺め、頬かむりをして笠《かさ》をかぶった。

「これで、終る」

自分に言い聞かせたのかもしれないし、雪の間から心配そうに慶次郎を見つめている、三千代に囁《ささや》いたのかもしれなかった。

そっとくぐり戸を押して外へ出た。板塀のつづく角を、背を丸めて曲がって行く吉次の姿が見えた。

八丁堀を抜け、大名屋敷の前を通って、吉次は、住居《すまい》のある大根河岸《がし》へ向っているようだった。見込違いだったかと、慶次郎は思った。

常蔵が見つかったと言えば、手を出すなと釘《くぎ》をさしておいても慶次郎は動く。慶次郎が吉次であれば、慶次郎が動き出さぬ前、今日のうちに常蔵を捕えてしまう。

が、大名屋敷の塀がとぎれたところで、それまでひたすら道を急いでいた吉次が、足をとめてふりかえった。

慶次郎の左側は大名屋敷の塀、右側は掘割の河岸地で隠れるところはない。「ままよ」と、慶次郎は立ち止まらずに歩きつづけた。

それがよかったのだろう。降りしきる雪にも邪魔をされて、吉次は、着流しの尻端折りが慶次郎だとは思わなかったようだった。

吉次がにやりと笑った、――ように見えた。吉次は大名屋敷の角を曲がり、ふたたび八丁堀の組屋敷の中を抜け、日比谷町《ひびやちよう》へ向って行く。

霊岸島かと、慶次郎は思った。日比谷町を抜け、本八丁堀から新高橋を渡れば霊岸島で、霊岸島には例の空家がある。懐が淋《さみ》しく、四畳半一間の長屋しか借りられなかった常蔵が、女と泊りに行っても不思議はない。

吉次は、頭にも肩にも雪を積もらせて歩きつづけている。慶次郎の推測通り、日比谷町へ入ったが、そのまま新高橋のたもとを通り過ぎた。

京橋川の河口へ出た。海からの風がつめたかった。吉次は、やぞうをこしらえた手を頰に当て、首をすくめるようにして、京橋川にかかる稲荷橋《いなりばし》を渡って行く。渡れば、築地本湊町《ほんみなとちよう》であった。

空も海も灰色で、遠く、どこまでも雪が降っていた。大きくふくらんでは打ち寄せてくる波は杭《くい》に遮られ、海の吠《ほ》える声が雪の向う側から聞えてくる。

しばらく海沿いの道を歩いていた吉次は、風のつめたさに耐えきれなくなったのか、表通りへ出て行った。

慶次郎もあとを追う。ほとんどの家が戸をおろしていて、吉次は、その軒下を足早に歩いていた。が、家並がとぎれるたびに、凍りつくような風が吹き込んでくる。流されぬように舟を繫《つな》ぎなおしている声が、桟橋《さんばし》から聞えてきた。

吉次がふりかえりそうな予感がして、慶次郎は横丁に身をひそめた。案の定、吉次は足をとめて、うしろを向いた。明石町《あかしちよう》のはずれ、寒橋《さむさばし》のたもとであった。

見つからなかった筈《はず》だが、吉次は動かない。雪の降りしきる橋のたもとで仁王立ちとなり、歩いてきた道を見据えている。吉次も、慶次郎が近くにいるような気がしているのかもしれなかった。

常蔵はこの近くだと、慶次郎は思った。

動いてくれ、早く。寒橋を渡るのか渡らぬのか。

かめ屋という古びた看板を出している家の羽目板に身を寄せて、慶次郎は息をひそめた。

海が吠えていた。風もうなっていた。が、ほかには何の物音もない。家の中には人がいて、熱い茶を飲みながら話もし、夕飯を早めにしようと米をとぎもしているだろうに、雪がすべての物音を吸い込んでいるようだった。

その中には、常蔵が煙管《きせる》に残った吸殻《すいがら》を吐月峰《はいふき》へ落とし、女を引き寄せている音も混じっているにちがいない。

くそ――。

ようやく吉次が動いた。橋は渡らず、暗くなってきた海辺へ駆けて行く。

慶次郎も横丁を走り出た。海辺ならどこへ行くのか見当がつく。桟橋を海へ突き出した漁師の家が並んでいるが、砂利置場の隣りに、小屋と言ってもいいような家がある。かつては一人暮らしの老人が住んでいたが、今は孫夫婦にひきとられて、空家になっている筈であった。

そこまで案内してもらえば充分だった。慶次郎は、砂利の山へのぼって行こうとした吉次を呼びとめた。

ふりかえったのが、吉次の油断だった。慶次郎は吉次に当て身をくわせ、意識を失ったのを表通りの軒下へはこんだ。

刀の下緒《さげお》で吉次の両手を縛り、手拭《てぬぐ》いで口をふさいで、活《かつ》を入れる。こんちくしょう――と、吉次はわめいたようだった。

慶次郎は、砂利の山を駆けのぼった。

降りたところに破れの目立つ板塀があり、家は、その中へ埋もれるようにたっている。慶次郎は、左手で刀の柄《つか》を押し下げながら出入口に立った。案内を乞《こ》う声に応じて常蔵が出てきたなら、白刃で脅しても、四日前に霊岸島へ行ったかどうかを聞き出すつもりだった。

が、案内を乞う前に、ささくれのたちそうな板戸が内側から開いた。痩《や》せて背の高い女の子が、外へ飛び出そうとして引き戻され、引き戻した男を突きのけて、袖付《そでつけ》をほころばせながら転げ出た。おとしという娘にちがいなかった。

「この、ばかやろう。こんなに雪が降ってるってのに、どこへ行こうってんだ」

男が娘を追ってきた。娘は、咄嗟《とっさ》に慶次郎を楯《たて》にして叫んだ。

「どこへ行こうと、わたしの勝手よ。お父《とっ》つぁんは、その女の人と一緒に暮らしていればいいでしょう。わたしは海に飛び込んで死んでやる」

娘の声が風にちぎれた。

開け放しの板戸からは、二十五、六と見える女の顔がのぞいている。

慶次郎は、娘をつかまえようとして近づいてきた男の前に立ちはだかり、刀の鯉口《こいぐち》を切った。

「畳町にいた常蔵か」

「誰だ、手前《てめえ》は」

男の整った顔が蒼《あお》ざめて、出入口に立っていた女があわてて戸を閉めた。

「四日前、お前はどこにいた」

「じょ、定町廻りか」

霊岸島へ行ったと白状したようなものだった。慶次郎は、ものも言わずに刀を横に払った。

が、右手に突き当ったもののために、刀は常蔵の足許《あしもと》にあった小石を叩いた。命を絶たれたかと思うほどの声を上げて蹲《うずくま》ったのは常蔵だったが、頬から血を流しているのは、おとしの方だった。慶次郎の右手へ体当りをした時に、頬が刃《やいば》に触れたようだった。

「お、おとし……」

「こないで」

おとしは、這《は》って近づこうとした父親に、砂を摑《つか》んで投げつけた。

「お父つぁんなんざ、斬《き》られて死んじまいなさいよ。あたしは、お父つぁんの娘じゃありませんからね。お父つぁんの血なんか、これっぽっちも流れてませんからね」

が、おとしは、慶次郎が常蔵へ近づこうとすると、その足にしがみついた。慶次郎は、おとしをひきずって、一歩、歩いた。

「俺がわるいんじゃねえ」

常蔵がわめいた。

「霊岸島の空家で、誰もいねえようだと言ったら、のこのこ中へ入ってきた娘がわるいんだ。抱いてくれと言っているようなものじゃねえか」

軀《からだ》がかっと熱くなった。慶次郎は、おとしが足に嚙《か》みついているのも忘れ、腰をついたまま懸命にあとじさる常蔵を追った。

「わるかったよ。あやまるよ」

常蔵の声が雪の中を飛ぶ。

「炭町の娘がいけねえんだ。上がって茶を飲んでゆけと言っておきながら、番屋へ駆け込みゃがって。それと、俺の言い分を聞いてくれずに俺を叱りつけやがった旦那《だんな》のお仲間がいけねえんだ」

おとしの手が、必死に慶次郎の両足を押えようとしていた。

「旦那だって、娘の仕返しをしようとしているじゃねえか。俺だって、俺の言い分を聞いてくれなかった八丁堀のやつらに、仕返しをしたかったんだ」

「黙れ」

ふりかぶった刀の前を、黒い影が走った。影は、頭をかかえて軀をちぢめている常蔵をかばい、顔中痣《あざ》だらけの辰吉の姿になった。

「旦那。旦那の本性は鬼か」

「どけ。邪魔をするな」

「足許をご覧なせえやし」

足の重みに、はじめて気がついたように思えた。慶次郎は、ぎごちなく目を下へ向けた。首が、きしんで鳴ったような気がした。

おとしは頬から血を流し、震えながら慶次郎の足にしがみついていた。足から手を離すこともできぬほど、軀がこわばっているのだった。

黒い影がもう一つ、板塀の中へ入ってきた。脇腹《わきばら》を押え、足をひきずっている。軒下へ置きざりにしてきた筈の吉次だった。

慶次郎から離れられぬおとしを見て、吉次は、手に息を吐きかけながら近づいてきた。白く雪の積もりはじめた地面に蹲り、丹念におとしの腕や手をさすって、慶次郎の足から引き剝《は》がす。重みがとれたとたんに、慶次郎も、その場へ蹲りたくなった。泣声が聞えてきた。緊張がゆるんで頰のかすり傷が痛くなったのか、慶次郎の白刃《はくじん》が恐しくなったのか、おとしが泣き出したのだった。

「うちへ帰《けえ》りな」

と言った慶次郎の言葉が聞えたのかどうか、おとしは、激しくかぶりを振っている。泣きながら「お父つぁんなんか、死んじまえ」と言っているようだった。

「わかったよ」

吉次が、頰の傷に手拭いを当ててやった。

「が、お前のお父つぁんは、この男っきりいねえんだぜ」

慶次郎は、刀を鞘《さや》におさめて娘に背を向けた。

終った――。そう思った。

海が吠え、風がうなって、積もったばかりの雪を巻き上げていた。

が、考えてみれば、何も終ってはいなかった。終りどころか、これからがはじまりかもしれなかった。

慶次郎は、辰吉をふりかえった。それから吉次に目をやった。女房を失ったあと、一人だけの歳月を、二人はどうやって踏み潰《つぶ》してきたのだろうか。踏み潰して一年が過ぎ、二年が過ぎても、まだどれほどの命が自分に残されているか、見当もつかぬのである。それなのに明日からは、三千代を犯したツネを追う仕事もなくなるのだ。

「帰ろう――」

返事はなかった。

慶次郎は塀の外へ出て、もう一度二人をふりかえった。女房を死なせた男が女に埋もれた男を立ち上がらせ、女房に逃げられた男が、父親に死んでしまえと叫ぶ娘の背をさすっていて、雪は、その四人の軀をひとしく白に染めていた。

慶次郎は、砂利の山にのぼって辰吉と吉次を待った。二人は、頭や肩の雪を払いながら駆けてきた。

「屋敷で飲むか」

やはり、返事はない。が、辰吉は慶次郎の肩に積もった雪を払い、吉次は、自分の手をくっていた刀の下緒を差し出した。慶次郎は、目に笑みを浮かべて砂利の山を降りた。

明石町から船松町を過ぎ、鉄砲洲橋を渡ったところまでは確かに吉次も一緒に歩いていたが、築地から本八丁堀へ渡ろうとしてふりかえると、いつの間にかその姿が消えていた。吉次のつむじが真直《まっす》ぐになることはないのかもしれなかった。

律《りち》儀《ぎ》者《もの》

落葉を掃く高箒《たかぼうき》の音が近づいてきた。

縁側で詰将棋に頭を悩ませていた森口慶次郎は、手に持っていた桂馬《けいま》を王将の前に置きながら腰を浮かせた。

箒の主は、飯炊《めした》きの佐七である。佐七が庭掃除をしていて、寮番の慶次郎が、本を片手に将棋盤を睨《にら》んでいてよいわけがない。

箒の音に追い立てられるように立ち上がったが、何をすればよいのかわからなかった。十五で定町廻り同心の見習いとなって、四十四で隠居、四十七の今年まで、掃除や炊事に手を出したことがないのである。

妻が生きている間は、茶が飲みたいと思えば、将棋盤から目を離しただけで、目の前に少々濃いめの熱い茶がはこばれてきた。娘の三千代も、気のきくことにかけては妻に負けなかったし、養子の晃之助《こうのすけ》は、妙に料理がうまかった。十八で三千代が逝《い》ってから新しく雇った飯炊きも、陰日向《ひなた》なく働く男で、晃之助に跡を継がせた慶次郎は、詰将棋に頭を悩ませ、下手な句を帳面に書きとめていればよかった。また、それが三千代の死を忘れられる最も有効な方法でもあった。

そんな男が、霊岸島《れいがんじま》の酒問屋、山口屋の寮番となったのである。佐七の手助けにはならず、足手まといになるのは当然だった。

根岸へきてから今日で十日になるが、昨日も庖丁《ほうちょう》で大根より先に指を切ったし、一昨日は庭掃除をしようとして、山口屋自慢の松の枝を折ってしまった。呆《あき》れ返った佐七に、「もういいよ。旦那《だんな》はあっちに行ってておくんなさい」と追い払われて、今日は、庭の落葉を眺めて句をひねったり、縁側で将棋盤を相手にしていることにきめたのだった。

「旦那――」

と、佐七は、湯呑《ゆの》みだけを台所へ持って行こうとした慶次郎を呼びとめた。

「何だえ？」

返事をしながら、慶次郎は、寮番となって根岸へ移ってきたその日に、「湯呑みと急須《きゅうす》を一つずつ片付けていねえで、盆の上にのせて、いっぺんにはこんだらどうだね」と叱《しか》られたことを思い出した。将棋の駒も、将棋盤も片付けねばならないのだ。気がついてみれば、湯呑みも駒《こま》と一緒に盤にのせて行けばよい。

が、佐七は昨日のように顔をしかめたりはせず、高箒を戸袋へたてかけて、縁側へ腰をおろした。

「きてるよ、これが」

隣家を指さして、親指を立てて見せる。それが言いたくて、落葉を掃き寄せながら縁側へ近づいてきたらしい。

隣家は、日本橋本石町《ほんごくちょう》の扇問屋、美濃屋《みのや》清兵衛の寮であった。内儀《ないぎ》のおときが気鬱《きうつ》の病いにかかっているとかで、一年ほど前から女中と二人で暮らしているという。

先刻、庭先で男の声がしていたのは慶次郎も知っていたが、根岸でもう十年も暮らしている佐七は、「ありゃ、亭主の声だ」と言った。主人の清兵衛が、女房の見舞いにきたのかもしれなかった。

「だけどね、旦那」

佐七の声は大きい。大声の人間に悪人はいないのだそうだが、慶次郎は、隣家の庭を見て落着かなくなった。

「女中のおかよさんが、使いに出されているからね」

そのあとは、聞かなくてもわかる。おかよが使いに出ている時は、谷中《やなか》の感応寺《かんのうじ》古門前町《ふるもんぜんちょう》にある酒屋の伜《せがれ》が、御用聞きにくる。

無論、ただの御用聞きではない。四日前にその伜が酒を届けにきた時も、佐七は、好奇心をむきだしにした顔で慶次郎に知らせにきた。まさか——と笑ったのだが、佐七の推測が正しいことを認めぬわけにはゆかない。

「酒屋の伜がきたら、お内儀《かみ》さんは、どうしなさるのかね」

善人は、よけいな心配をする。

「亭主がいては、次の約束ができないだろうし。明日、谷中まで酒を買いに行って、伜を呼び出すのかねえ。明後日《あさって》とか明々後日《しあさって》とか約束ができたとしても、今度はおかよさんを使いに出す口実に困る」

「よしねえな、みっともねえ」

佐七の両頰が、みるまにふくれた。「みっともねえ」の一言が癪《しゃく》に障《さわ》ったらしい。佐七は、高箒を取って庭の真中へ出て行った。

落葉に八つ当りをしているのか、力まかせに掃き寄せられるそれが縁側へ飛び込んでくる。慶次郎は、湯呑みをのせた将棋盤を部屋へはこんで、表の出入口から外へ出た。

茅葺《かやぶき》の屋根がついた小さな門の前には小川が流れていて、枯枝が堰《せき》をつくっている。赤く染まった葉が幾枚も枯枝にせきとめられていて、一句浮かびそうだった。

慶次郎は、懐《ふところ》へ手を入れた。帳面はあったが、矢立《やたて》を下げていなかった。

紅葉を見つめている慶次郎に、三十四、五と見える男が、ていねいに挨拶《あいさつ》をして行った。この十日間でずいぶん根岸を歩きまわったが、まったく見かけたことのない男だった。

まさか清兵衛がくるとは——と、おときは思った。

根岸で暮らすための金は、月のはじめに番頭が届けにくる。その間に医者がきて、手代もようすを見にくるが、清兵衛がきたのは、おときが根岸へ移った翌日と、その二月《ふたつき》くらいのちの二度だけだった。

おときは二度とも頭痛に悩まされていて、すまないが帰ってくれと言った。それが気に障ったのだろうか、それとも、女房の病気より売り上げの少なくなっている方が心配なのだろうかと、ひえびえとした気持になっていたのが伝わったのかもしれなかった。いずれにしても、酒屋の松太郎のくる日に顔を見せるとは、偶然にしても意地のわるい男だと思った。

清兵衛は、おときが選んだ聟《むこ》だった。両親が最後まで反対していたのを、おときは今更のように思い出した。両親が聟にと望んだいとこは、石町《こくちょう》の紙問屋の入聟となり、気の強い女房と姑《しゅうとめ》に手を焼いているそうだ。

爪《つめ》を嚙《か》んでいると、清兵衛が「おい——」と呼んだ。

「お隣りへ挨拶に行かなくともよいのかえ。草庵《そうあん》先生の話だと、町方だった男が寮番になってきたそうじゃないか」

「ええ」

おときはうなずいて、清兵衛のいる部屋へ出て行った。庭に面した八畳の部屋で、床の間とつくりつけの飾り棚がある。清兵衛は、そこへ火鉢をはこばせて、茶を飲んでいた。

「寮番が見つかるまでは女所帯だ。どんなことで世話になるかしれないから、ちょっと挨拶に行ってくるよ」

へええ——と、おときは胸のうちで言った。

この人にもまだ、こんな気持があったんだ。

暮らしに必要な金だけを置いて、さっさと帰ってくれればよいと思っていたことが、少しばかりうしろめたくなった。

先刻、清兵衛は、ちょうど十両持ってきたと言っていた。おときは目を見張った。着物と帯をあつらえて、深川の平清《ひらせい》や新鳥越町《しんとりごえちよう》の八百善《やおぜん》などへ行って、舌に贅沢《ぜいたく》をさせてやってもあまる金額である。

「半年分？」

と、いやみを言うと、清兵衛は苦笑いをした。好きな着物を二、三枚もあつらえれば、少しは病いも軽くなるだろうと思ったのだという。その時もおときは、いささかうしろめたくなった。

「ご挨拶には、わたしも一緒に行きます」

今度は清兵衛が怪訝《けげん》な顔をした。去年の正月に、伯母の家へ一緒に行くのもいやがったことを思い出したのだろう。おときの伯母は、いとことの縁談が持ち上がった時、清兵衛への思いを一番先に打明けた人だった。

「おいや？」

と、おときは笑ってみせた。

「とんでもない」

清兵衛はかぶりを振り、眩《まぶ》しそうに目をしばたたいた。今度は清兵衛が、医者や手代を寄越すだけで見舞いにこなかったことを、うしろめたく思ったにちがいなかった。十両が入った財布は、床の間の横の飾り棚に置いてある。おかよを上野まで使いに出してしまったので、不用心かなとは思ったが、意外なことに、清兵衛と一緒に挨拶に行くのが嬉《うれ》しいのだった。髪を撫《な》でつけているうちに、飾り棚の財布は脳裡《のうり》から消えた。

隣りの寮番は、小川の橋の上に立っていた。矢立の筆で、懐紙に文字を書きつけている。俳諧《はいかい》か川柳でもつくっているのだろう。

「隣りの美濃屋清兵衛でございます」

と、清兵衛が言った。清兵衛も、狂歌の会に入っている。女所帯だからよろしく頼むと言う筈《はず》の挨拶が、横道へそれていった。

「お楽しみでございますな」

「いやいや、とんでもない」

「私も狂歌の会に顔を出しますが、褒められたことがございません」

「わたしの方も、四苦八句というやつですよ」

寮番は、おかしな駄洒落《だじゃれ》を言って頭をかいた。昔は南町奉行所の定町廻りで、今は息子がその役目をついでいるという。

「一度、ご一緒に句をひねりながら、酒でも飲みたいものでございます」

「結構なお誘いですな」

と、寮番が笑った。

「不器用でね。飯炊きの手伝いをしようとしてはしくじって、毎日叱られています」

「私は、番頭に叱られます」

清兵衛も笑った。おときは、ひさしぶりに清兵衛の笑顔を見たような気がした。

「その上、狂歌の会で貶《けな》されます」

「わたしは師匠なしで、好き勝手に句をつくっているが、ま、似たようなものでしょう。とにかく、褒められながら、酒を飲めるとは有難い。いや、下手な句にお世辞を言ってもらえるものと、勝手にきめてのことですが」

「褒めます、褒めます。そのかわり、私の狂歌にも、お世辞をお願いいたします」

清兵衛は、声をあげて笑っている。何年ぶりのことだろうと、おときは思った。

はじめての子を流産し、二人めの子が歩くこともできずに三つで死んで、あの夫婦は前世の罰《ばち》が当っているのだ、一緒になってはいけない者どうしが、むりに夫婦となったのも何かの因縁だなどと陰口をきかれるようになってから、清兵衛は笑わなくなった。狂歌の会に行くと言っては家を明け、女遊びもするようになった。おときは、狂歌になど興味はなかったし、当時は、浮気など考えたこともなかった。狂歌や女へ逃げ込んで、疲れはてたような顔で帰ってくる清兵衛はずるい男にも、薄汚い男にも見えたものだ。

店の売り上げが少しずつ落ちはじめたのは、その頃からのことだった。

「お隣りに、これほど気持のよいお方がお住まいだったとは、迂闊《うかつ》にも存じませんでした。これからは女房の見舞いを口実に、ちょくちょく出かけてくることにいたします」

「それは反対でしょう。わたしとの約束を口実に、お内儀さんのお顔を見にきなさるにきまっている」

「何を仰言《おつしや》いますか」

おときも口許《くちもと》へ手を当てて笑いながら、何気なく自分の住まいをふりかえった。

小川に沿って山口屋と美濃屋の柴垣《しばがき》がつづき、はずれに美濃屋の橋がある。その橋を、若い男が渡っていた。松太郎だった。

背筋が寒くなった。仕事があるので八つ半前には行けないと言っていたのだが、思いのほかに早く仕事が片付いたのかもしれなかった。おときは、ぎごちなく橋に背を向けた。

御用聞きがきたと言って、この場を離れてしまえばよいとはわかっていた。美濃屋の寮に戻って、「酒屋さんかえ」と大声を出せばよいのである。「あとで五合届けておくれ」と言えば、時折知っていると言いたげな目でおときを見る佐七のほかは、誰も不思議に思うまい。

が、「御用聞きがきた」という言葉が、どうしても出てこない。かわいた唇を舐《な》めていると、寮番の森口慶次郎が、「客のようだが」と言った。清兵衛と向いあっていた慶次郎の目にも、松太郎の姿が映ったのだろう。

「ま、そうですか」

自然に声が出た。救われた思いだった。

「御用聞きかもしれません。お話がはずんできたところで申訳ございませんが、私は、ちょっと失礼をさせていただいて」

どうぞ——と言う慶次郎の声を背中に聞いて、おときは夢中で寮へ戻った。

松太郎は、首をかしげながら庭から出入口へ戻ってくるところだった。いつものように案内を乞《こ》うたものの、返事がなかったので庭へまわったらしい。

おときは、目配せをしてうしろを指さした。

「番頭さん？」

と、松太郎が低声《こごえ》で言う。おときは、かぶりを振って親指を立てた。

松太郎は首をすくめた。

「せっかくきたのに」

と言う。

「当分、こられないかもしれない」

「どうして」

「来年の春に、祝言《しゅうげん》をあげることになりそうですから」

「そう――」

胸の一部を抉《えぐ》りとられたような気がした。

松太郎とは、根岸へきて知りあった。気のよいのが取得の世間知らずな若者で、今でもおときを「江戸で一番垢《あか》抜けたおかみさん」だと信じているらしい。顔立ちも、美濃屋周辺の若旦那《わかだんな》達にくらべても遜色《そんしょく》はなく、そういう仲となるのに時間はかからなかった。が、清兵衛に女がいると知っていなければ、言い寄ったりはしなかっただろうと思う。

「とにかく、近いうちにもう一度きて。それで、ゆっくり話を聞かせて」

「むりですよ」

「むりをしてくれなくちゃいや」

これほどまで胸の痛むのが不思議だった。女と会っているかもしれない清兵衛を想像すると、夜叉《やしゃ》のような顔になるが、清兵衛と別れるつもりはない。両親はすでに他界している上、うるさいことを言う親戚《しんせき》もいないけれど、松太郎を聟にしようなどとは、考えたこともなかった。

「あのね」と、おときは声を張り上げた。

「あとで五合ばかり届けて下さいな」

「かしこまりました」

松太郎が調子を合わせたところで、足音が聞えた。清兵衛が橋を渡ってきたのだった。逃げ出すように門の外へ飛び出して行く松太郎を見送って、清兵衛は首をかしげた。が、おときとの間柄を疑ったわけではないらしい。「茶をいれてくれないか」と言って、広い土間となっている出入口へ入って行った。隣りの寮番と話がはずんだ余韻か、小唄《こうた》でも口ずさみそうなようすだった。

脱いだ羽織をおときに渡し、綿入れの袖《そで》なしに手を通しながら、陽当りのよい八畳へ行く。清兵衛の女が触れたのではないかと思うと、羽織がなまぬるく汚れているような気がしたが、おときは、黙って羽織を衣桁《いこう》にかけた。

いつまでも顔を合わせていたい相手ではないので、台所へ行く。大変だとわめく清兵衛の声が聞えたのは、その時だった。

おときは、火箸《ひばし》を持ったまま八畳の部屋へ走った。台所へ出てこようとした清兵衛と、鉢合わせをするところだった。

「今の男だ。すぐに追いかける」

「今の男って、お酒屋さんですか？」

「そうだよ。財布がなくなっているんだ」

「そんな、ばかな」

思わず清兵衛の前に立ちはだかったが、確かに飾り棚の上にあった財布が消えていた。

「どいておくれ。間に合わないかもしれないが、追いかけてみる」

「待って下さいまし」

おときは、清兵衛の袖を摑《つか》んだ。

「松太……いえ、さっきの御用聞きは、谷中のお酒屋さんの伜《せがれ》さんですよ」

「酒屋の伜でも、魔がさすことはある」

「あるかもしれませんけれど」

「何が言いたい」

おときの手が、清兵衛の袖から離れた。そういえば先刻の松太郎は、庭へまわって家の中を覗《のぞ》いたようだった。おときが留守なのかどうか、確かめてみたにちがいないごく自然な行動が、一瞬だが、「もしや」と思えた。

「私は、あいつを疑っているんだ」

「でも、あの伜さんは、お人好《ひとよ》しで評判なんです」

「とにかく、追いかけてみる」

と言って、清兵衛はおときを見た。つづけて言いかけた言葉を飲み込んだようにも見えた。

おときは壁際《かべぎわ》へあとじさり、清兵衛は、部屋を飛び出して行った。

出入口の戸を開ける音が聞え、門の外へ駆けて行く足音が聞える。ためらっている場合ではなかった。おときも出入口へ走った。松太郎は、うぶと言ってもよい男だ。そこが可愛《かわい》いのだが、追いついた清兵衛に、何を尋ねられ、どう答えるかわからない。草履《ぞうり》を突っかけて、門の外へ出た。

「どうしなすった」

という声がした。驚いてふりかえると、山口屋の寮番が立っていた。

「たった今、ご主人が血相を変えて出て行きなすったね」

清兵衛が走って行った方向をさした手が、懐紙を持っている。まだ橋の上にいて、句をつくろうとしていたようだった。

「酒屋の伜を追って行きなすったようで、ちょいと気になったのだが」

おときは、寮番が定町廻り同心であったことを、あらためて思い出した。届けてくれと頼んだ酒がいらなくなったなどと、嘘《うそ》をついても見破られるだけだろう。

「見えなくなったものがございまして」

と、おときは、ためらいがちに言った。

「私どもが落としたのを、お酒屋さんが拾ってくれて、どこかへ置いて下すったのではないかと……」

「そのどこかが、酒屋の懐《ふところ》ですか」

寮番は苦笑した。

「困ったお人だな。酒屋が何も知らなかったら、どうします」

一っ走りようすを見て来るかと言って、寮番は懐紙を懐へ押し込んで走り出した。清兵衛より十歳は年上だろうに、身のこなしは軽く、若々しかった。おときも走ったが、追いつけるものではなかった。

が、梅屋敷の近くまで行ったところで、清兵衛と寮番が、肩を並べて戻ってくるのが見えた。争ったようすはなく、清兵衛が松太郎を見失ったのかもしれなかった。こう見えてもいそがしいのだと言っていた松太郎が、取引先に寄って帰るつもりで、脇道《わきみち》にそれたのだろう。

「こちらの旦那に叱《しか》られたよ」

と、近づいて行ったおときに清兵衛が言った。おときは、ちらと寮番を見た。清兵衛は寮番を、旦那と呼んでいる。もと同心としてつきあう気になったようだった。

「旦那の仰言る通りさ。血相を変えて追いかけてこられて、身に覚えのないことを尋ねられれば、誰だってかっとなる。しかも、こっちは別のことでも頭に血がのぼっているからね。何を言い出すか知れたものじゃない。口論となったら、大変だったよ」

待針の先で突き刺すような言葉が混じっていたが、清兵衛は、おときの視線に素知らぬ顔で、うちにお寄りになりませんかと、慶次郎を誘っている。おときに茶を点《た》てさせるつもりなのだろう。

どうぞ――と、おときも言った。今、清兵衛と二人きりになるよりは、慶次郎がいてくれた方がいい。

一足先に帰ると言って、おときは早足になった。炉へ火を入れておこうと思った。

見馴《みな》れた柴垣のつづく道になり、板を渡しただけの橋が見えた。おときは、橋の上に落ちていた楓《かえで》の葉を手に持って家の中へ入った。出入口の板の間にも、赤く染まった楓の葉が落ちていた。

縁側の障子を開け放しておいた覚えはないのに、風が吹き込んでいる。おときは、急いで八畳の部屋へ入った。

障子が半分ほど開いていて、幾枚かの楓の葉が、風と一緒に畳の上を滑っていた。おときは、縁側へ駆けて行って庭を見廻した。

人の気配はない。

だが、縁側から部屋へ戻って障子を閉めた時、おときは息をのんだ。なくなった筈《はず》の財布が飾り棚に、それも、清兵衛が置いたところにのっていたのである。

そそっかしい人だと苦笑したが、その笑いが凍りついた。

いくら粗忽者《そこつもの》でも、自分が置いたところにある財布に気づかぬわけがない。財布がなくなったと騒いだのは、松太郎を追いかけて行く口実ではなかったのか。

いつから知っていたのだろう。

背筋に悪寒《おかん》が走ったが、おときは、すぐにその背を真直《まっす》ぐに伸ばした。

清兵衛だって女がいるではないか。家つき娘のわたしに、好きな男がいてどこがわるい。

財布を持って茶室へ行こうとしたが、その足がとまった。十両の金が入っているにしては、財布が薄いのである。先刻、清兵衛が差し出した時は、重そうにふくらんでいたのである。

おときは、財布を開けてみた。

開けて見ただけで、小判の数の少なくなっているのがわかった。かぞえてみると、ちょうど半分、五枚の小判がなくなっていた。

「どうも、生れつきの粗忽者のようでございまして」

と、清兵衛は笑っている。

が、茶を点てているおときは、気が気ではなかった。

おときを迎えにきた清兵衛は、その手の上の財布を見て目を丸くした。棚の上にあったと言うと、まさかとかぶりを振ったが、おときの表情を見て信じる気になったらしい。頬がひきつれていたようだった。

ただ、頬がひきつれた理由は、清兵衛の思っているそれとはちがう。走って行った清兵衛が、いくらも行かぬうちに松太郎を見失っているのである。財布を懐へ捻《ね》じ込んだ松太郎が、そのまま家へ持ち帰ってはまずいと気がついて、五枚の小判を抜き取ったものを返しにきたのかもしれないのだ。農家の裏にある田圃《たんぼ》道《みち》を往《ゆ》き来したならば、清兵衛にも慶次郎にも会わずにこの八畳へ出入りできただろう。

柄杓《ひしゃく》を取ったが、その手が震えている。

松太郎がなぜそんな気を起こしたのかわからないが、盗人《ぬすっと》の名をかぶされてしまうのは可哀《かわい》そうだった。第一、盗人を愛《いと》しいと思っていた自分が恥ずかしい。松太郎が疑われぬようにするには、清兵衛が財布の薄さに気づく前に、金を入れておかねばならないのだが、入れる金がないのである。

財布や手文庫にある金をかき集めたが、銭や小粒をまぜても一両二分にしかならなかった。あとは、おかよが頼りだった。十三の時に美濃屋へきて、十年近くも働いているおかよは、行李《こうり》の底に十二、三両の金をためている。早くそれを借りたいのだが、おかよはまだ帰ってこない。松太郎との関係に気づいているおかよは、気をきかせているつもりなのかもしれなかった。

「それにしても、あの財布が見えなかったとは。まだ若いつもりでおりますのに」

清兵衛は、愉快そうに笑っている。その顔がいつひきつれるかと思うと、また手が震えた。おときは、大きな泡ができてしまった二服目の茶を、慶次郎の前へはこんだ。清兵衛が、意外そうな顔をした。相思相愛だった頃は、母にねだってよく茶の湯の会を開き、清兵衛も招いたものだが、どれほど気持が昂《たかぶ》っていても、こんな茶を点てたことはなかった。

七つの鐘が鳴った。

おかよは、まだ帰ってこない。

「とんだ長居をしました」

と、慶次郎が言った。

「まだ、よろしゅうございましょう」

清兵衛がひきとめたが、その声に力がない。そろそろ自分も帰らなくてはと思っているのだろう。出入口の戸が鳴ったが、おかよではなく、風のいたずらだったようだ。

「いえ、お暇《いとま》いたします。旦那はのんきだねえと、佐七に叱られるわけがよくわかりました」

「それは、それは」

と、清兵衛は笑う。もうひきとめるようすはない。

が、「ちょっと、お待ち下さいまし」と言って立ち上がった。いつも持っている、商売物の扇を渡すつもりなのだろう。

その扇は、床の間に置いてある。床の間の前に行けば、いやでも飾り棚の財布が目に映る。先刻は気づかなかったが、今度は、その薄さに驚いて手に取るだろう。中には五枚の小判しかない。

清兵衛は、茶室を出て行った。

「いいご主人ですねえ」

と言う慶次郎の声が、遠くに聞えた。廊下へ出ればすぐ隣りが八畳の部屋なのに、清兵衛は、なかなか戻ってこない。財布を開けてみたにちがいなかった。

「お待たせをいたしました」

俯《うつむ》いている耳に、清兵衛の声が聞えた。おときは、声と反対の方へ顔を向けた。清兵衛と視線を合わせたくなかった。

「つまらぬものですが、これをご縁に」

扇を差し出した清兵衛の声が、こわばっているような気がした。

「末広がりのご縁ですな」

慶次郎の声は、あいかわらず屈託がない。ふりかえると、清兵衛の目が待っていた。探るような目つきだった。

「それでは」

「何か」

と、慶次郎が腰を上げる。思わず、「お待ち下さいまし」という言葉が出た。

だが、待ってもらうような用事はない。返事に詰まった時に、勝手口の戸が開いた。おかよが帰ってきたのだった。

「少し――ほんの少し、お待ち下さいまし」

おかよは、菓子を買ってきた筈だった。待ってもらった慶次郎には、その菓子を渡せばいい。

茶室から出たおときは、台所へ急いだ。おかよは、帰り道に八百屋へ寄ったらしく、大根の葉ののぞく風呂敷《ふろしき》包を板の間に置いて、汗を拭《ぬぐ》っていた。

「お帰り。ご苦労だったね」

おときは、おかよを手招きして、耳許《みみもと》に口を寄せた。

「お願い。四両ばかり貸しておくれ」

「四両？」

「しっ」

おときは、唇に指を当てた。

「旦那《だんな》様がお帰りになったら、すぐに返すから」

「旦那様？　旦那様がおみえなのですか」

おかよは、驚いて目を見張る。おときはじれったくなって、おかよの手を力まかせに引いた。

「ちょっとの間でいいんだよ。早く、早く四両出しておくれ」

「そりゃお出ししますけど、いったい何で……」

「これがお菓子の包だね。せっかく買ってきてもらったけど、お客様に差し上げてしまうよ」

甘いものに目のないおかよは、少々不服そうな顔をしたが、おときにせかされて、台所脇の小部屋に入った。

戸棚から行李を引き出して、蓋《ふた》を開ける。着物が皺《しわ》にならぬよう、一枚一枚行李の外に出して重ねているのが、おときには苛立《いらだ》たしかった。おときがつくってやった着物が出てきて、派手になってくれてやったのがその上にのせられて、夏の単衣《ひとえ》と浴衣《ゆかた》が出てきて、やっと行李の底が見えた。手拭《てぬぐ》いを敷いた上に薄汚れた袋がある。袋は、木綿糸で行李に結わえつけられていた。

「四両でいいんですね」

「そうだよ」

貸すのももったいなさそうに一枚ずつかぞえて出したのを、奪い取るようにして、おときはおかよの部屋を出た。

足音をしのばせて茶室の前を通り、八畳の部屋へ行く。おかよの四両に手文庫から出しておいた一両を合わせ、飾り棚の財布へ手を伸ばした。

男の声がした。おときを待ちかねた慶次郎が帰ろうとして、部屋をのぞいたのかもしれないと思った。おときは、肩を震わせてふりかえった。

唐紙は閉まっていた。表の出入口へ駆けて行くおかよらしい足音が聞え、おかよに挨《あい》拶《さつ》する愛想《あいそ》のよい声も聞えてきた。呉服屋のようだった。

おかよが、おときを呼んだ。掛取りにきたらしい。

おときは、持っていた金を財布に入れて、唐紙を開けた。隣りの唐紙も開けられて、男達が廊下へ出てきたことには気がついたが、その時には目の前に清兵衛がいた。

「ま、ごめんなさいませ」

おときが避けようとした方へ、清兵衛も軀《からだ》を寄せた。がっしりとした軀に華奢《きゃしゃ》な軀がぶつかって、そのはずみに財布が落ちた。

小気味のよい音を立てて、小判が廊下に跳ねた。五両しかなかった筈なのに、五枚以上が落ちても、まだ財布から小判が顔を出していた。かぞえてみると、十五両あった。

おかよが障子の向うから呆気《あっけ》にとられたような顔を出し、清兵衛がおときを、おときが清兵衛を見た。

「ふえましたね」

慶次郎の笑い声が響いた。

長火鉢をはさんで向いあっているのは、何年ぶりのことだろう。話の種を見つけなければと思うのだが、とってつけたような話となる種しか見つからない。

茶の間にもおときの寝間にも使っている、四畳半だった。

清兵衛が泊ることは、おかよが駕籠《かご》に乗って知らせに行った。明日、ゆっくり帰ってこいと言ったので、おそらく昼近くまで二人きりになる。長火鉢の銅壺《どうこ》がたぎって、おときは、炭火に少し灰をかけた。

「飲むかえ」

と、清兵衛が銚子《ちょうし》を持った。むりに話の種を探さなくとも、「もう少し、いかがですかえ」と、そう言って銚子を持てばよかったのだと思った。

「湯呑《ゆの》みにするかえ」

「意地悪」

おときは、清兵衛をかるく睨《にら》んだ。その一言で、塞《ふさ》がれていたような胸が開いて、言葉が出てくるようになった。

「飲めば頭がくらくらすると知ってなさるのに」

「頭をくらくらさせて、聞いてもらいたいんだよ」

清兵衛も思いきったことを言うつもりらしい。

「おひろさんでしょう」

おときは、女の名前を言った。

「赤ちゃんでも?」

清兵衛は、かぶりを振った。

「ここへくる前に寄ってきた」

「そう――」

ここへくる前に寄って、いったい何をしてきたのか。おときは、銚子へ手をのばした。頭をくらくらさせたくなった。

こっちにしておけと、清兵衛が言う。おときは、言われた通りに猪口《ちょこ》へ酒をついだ。

「金を渡してきただけだよ」

「どうだか」

「わるい癖だな」

清兵衛は苦笑した。根岸へくる前のおときは、ここらあたりで涙を浮かべ、「どうせわたしは赤ちゃんを生めない女ですよ」と言ったものだ。

「信じてもらいたい？」

「うむ――」

「では、信じてあげる」

「それは有難い」

言葉のきれたところで風が楓《かえで》を揺すって行って、清兵衛の方が湯呑みへ酒をついだ。

「もう少し、金をくれと言われたよ。ゆっくり暮らせないから、赤ん坊が生れないんだってね」

「そう――」

風が、また楓を揺すって行った。

「子供が欲しくないと言えば嘘《うそ》になる。が、二言めには、お内儀《かみ》さんに子供がいないのだからと言われるのがいやになってね。――だから先刻、何気なく財布の中を見た時に、これはおひろのしわざだと思った。

「それじゃ、おひろさんがお気の毒じゃありませんか」

「仰《おお》せの通りだ。が、酒屋の伜《せがれ》が盗んだのでなけりゃ、おひろしかいない」

「わたしの、いやがらせだったかもしれないじゃありませんか」

清兵衛がおときを見た。

「お前が盗《と》ったとは、一度も思わなかったよ」

そういえば、おときも清兵衛が嘘をついたとは思わなかった。松太郎が盗んだのではないかと疑っても、清兵衛が五両を十両だと言って持ってきたのではないかという疑いは、頭をかすめもしなかった。

「足りない五両は、あとで小僧に届けさせるが。それでよいかえ」

清兵衛は、湯呑みの酒を飲み干した。おときが銚子をとったが、酒はいくらも残っていない。二、三年前までは、こんなに飲む男ではなかったのだがと、おときは思った。

「届けて下さらなくっても結構です」

「どうして」

おときが清兵衛を見る番だった。

「本石町へ帰りますから、――持ってきて下さった五両がなくならないうちに」

清兵衛は、笑って湯呑みを口許《くちもと》へはこんだ。半分ほど入っている酒を、ほとんど一息で飲む。今度は、酒が喧嘩《けんか》の種になりそうだった。

翌日、慶次郎は、大根河岸《だいこんがし》に住んでいる岡っ引の吉次をたずねた。吉次は、同心達に調べのつかぬことまでよく知っている。掏摸《すり》や盗人《ぬすっと》の居所をつきとめても、同心の態度が気に入らぬ時は、捕えるどころか逃がしてしまうのである。それを恩に着ている悪党も多く、吉次が手柄をたてたいと呟《つぶや》けば、決して人には言わないでくれという知らせが届くのだった。根岸のように閑静なところで、戸締りに油断のある家へしのび込むのを生業《なりわい》にしている男も、吉次なら一人や二人は知っている筈《はず》であった。が、万年床の上に坐《すわ》った吉次は、「根岸のこそ泥ねえ」と言ったきり雲脂《ふけ》だらけの頭をかいていて、知っているにちがいない男の名をなかなか言おうとしない。部屋には酒のにおいがこもっているが、階下は吉次の妹夫婦がいとなんでいる蕎麦屋《そばや》で、だしのにおいが階段をのぼってきた。

「背は高からず低からず、太っても痩《や》せてもいなくって」

と、慶次郎は言って、自分が坐っているまわりに転がっているものを、次々に吉次の前へ並べた。矢立があって、泥だらけの足袋があって、呼子《よびこ》があった。昨夜の吉次は深酒をしたかして、階段をのぼってくるやいなや、万年床へもぐり込んだにちがいなかった。吉次はさすがに苦笑して、呼子を首に下げた。

「眉《まゆ》が濃くって、目がぎょろりとしていて、角張った顔の男を知らねえかえ」

慶次郎が説明した男の顔を絵にすれば、昨日、ていねいに挨拶をして通り過ぎた男の顔になる。

「まいったね」

吉次がまた頭をかいて、雲脂が寝床の上に散った。

「汚えな。早く教えてくれねえと、気分がわるくなりそうだ」

「わかりましたよ。旦那は、隠居をしてから人がわるくなりなすった」

「そんなこたあねえさ」

多分――と、吉次は言った。

「岩松のこったろうと思いやすがね。いかつい顔に似合わず、身の軽い奴《やつ》で」

「で、どこにいる」

「引っ捕えなさるんで？」

「そっちの方は隠居したよ。角張った顔の男も、隣りの夫婦に功徳《くどく》をほどこしたし。――ちょいと聞きてえことがあるだけだ」

それならばと、吉次は、その男が住んでいる町の名を言った。根岸にも近い千駄木《せんだぎ》坂下町で、本職は植木屋だという。

「腕のいい職人なんですがねえ」

もったいないというように、吉次はかぶりを振った。嫌いな男ではないらしい。一度や二度は、岩松の盗みを見逃がしたことがあるのかもしれなかった。

慶次郎は、吉次が穂先の割れた筆で描いてくれた絵図を見ながら、千駄木の団子坂をのぼった。

ちょうど一休みしたくなるところに植木屋らしい家があり、腰高障子にも、丸にかこまれた岩の字が書いてあった。慶次郎は、たてつけのわるいその障子を開けて、案内を乞《こ》うた。

女の声で返事があり、手拭いを頭にかぶったたすきがけの女が、通り抜けのできる土間の向う側から顔を出した。慶次郎は、山口屋の寮番だとなのった。

その声が聞えたのかもしれない。腹掛に股引《ももひき》、袢纏《はんてん》を着て手甲《てっこう》をはめた男が、女を押しのけるようにして土間へ入ってきた。角張った顔の、昨日の男だった。

「いやあ、よくおいでなさいやした。このうちは、すぐにわかりやしたか」

男は、陽気な口調で言いながら土間を歩いてきて、慶次郎の肩へ手を置いた。慶次郎を外へ押し出したのだった。

「すみませんが、調子を合わせておくんなさい。女房は、何も知らねえんで」

「お前《めえ》は俺を知っているのかえ」

「当《あた》り前《めえ》じゃありませんか」

岩松は、障子を後手に閉めると、先に立って歩き出した。坂を下り、谷中から根岸へ出るつもりなのかもしれなかった。

「それにしても、さすが、森口の旦那だ。挨拶をしたぐらいで、俺に目をつけるとは思わなかった」

「つけやしねえさ」

慶次郎は、岩松と肩をならべた。

「財布を返《けえ》しにこなかったら、俺あ、お前《めえ》のことなんざ思い出しもしなかったよ」

「やっぱりそうか」

岩松は、頭をかいた。吉次のような雲脂は落ちてこなかった。

「でも、五両しかいらなかったから」

慶次郎は足をとめた。

「五両しかいらなかっただと？」

「へえ。五両だけ、欲しかったんでさ。子供が患《わずら》って、ちょいと高い薬を飲ませちまったものだから」

岩松のいかつい顔がゆるんだ。これ以上、ゆるみそうにない笑い顔だった。

「この年齢《とし》になってからの子供だもので。へえ、お蔭様《かげさま》で命はとりとめやした」

「元気になったのか」

「いえ、まだ、ひいひい泣いて寝ていやす。さっきは、婆《ばあ》さんが抱いていやしたが」

薬代か――と、思わず慶次郎は呟いた。その言葉を岩松はどううけとめたのか、「五両ですみやしたからね」と言った。

「日本橋においでの先生に診てもらって、何とかいう貴重な薬をもらって、五両でやす「五両でやすからね。美濃屋さんから黙って頂戴《ちょうだい》した財布にゃ、十両も入っていたんで」

「それで律儀《りちぎ》に返しに行ったのか」

「へえ。返さなければ、あっしの沽券《こけん》にかかわりやす」

慶次郎は、足をとめて岩松を見た。

女房やおふくろや、大事な子供を泣かすようなことはするなと言うつもりだったが、岩松の角張った真面目《まじめ》そうな顔を見ていると、その前に吹き出しそうだった。

似たものどうし

静かだとは思っていたのだが、裏口の戸を開けると雪が降っていた。凍りつくようなつめたさが、軀《からだ》にまとわりついていた家の中の暖かさを片端から消していった。

寒《さむ》――と言ってふりかえったが、義弟《おとうと》の菊松は、気づかぬふりで蕎麦《そば》を釜《かま》から上げている。店の座敷には二、三人の客がいて、火鉢にかじりつきながら天ぷらで酒を飲んでいた。どこまで行くのか知らないが、酒と熱い蕎麦で軀を暖めた勢いで、この雪の中を歩いて行こうというのだろう。

二階の雨戸を開ける音がした。吉次を寝床から追い出した妹のおきわが開けているのだった。

戸口で雪を眺めていても、菊松にひきとめてくれる気配はない。吉次は懐《ふところ》を探った。外と同じくらいに冷えている十手《じって》と、小銭でふくらんでいる財布が指に触れた。

天ぷらで酒を飲むくらいの金は充分にあった。遅い朝めしを寝床の中で食べたばかりだが、酒を入れる胃の腑《ふ》も別にある。表から喜久屋《きくや》という暖簾《のれん》を出しているこの店へ入ってきて、酒を頼もうかと思った。が、やめにした。ただでさえ人に嫌われる十手持ちをつとめている女房の兄を、黙って二階に置いてくれている菊松がいやな顔をするにちがいないし、おきわも亭主に気兼ねして、吉次を叱《しか》りつけるに決まっていた。

吉次は、壁にかけられていた笠《かさ》をかぶっただけで外へ出た。

みかんの皮のようなものが降ってきた。物干場を見上げると、たすきがけに姉《あね》さんかぶりのおきわが、雪の降るのもかまわずに布団《ふとん》を手すりにかけ、はたきの柄《え》で力まかせに叩《たた》いている。みかんの皮は、布団についていたようだった。

「あら、兄さん」

おきわは吉次を見て、驚いたように言った。

「そんな恰好《かっこう》で、寒くないんですか」

袢纏《はんてん》を放ってくれと言おうかと思ったが、吉次は黙って歩き出した。

「蓑《みの》くらい着てお行きなさいな。ね、兄さんったら」

おきわの声が追いかけてきたが、吉次はふりかえりもしなかった。風邪をひいて、高熱でも出して、そのまま ころっと死んでしまえば面倒が一つへるだろうと、子供が拗《す》ねて考えるようなことを思った。

裏口からの路地を通り抜けて、北紺屋町《きたこんやちょう》の通りへ出た。京橋川の流れが、小さな音をたてていた。河岸地は大根河岸《だいこんがし》と呼ばれ、青物の市がたつ。当り前のことだが、川にも大根河岸にも雪が降っていた。

どこからか、「樽《たる》はございー」の声が聞えてくる。空樽や空櫃《あきびつ》を買い、空樽問屋に売るのを商売にしている者がこのあたりを歩いているのだろうが、聞き慣れぬ子供の声だった。親が風邪をひいたかして、子供が稼ぎに出たのかもしれなかった。

「寒——」

吉次は、身震いをして歩き出した。

「樽はございい」に重なって、煤竹売《すすだけう》りの声も聞えてきた。

年が明ければ、吉次は四十五歳になる。が、不惑どころか、吉次は女に惑い、金に惑い、岡っ引という人に嫌われる仕事を利用して、両方とも手に入れようとあがいて暮すことになりそうだった。

妹に迷惑をかけているのはわかっている。女房が子供を連れて逃げたあと、晩めしを妹夫婦のいとなんでいる蕎麦屋へ食べに行くようになり、いつの間にか二階へ住みつくようになったのだが、おきわはともかく、菊松がよく辛抱してくれると思う。

自分の部屋にした二階の四畳半は、万年床に万年炬燵《ごたつ》、おきわが掃除をさせてくれと言っても首を縦に振らず、炬燵の上でみかんが腐っているかと思えば、枕《まくら》もとに、いつ食べたかわからない天ぷら蕎麦の丼《どんぶり》が、黴《かび》をはやして転がっている。

妹夫婦には子供がなく、しきりに跡取りをもらいたがっているのだが、一度、まとまりかけた話のこわれたことがあった。養子にくる筈《はず》の子供が吉次の部屋を見て、その隣りの三畳へも蛆《うじ》が這《は》ってきそうだと泣き出したのである。

それでなくとも、「菊松さんとおきわさんは、いい人なのだけどねえ」と、吉次が同居していることを理由に養子縁組の話を断ってくる親が多いのだ。喜久屋の跡取りにしてくれるのなら、通三丁目の蕎麦屋で働いていた子を養子に出してもいいという話におきわ夫婦が飛びついたのもむりのないことなら、親達が挨拶《あいさつ》を口実に家の中を見にくるという日に、吉次を追い出したくなるのも当り前の話だった。

養子となる子は明けて十五、話が決まれば、年越し蕎麦でいそがしい大晦日《おおみそか》に、手伝いにくると言っている。気のきくやさしい子だと、おきわは、それだけで狂喜していた。評判を聞くと、なかなか気立てのよい子であるらしく、その子が養子となってくれれば、おきわは肩を揉《も》んでくれたといっては涙ぐみ、床をとってくれたといっては近所に自慢して歩くだろう。兄の吉次など、眼中になくなるにちがいない。

吉次は、中之橋のたもとで足をとめた。

川が、降りしきる雪を吸い込んでいた。妹に〝息子〟ができることといい、川の流れといい、昔を思い出させることばかりだった。ざっと十年の昔、吉次があこぎな探索さえしなければ、女房も息子も吉次のそばにいて、今頃は煤払いの餅《もち》つきのと、大騒ぎをしていた筈なのである。

「自業自得《じごうじとく》ってやつさ」

苦笑しながらの独り言に、思いがけない問いかけがあった。

「自業自得って何？」

驚いてふりかえると、吉次と同じように、破《や》れ笠《がさ》をかぶっただけの男の子が、空《から》の天《てん》秤棒《びんぼう》をかついで立っていた。

「樽はございい」と声を張り上げながら歩いていた男の子だろう、年齢は十二、三歳くらいか、鉤裂《かぎざ》きの目立つ着物につぎはぎだらけの股引《ももひき》、今にもすりきれてなくなりそうな藁草履《わらぞうり》を素足にはいて、片方の手を懐へ入れた生意気な恰好で立っている。

吉次は真顔になった。

「手前《てめえ》のしたことの報いを、手前《てめえ》が受けるってことよ」

「ふうん」

その説明ではよくわからなかったのか、曖昧《あいまい》な返事をして、男の子は吉次と肩を並べてきた。

瘦《や》せてはいるが背の高い子で、小柄な吉次の肩ほどもある。俺の子もこれくらいになっているかもしれないと、ふと思った。

「この寒いのに、よく働くね。お父《とつ》つぁんの具合でもわるいのかえ」

「親父《おやじ》がまともなら、苦労しねえや」

男の子は、天秤棒をかついだ肩をすくめ、おとなびた口調で答えた。

「おふくろが男をつくってうちを飛び出したあと、親父は酔っ払って喧嘩《けんか》をして、八丈島へ送られたよ」

俺の子は、男をつくっていたのを親父に知られたおふくろに連れられて、行方知れずとなった。――

吉次の子が父親について、母親からどういう風に聞かされているかはわからない。おそらく、探索の途中で摑《つか》んだ弱みを種に、強請《ゆす》りたかりを繰返している悪党だと教えられていることだろう。そしてもし、母親がまた男をつくって家を飛び出していたならば、吉次の子も、樽買いなどをして一人で暮らしている筈だ。

「寒いね」

と、男の子が言った。

「うむ、寒い」

鸚鵡《おうむ》返《がえ》しに答えて、吉次は京橋川の上流を見た。比丘尼橋《びくにばし》のたもとには、焼芋を売る店がある。

「小父さん、十手持ちだろ？」

比丘尼橋へ向おうとした吉次の足が止まった。

「十手持ちならどうする」

「話があるんだよ」

男の子は、はじめて子供らしい顔つきになって、あたりを見廻した。

「聞いてくれるかえ？」

男の子につられて、吉次もあたりのようすを見た。

喜久屋で酒を飲んでいた男達が、ちょうど店から出てくるところだった。おきわがさしてくれる傘を受け取った男達は、足駄の歯にたまる雪を気にしながら、中之橋とは反対側の京橋へ向って歩き出した。

有難うございましたというおきわの声が消えたあとに、川の音と、遠くなった煤竹売りの声が残った。

「俺でよかったら、聞いてやるぜ」

「親分でなくっちゃ、だめなんだよ」

男の子は、懐へ入れていた左手を出した。半紙を横四つに切ったくらいの紙を握りしめていた。

吉次は、きかぬ気らしい男の子の顔を、あらためて見た。男の子が握りしめているのは、脅し文句を書いた投げ文だった。

「先に焼芋でも食おうぜ」

吉次は、男の子の手から素早く投げ文を抜き取って、足早に歩き出した。

男の子の名は源太、住まいは、築地《つきじ》本願寺に近い南小田原町だと言っていた。脅し文が投げ込まれたのは五日前、あずかったそれには、子供にも読めるようにというつもりか、

たれにも　はなすな　はなせば　しぬ

と、筆太の仮名文字で書いてある。達者な字ではないが、なの字の終りを反対に曲げるような者が書いた文字とも思えない。漢字の一つや二つは知っている者が書いたにちがいなかった。

ということは、源太のいたずらではない。

昨日、焼芋を買いに行った時、吉次は、狭苦しいその店へむりやり入り、源太に名前と居所を書かせてみた。「文字くらい書けらあ」と、源太は肩をそびやかして矢立の筆を受け取り、鼻紙に、かろうじて源太と読める漢字と、『みなみおだはらちやう』という平仮名を書いた。南小田原町だった。その「な」の字の終りが、反対側に曲っていたのである。

が、当人は、寺子屋へ通っている頃は手習いが得意だったと胸を張っていた。なの字の終りは左へ曲るものと思い込んでいるようだった。

「さて——」

吉次は、投げ文を懐に入れて立ち上がった。

四畳半の部屋はきれいに掃除されていて、寝床の布団も炬燵の布団も新しいものにかわっている。脱ぎ捨てたままになっていた足袋《たび》やら下帯《したおび》やらは、洗濯されて物干場の竿《さお》にかけられ、借りっ放しの草双紙は無論のこと、とうに鮨《すし》は食べてしまった折詰も、洟《はな》をかんだ紙も、返されたり捨てられたりして何一つ残っていない。妙にひろびろとした部屋に坐《すわ》っていると、外の寒さが吉次一人にしみこんできて、風邪をひきそうだった。

戸棚を開けて行李《こうり》を引っ張り出す。おきわも戸棚の中までは手がまわらなかったのか、薄汚れた手甲脚絆《てっこうきゃはん》や合羽《かっぱ》は、吉次が押し込んだままになっていた。吉次は、合羽の紐《ひも》を引っ張った。ずるずるという音が聞えそうなだらしなさで、手甲脚絆と合羽が戸棚の外へあらわれた。

昨日、源太は詳しいことを話したがらず、吉次の家へも寄ろうとしなかった。何を黙っていろというのか見当もつかないが、家の中に達磨《だるま》が置かれていたり、たたんでおいた布団が部屋の真中に投げ出されていたり、妙なことがあったというのである。

大家に相談しても、ただのいたずらだと嘲《わら》われそうだし、自身番や近くの岡っ引の家へは見張られているような気がして入って行けない、そこで名前を聞いたことのある吉次を頼ろうと思い、樽買いを商売にしているのを幸いに北紺屋町へきて、吉次が出てくるのを待っていたという。

子供の源太がそこまで用心しているのに、岡っ引の吉次がそれらしい恰好でたずねて行くわけにはゆかなかった。吉次は手甲脚絆をつけ、合羽に振分荷物《ふりわけ》の旅支度で階段を降りた。源太からあずかった脅し文は、「探れば金になる」と吉次に囁《ささや》いていた。

先刻まで座敷はおろか、土間まで満員だった店は、潮がひくように客がいなくなったらしい。

足音をしのばせたつもりはないのだが、店の座敷で一休みしている妹夫婦の声が聞えてきた。

「さっき、──ほら、一番たてこんでいた時さ。あっちの親御さんと、あの子がうちのお蕎麦を食べにきてね、こんなにうまくって繁昌《はんじょう》しているお店の跡取りになれるのは嬉《うれ》しいって」

「ほう」

「いい子だねえ。わたしゃ明日の朝一番に、そこのお稲荷《いなり》さんへ油揚げとお燈明《とうみよう》を上げにゆくよ」

が、嬉しそうに笑った菊松の声が低くなった。

「喜ぶのはいいが、──大丈夫かねえ」

「兄さんのこと？」

「はじめっから会わせちまった方が、よくはなかったかえ」

「わたしもそう考えたのだけど、この前のことがあるからねえ。こっちの子になっちまえば、多少のことは辛抱してくれるんじゃないかしら」

吉次は、裏口から外へ出た。

昨日とはうってかわって、春のような陽射《ひざ》しが積もった雪を解かしていた。雪かきを終えた人達が、庇《ひさし》からしたたり落ちる雫《しずく》の音を合いの手に、世間話の花を咲かせている。

京橋川の流れも威勢がよく、隣りの隠居のように、「気持がいいねえ」と言いながら歩きたいのだが、雪解けのぬかるみを、草鞋《わらじ》ばきで歩くのは楽ではなかった。その上、近所の人達は、笠《かさ》で顔を隠した吉次に会釈《えしやく》はするのだが、声をかけようとはしない。捕物で出かけるにちがいない男へ、迂闊《うかつ》に話しかけて、かかわりあいになったら困ると思っているのだろう。

京橋を渡り、銀座を通って尾張町《おわりちよう》の角を曲がり、木挽橋《こびきばし》を渡るとなおさら道がわるくなった。かいた雪を集めて、空地に山ができているのはよいのだが、それが解けて流れ出し、道に泥水の池をつくっている。吉次は、自暴自棄《やけくそ》のようにその池へ入り、泥水をはねあげながら歩いた。

本願寺の前を通って橋を渡りはじめると、「いや――」という、涙のまじった女の子の声が聞えてきた。つづいて数人の子供の囃《はや》したてる声が聞え、女の子が悲鳴をあげた。あちこちにある空地のどこかで、女の子がいじめられているらしい。

吉次は、ぬかるみに足をとられながら走り出した。

ばか、おっ母《か》さんに言いつけてやるから——。

いいよぉだ。お前のおっ母さんなんざ、こわくないもん。——

駄菓子やら鼻紙やら手拭《てぬぐ》いやら、墨や筆まで売っている店の女が、曲りかけた腰に手を当てながら外へ出て行った。子供達は、その横の空地にいるようだった。

「およしよ」

と女が叫んだが、子供達は、身軽に動けぬ年寄りが、ぬかるみだらけの空地へは飛び込んでこられぬと、たかをくくっているのだろう。女の子をぬかるみに突き倒しては囃したてているらしく、女の子はとうとう大声で泣き出した。

よさねえか——とわめいて、吉次は、ぬかるみだらけの空地へ飛び込んで行くつもりだった。が、その言葉を飲み込んで足をとめた。空地の向う側にあるごみための間から、天秤棒を持った源太が飛び出してきたのである。

「手前《てめえ》ら、殴り殺してやる」

源太は天秤棒をふりまわし、雑貨屋の女が悲鳴をあげた。ねらわれた男の子が尻餅《しりもち》をついていなかったら、天秤棒で頭か肩を殴られていたところだった。

「やめろ」

吉次は源太に飛びついた。天秤棒をふりまわそうとした源太の手が、吉次の腹にめり込んだ。

「よせ。お前《めえ》が人殺しになってどうする」

「いいわい。あいつらを放っとけば、おしんちゃんが死んじまう」

「大丈夫、俺がついてる」

自分で言った言葉に顔が赤くなった。人を守ってやることくらい、吉次の性《しよう》に合わぬものはない。源太の話を聞いてやったのも、ほじくってゆけば金になりそうだと思ったからではなかったか。それでなければ、雪の翌《あく》る日のぬかるみを、築地くんだりまで歩いてきはしないのである。

「小父さんは、吉次親……」

抱きとめられている源太が吉次を見上げた。吉次は、大声で答えた。

「信州の伯父さんだよ。そら、お正月までには行くと、便りを出しておいたじゃないか」

ここ数年、弱みをにぎった人間を低声《こごえ》で強請った覚えはあっても、大声を出した記憶はなかった。

ぬかるみに蹲《うずくま》って泣いている女の子を抱き上げた吉次は、源太に袂《たもと》をつかませて歩き出した。

野良猫《のら》が餌《えさ》をあさっているごみための間を通って、吉次は、源太の住んでいる長屋の路地へ入った。

抱いていたおしんは向いの家の娘で、母親と二人暮らしだという。礼を言いに出てきた母親は、見るからに病身らしい青い顔をして、葱《ねぎ》の入っているらしい手拭いをのどに巻いていた。

仕立物いたし〼《ます》の看板は出ているが、あれではろくな仕事ができないだろうと、吉次は思った。

が、「あの母娘《おやこ》は何をして食っているのだ」と尋ねても、源太は、「さあね」とませた口調で答えようとしない。源太の妹で、人なつこそうな笑顔を見せたおそのも、向いの母娘のことについては、可愛《かわい》い唇をかたく結んでいた。

「それじゃ尋ねるが」

吉次は、源太の家へ入って部屋の真中に腰をおろし、いつもの通りの低声になった。

「昨日の言葉で五日前ってえと、師走《しわす》の八日か。八日のいつ頃、投げ込まれた」

「わからねえよ、そんなこと」

源太は、唇を尖《とが》らせた。

「朝、目が覚めたら、石ころと一緒に、土間にころがっていたんだもの」

「その前の日、――七日は、どのあたりで商売していた」

「俺あ、いつも三十間堀の六丁目から八丁目、尾張町、竹川町、金六町《きんろくちょう》あたりを歩いているんだ。たまに木挽町へも行くけど。尾張町には、俺を待ってて樽《たる》を出してくれる人もいるんだぜ」

「七日も、そのあたりを歩いたのかえ」

「ああ」

「その時に出会った人でもいい、ものでもいい、何でもいいから思い出してみねえ」

「いくら頭がよくたって、そんなに前のことを覚えていられるかってんだ」

そう言いながら、源太は天井を睨《にら》んだ。吉次をたずねる前も、七日の出来事を思い出そうとしたと言い、尾張町の料理屋で醤油《しょうゆ》樽を二つ買い、すぐに三十間堀四丁目の空樽問屋へ行ったと、その日のあらましはすぐに話してくれた。

「そのほかには」

「空樽問屋からの帰り道で、女の人に吠《ほ》えかかっていた野良犬を追っ払ってやった」

「そのほかに」

源太は、口をつぐんだ。思い出せぬらしい。

「醤油樽を売ってから、また木挽町を歩いたんじゃねえのか」

「歩いたよ。だけど、商売にならなくって、早めに帰ったんだ」

「早めに帰っても、河岸《かし》にしゃがんでいる人を見たとか、走ってきたやつが突き当ったたとか、何かあるだろう」

「いちいち覚えてねえよ、そんなこと」

「どこかで覚えている筈《はず》だ。ゆっくりでいいから、思い出しねえ」

「白髪《しらが》の爺《じじ》いが皺《しわ》くちゃ婆《ばば》あの手をひいて、嬉しそうな顔をして歩いてたのは、その日かもしれねえ」

「それから」

「覚えてねえったら。爺いと婆あのことは、おそのに話したから覚えてたんだ」

「三十間堀川の河岸で、一休みしなかったか。その時に、何か見なかったかえ」

「一休みなんかしねえよ。うるせえなあ、もう」

「思い出しな。お前《めえ》のことじゃねえか」

源太は横を向いた。吉次のしつこさに、腹を立てたようだった。

が、額に指を当てている。懸命に記憶の糸をたぐっているらしい。

「七日のことかどうかわからねえけど」

源太は、額に指を当てたまま言った。

「河岸でぼんやりしてる人を見た。それから、荷車を引いてゆく人とすれちがった」

「男か女か」

「両方とも男。若い人だった」

吉次は、泥水で濡《ぬ》れている脚絆を巻き直した。とりあえず、ぼんやりしていた男と荷車を引いていた男を調べるほかはなかった。

「よし」

木挽町七丁目の自身番で尋ねると、ぼんやりしていた男の名はすぐにわかった。和吉という海産物問屋の息子で、胸を患《わずら》っているらしいという。寝たり起きたりの暮らしをしていて、時折、気晴らしに河岸地を歩いているようだった。

が、荷車を引いていた男の方はわからなかった。源太の話では、荷揚げ人足が威勢よく引いて行ったのではなく、尻端折《しりはしょ》りの男が一人で引いて行ったようだが、近頃、引越しをした者はいないというのである。

芝から汐留橋《しおどめばし》を渡ってきた者と、源太がたまたますれちがっただけなのかもしれないが、今のところ、源太が出会ったと言う者の中で、投げ文をするような者は、その男だけであるような気がする。

「やってみるか」と、吉次は呟《つぶや》いた。

万一の場合を考えて、源太とおそのをかくまわねばならないが、おきわにはあずけたくなかった。子供好きのおきわは、喜んであずかってくれるにちがいないが、おきわには近々、息子ができるのである。

が、うってつけの男がいた。森口慶次郎《もりぐちけいじろう》である。暇をもてあまし、下手な将棋や俳諧《はいかい》で時間をつぶしているそうだから、いやとは言わないだろう。

その足で根岸へ向うと、思った通り、慶次郎は二つ返事で承知してくれた。しかも、今日のうちに引き取った方がよいだろうと言う。一緒に行くと言い出した慶次郎と、駕《か》籠《ご》を飛ばして戻ってきたのだが、「冗談じゃねえ」と源太はかぶりを振った。自分が根岸へ行けば、その留守に、吉次が投げ文の男を捕えてしまうというのである。

吉次は、慶次郎と顔を見合わせた。

「お前《めえ》は、そいつを捕えてくれと頼みにきたんじゃねえのかえ」

「そりゃそうだけど、それじゃ……」

源太は、まばたきをしながら言葉を切った。言葉を選んでいるようだった。

「それじゃ、間違った人を捕えちまうかもしれねえよ。俺がいりゃあ、どこかでそいつに会っているわけだから、すぐに人違いかどうかわかるけど」

「大丈夫、まかせておけって」

「だけど……」

吉次は源太を見た。源太も吉次を見た。

「俺の親父《おやじ》は、人違いで八丈島へ送られたんだぜ」

「金がなかったからだよ。怪我《けが》をさせたやつは、怪我をしたやつに金をやって口裏を合わせ、べろべろに酔っ払っていた親父に罪を着せたんだ」

ありそうなことだった。吉次は、もう一度慶次郎と顔を見合わせた。その子の好きにさせてやれと、慶次郎の目が言っているような気がした。

「よし――」

と、吉次は腕組みをして言った。

「あやしいやつを捕えたら、きっとお前を呼ぶ。その時はお前も、しっかりと首実検をしてくんな」

「わかった」と、源太は嬉《うれ》しそうな顔をした。

「きっと呼んでくんなよ、親分。男と男の約束だぜ」

吉次の腕組みをほどかせて、小指をからませてくる。指切りをしようというのだった。

慶次郎は、おそのを抱いて駕籠に乗った。おそのは、父親のにおいでも嗅《か》ぎとったのか、慶次郎の胸に頬を押しつけている。あの分では、根岸へ着くまでに眠ってしまうだろう。

指切りで気がすんだらしい源太は、うしろの駕籠に乗ろうとして吉次をふりかえった。

「それから親分、おしんちゃんを頼む」

「何かと注文が多いな」

「まかせておけと言ったじゃねえか」

駕籠の中で慶次郎が笑った。てれくささに軀中《からだじゅう》が熱くなって、吉次は横を向いた。顔が赤くなっても目立たない色の黒さを、この時ほど有難いと思ったことはなかった。

ただ、おしんをかばうのは少々むずかしい仕事だった。源太と同じ年頃の子供がいそうな家へ飛び込んで、十手《じって》をちらつかせながら「おしんってえ娘が怪我をしたそうだが」と言えば、翌日からおしんをいじめる子などいなくなる。が、おしんと遊ぶ子もいなくなるかもしれなかった。


もう日は暮れている。

木戸の前に据えられた駕籠に目を見張りながら路地へ入って行った長屋の人達が、糠《ぬか》袋《ぶくろ》と手拭《てぬぐ》いを下げて、また木戸の外へあらわれた。慶次郎とおその、源太を乗せた駕籠は角を曲がって行き、駕籠舁《かき》の声も聞えなくなった。

かたちのくずれた雪の山がある空地には透きとおるような闇《やみ》が下り、曲り角の常夜燈《じょうやとう》にも火が入った。吉次は、疲れた足をひきずって木挽町へ向った。

本願寺や大名屋敷の前で絶えた人通りが、町へ近づくにつれてまたふえてくる。湯屋からの帰りらしい男の姿を見て、吉次は十手の先を懐《ふところ》からのぞかせて、昼間以上に声を張り上げた。

「暖まってきたところを、すまねえね。俺あ、こういう者だが、このあたりで樽買いをしている子のうちはどこか、お前さんは知らねえかえ」

さあ——と、男は首をかしげた。

「その子がとんでもねえものを見ちまったと言うんだよ。俺あ、その子とちょいとかかわりあいがあるんで、相談にのってやりてえと思うんだが」

知らなくってすみませんと、男は横丁を曲がって行った。

吉次は、その先の横丁を曲がった。居酒屋の一軒や二軒は、このあたりにもある筈だった。

「お楽しみのところをすまねえな——」

知っていると言い出す者のいないことを願いながら、吉次は縄暖簾《のれん》をかきわけて、樽買いの子の家を知らぬかと声を張り上げた。

「そうかえ、誰も知らねえのかえ。とんでもねえものを見たってえから駆けつけてきたんだが、今日はこのまま帰るしかねえのかな」

居酒屋から離れ、遠い仕事場から帰ってきたのかもしれぬ大工にも同じことを言った。

独り者らしい男達が、一合飲んだあとの蕎麦《そば》をすすっているところでも、樽買いの子の家がわからぬのなら、帰るほかはあるまいと頭をかいた。

蕎麦屋の主人は、本願寺の向うからくるようだから、そちらへ行って探したらよかろうと、むきになって言ったが、吉次は「もう遅いし、道はわるいし」と、男達が空にしたちろりを見つめてみせた。

飲みたくてたまらなくなったような顔で座敷に上がり、無愛想な主人に揉手《もみで》をして、天ぷらと霰《あられ》を頼む。二つの蕎麦をたいらげて外へ出ると、主人が塩をまいた。横着な岡っ引が、樽買いの子に助けを求められながら道悪《みちわる》を理由に帰って行ったと思ったようだった。

吉次は、うっすらと笑った。種は充分に蒔《ま》いたと思った。あとは、闇にまぎれて源太の家へ戻り、種が芽を出すのを待つだけだった。

本願寺の裏を通って南小田原町へ戻った。月の光を頼りに、ぬかるみだらけの空地を通り、ごみための間から長屋の路地へ入る。皆、寝床へ入ったのだろう、明りの洩《も》れている家はない。

吉次は、どぶ板を避け、羽目板《はめいた》にたてかけてある盥《たらい》や箒《ほうき》につまずかぬよう用心しながら軒下を歩いた。源太の家に入り、月明りすらない闇に目が慣れるのを待って、座敷に這《は》い上がる。膝《ひざ》をかかえて蹲《うずくま》ったが、指先や肩からつたわってくる寒さに耐えきれず、汚れた脚絆《きゃはん》をつけたまま布団《ふとん》にくるまった。

躯が暖まってくると、根岸まで往復した疲れが顔を出してくる。眠ってはいないつもりだったが、鐘の音で目を覚ますと、ちりとりでも倒したらしい小さな音が聞えた。

きやがった。

吉次は、そっと布団から出て部屋の隅に立った。

たてつけのわるい戸が揺れはじめた。

風ではなかった。ちりとりを倒した者が、開けようとしているのだった。

土間に月の光が射《さ》し込んだ。光の幅が少しずつ広くなってゆき、やがて黒い影がそれを遮って、土間はふたたび黒一色となった。

土間へ入ってきた影を、一瞬、月の光が照らした。若い男のようだった。

男は、音をたてぬよう苦労しながら戸を閉めている。荒い息使いが聞えてきた。

素人《しろうと》だな。

吉次は、闇の中で笑った。

案の定、男は手さぐりで部屋へ上がり、その手が布団に触れると、悲鳴のような声を上げて匕首《あいくち》を振りおろした。

あとは滅茶苦茶だった。わずかな光に刃を光らせ、男は幾度も匕首で布団を突いた。

その下に人がいないことも、吉次が闇の中から這い出したことも、まるでわからぬようだった。

「それくらいにしな」

吉次は、男の肩を叩《たた》いた。動顚《どうてん》した男が繰り出す匕首を叩き落とすことなど、雑作もないことだった。

源太など、呼びたくなかった。指切りげんまんの約束を破っても、針千本を飲まされるわけはなし、源太に恨まれたところで困ることもなかった。

が、大番屋の牢《ろう》に押し込められて一夜を明かした男は、自分に罪はないと言い出した。深夜、自分の家である日本橋の味噌《みそ》問屋へしのび込もうとしたのを、髭《ひげ》だらけの男に見《み》咎《とが》められ、南小田原町に住む樽《たる》買いの子を殺さねば、味噌問屋へ火をつけると脅されたというのである。樽買いの子に逃げろと言うつもりだったが、吉次を髭の男と勘違いし、怖くなって匕首を振りおろしたのだそうだ。

苦しまぎれの作り話にちがいなかったが、男が錦屋《にしきや》という味噌問屋の息子、佐兵衛《さへえ》であることは事実だった。駆けつけた主人夫婦が認めたのである。

放蕩《ほうとう》が過ぎて家を追い出され、南小田原町の裏店《うらだな》を借りて一人暮らしをしているのだが、始終金に困って錦屋へしのび込み、父親の手文庫にある金や母親の財布を、なかば公然と持ち出しているという。

息子が他人の家へ押し込んだなど何かの間違いでございましょうと、そらぞらしいことを言って、錦屋の主人は、かなりの重みがある紙包みを吉次の手に握らせた。「仮に、佐兵衛が樽買いの家へ無断で入ったとしても、怪我をしたやつはいねえのだろう？」と、錦屋からの知らせで飛んできた定町廻り同心も言った。橋田佑介《ゆうすけ》という南町奉行所の同心で、錦屋から始終、金品が届けられているらしい。

「火をつけられるのがこわさに、思わずやったことだ。見逃してやりねえな」と、佑介は、親しげに吉次の肩を叩いた。

が、吉次はかぶりを振って、渡された紙包を錦屋の前へ押し返した。

話がちがうではないかと言いたげな顔で、錦屋が佑介を見た。佑介は、不思議なものでもあらわれたような表情を浮かべていた。

「どうしたってんだ、吉次。やけに突っ張るじゃねえか」

「どうもしやせんよ。こいつが源太のうちへ入《へえ》ってきて、源太の布団をずたずたにしたのを、この目で見ているだけで」

「だから、それはお前を髭だらけの男と勘違いしたからだと……」

「違《ちげ》えやすね。俺あ、確かに家ん中にいたが、こんな素人に勘づかれるほどドジじゃねえ」

「だから、よほど髭の男が怖かったんだよ」

「それも違えやすね。こいつは、のっぴきならねえところを源太に見られている。放せばまた、源太をねらう筈《はず》だ」

「でたらめだ」

佐兵衛がわめいた。吉次は、細い目をなおさらに細くして佐兵衛を見つめた。佐兵衛は身震いをしてあとじさり、父親の膝に手をかけた。

「お父《とっ》つぁん、見ての通りだ。どんな恨みがあるのか知らないが、この岡っ引は、わたしを陥《おとしい》れようとしているんだよ。ことによると髭の男も、この岡っ引の変装かもしれない」

橋田佑介は、もっともらしい顔をして腕を組んでいる。嘘《うそ》とわかりきっている佐兵衛の話を、笑い飛ばしてもくれないのだ。もっとも、評判のわるい岡っ引と、しばしば金品を贈ってくれる裕福な商人とを天秤《てんびん》にかければ、商人の味方をしたくなるのが当り前だろう。

「源太を呼んでもいいんだぜ」

吉次は、低い声で言った。が、佐兵衛が青くなって震え出すだろうと考えたのは、吉次の計算違いだった。

「呼んでみるがいいさ」

と、佐兵衛はあごを突き出した。南の同心が味方についてくれるとわかって、気が強くなったようだった。

あとへは引けなかった。吉次は、慶次郎の居所を書いた紙を佑介に渡した。佑介は、森口の名に目を見張ったが、こちらもあとへ引けなくなっていたにちがいない。佑介の手先が根岸へ走った。

慶次郎がついてくるのではないかと思ったが、慶次郎は、後輩の前へ顔を出すのをはばかったのだろう。源太一人が、さすがに緊張した面持で駕籠《かご》に乗せられてきた。

吉次は、満面に笑みを浮かべて源太を迎えたが、源太は、ぎごちない笑みを浮かべて目をそらせた。場所が場所なのだからむりもないと、吉次は思った。

佐兵衛は、平静を装《よそお》ってはいるものの、あきらかに動揺している。錦屋夫婦は不安そうに息子を眺め、佐兵衛のようすに気づいた佑介は、苦々しげに口許《くちもと》を歪《ゆが》めていた。

ここで打切りにすりゃ金になるのだがと、吉次は苦笑した。

私の思い違いでございましたと、両手をつくくらいわけはない。思い違いでした、申訳ありませんでしたとあやまって恩に着せて、あとで錦屋をたずねて行けばよいのである。錦屋は、黙って十両の金を包んで差し出すだろう。

惜しい話だが、しょうがねえ。

吉次は胸のうちで呟《つぶや》きながら、まだ目をそらせている源太を見た。

「源の字。この男にどこで会ったのか言ってやりな」

源太は、そこに答えが書いてあるかのように、あかぎれだらけの手を見つめた。

「さあ、早く」

「俺、――」

源太の声も、吉次に負けず低かった。

「俺、この人にゃ会っていねえ――」

「そうれ、みろ」

勝ち誇った佐兵衛が手を叩いた。南町同心の橋田佑介は横を向いて、ほっとしたらしい太い息を吐いていた。

あの野郎――。

吉次は、足許《あしもと》の小石を思いきり蹴《け》った。小石は仕舞屋《しもたや》の羽目板に当って跳ね返り、通りかかった娘の足許へ転がった。

娘は、なじるような目で吉次を見たが、吉次は、娘が敵でもあるような、すさまじい目で見返した。駆足になった娘の下駄《げた》の音が、北紺屋町の裏通りに響いた。

本材木町にある大番屋からの帰り道であった。横丁を曲がり、通り抜けた角に喜久屋があるのだが、吉次の胸はまだ煮えくりかえっていた。大のおとなが、あんな子供を相手にとは思うのだが、そう思えば思うほど腹が立ってくる。何が指切りだ、何が親分を頼りにしているだ。慶次郎まで呼び出して、身の安全をはかってやったのに、土壇場《どたんば》で大嘘をつきやがった。

源太は、間違いなく男を知っていた。どこでどんな恰好《かっこう》で出会ったか、記憶にある筈なのに、会っていないと証言したのである。

「あの野郎――」

石を蹴る。

「俺に大恥をかかせやがった」

もう一つ、卵ほどの大きさの石を、自分が平衡を失うほどの力で蹴り、さらにもう一つを蹴ろうとして、吉次はその足をとめた。大番屋の外へ出て、力まかせに戸を閉めようとした時に、目へ飛び込んできた光景を思い出したのだった。

源太は、涙ぐんだ錦屋の内儀《ないぎ》に抱き寄せられ、主人の手から、吉次に渡される筈だった紙包みを受け取っていた。

あの時、源太は、紙包みの重さをはかってみるような手つきをしてはいなかったか。

「くそ」

吉次は、踵《きびす》を返して走り出した。

息子を救ってくれた源太を、錦屋夫婦がそのまま帰すわけがない。昼めしを食べてから根岸へ行けと、家へ連れて帰るだろう。源太は、そこで「実は——」と切り出すつもりなのだ。投げ文の男を捕えたら、必ず自分を呼べと言っていたのは、それがねらいであったからにちがいない。源太は、吉次が投げ文の男を捕えても、はじめから「知らない」と言うつもりだったのだ。

「くそ。なめた真似《まね》をしやがって」

が、源太は、金がなかったから父親を八丈送りにされたと言っていた子であった。こわいもの知らずのあの年頃で、はしっこい子供なら、投げ文を見ておびえるより、逆に脅してやろうと考えるだろう。

昔の吉次がそうだった。母親が病いで逝《い》ったあと、酒びたりの父親と妹のおきわをかかえて、金になることばかりを探していた。強請《ゆす》りはもっとも得意にしていたところで、弱みを握られている人間が吉次の命をねらうなど考えたこともなかった。

吉次は、大伝馬町と堀留町の横丁を駆け抜けた。錦屋は、小舟町《こぶなちよう》一丁目にある。徳利を半分に切ったような形の看板が見えた。せっかいという味噌づくりに使う道具をかたどったものであるという。

吉次は、看板の手前で足をとめた。まともにたずねて行っても、座敷に上げてもらえるわけがなかった。吉次は尻端折《しりはしよ》りの着物の裾《すそ》をおろし、十手《じつて》を懐《ふところ》の奥へ押し込んだ。横丁へ入って、錦屋の裏木戸を叩く。誰もいないようであれば中へ入って行くつもりだったが、返事があった。

顔を出したのは年若な女中で、高箒《たかぼうき》を持っている。庭をはいていたらしい。

吉次は、甥《おい》がきていないだろうかと尋ねた。

「ああ、あの子供さん――」

女中は、木戸から出てきて小網町《こあみちよう》の方角を指さした。

「ついさっき、若旦那《わかだんな》と一緒に出て行かれたんですけど」

「若旦那？　佐兵衛のことか」

「ええ」

当り前ではないかと言いたげな女中を押しのけて、吉次はまた走り出した。

行先の見当はついていた。佐兵衛が源太を連れ出したなら、とうかん堀稲荷《ぼりいなり》か、その向い側の大名屋敷の裏しかない。

忙《せわ》しげに往《ゆ》き来している人が邪魔だった。ことに大きな荷物を持っている者は苛立《いらだ》たしかった。吉次は、気取って歩いている娘に突き当り、商家の手代や貸本屋をうしろから突き飛ばして駆けた。

とうかん堀稲荷の赤い鳥居に陽が当っていた。が、狭い境内には、周囲の立木が暗い影を幾つも落としている。かたく凍りついた雪が、そちこちに残っていた。

参詣《さんけい》の人の姿はなかったが、社《やしろ》の裏で物音がした。吉次は、足音をしのばせて社に近づいた。

「返せ」と、低く押し殺した声が言った。佐兵衛の声だった。

「それは、お前の金じゃない。うちの金だ」

源太の返事は聞えない。吉次は、そっと社の裏をのぞいた。

心配した通りのことが起こっていた。源太が銀杏《いちょう》の木に押しつけられ、佐兵衛の手で首を締められているのである。

「返せよ」

のどを締めつけている手で佐兵衛が源太を揺さぶるのだが、源太は両手で懐を押え、そこにあるにちがいない金を離そうとしない。

「子供のくせに、三十両寄越《よこ》せだなんて。お父つぁんは、くれてやると言ったかもしれないが、わたしは言わないよ。さあ、返しておくれ」

吉次は、唾《つば》を飲み込んでから言った。

「返してやれ、そんな金」

「誰だ」

悲鳴のような声と一緒に、意外な身軽さで佐兵衛が動いた。くずれるように蹲《うずくま》ろうとした源太を引き寄せ、匕首《あいくち》を抜いたのだった。

「錦屋の若旦那のすることとは思えねえな」

「くるな」

佐兵衛は匕首を振りまわし、その切先が源太の頰を傷つけた。一瞬、気を失っていたらしい源太が、その痛みで気がついたのか、咳《せき》をしはじめた。

「源の字、金だ。金をそいつの脛《すね》に叩《たた》きつけろ」

「いやだ」

源太は、咳込みながらかぶりを振った。

「俺あ、この金で、……おしんちゃんの姉ちゃんを身請《みう》けするんだ」

「何だと」

「おしんちゃんのおっ母《か》さんが……」

声がかすれ、源太はまた咳込んだ。

「おっ母さんが姉ちゃんを深川へ売ったんで、近所の人達は鬼みたような母親だって言ってるんだ。だから、おしんちゃんが鬼の娘だと言われて、いじめられるんだ」

「だったら、お前が稼いで身請けしな。それは、わたしの金だ」

「てやんでえ」

源太は、佐兵衛に押えつけられながら啖呵《たんか》をきった。

「わるいことをしたやつは、死罪になるんだぜ。が、可哀《かわい》そうだから、黙っててやったんだ。五十両もらっても、いいくらいのものだ」

「死罪だと？」

「お前は死罪になってもいいんだよ。でも、おしんちゃんもおっ母さんも、何にもわるいことをしてねえんだぞ。おっ母さんが患《わずら》って、食えなくなって、母娘《おやこ》三人で死のうとしたのを助けられてさ。――助けたやつは『いいことをした』ですむかもしれねえが、助けられた方は、また貧乏をおっぱじめるんだぜ。姉ちゃんを売ることになっても、しょうがねえじゃねえか」

行方知れずの息子に似ているどころではない。源太は、子供の頃の吉次そのままではないか。

ぼろを着ているの、虱《しらみ》がたかっているのといじめられていたおきわに、こざっぱりとした着物を着せ、米問屋に奉公させてやれたのは、あの手紙が道に落ちていたからだった。手紙は、米問屋の内儀が呉服問屋の伜《せがれ》に宛《あ》てて書いた、恋文だったのである。

吉次はその恋文を持って米問屋へ行き、十両の金と、おきわを雇い入れる約束をもらって帰ってきた。おきわは、米問屋で働いているうちに蕎麦《そば》屋の出前持ちと親しくなり、主人夫婦に仲人《なこうど》をしてもらって所帯をもった。

子供が生れなかったことを別にすれば、おきわは今、何の不足もなく暮らしている。だが、あの時、吉次が恋文を拾わなかったらと、別の意味で考える時もあるにちがいない。

「源の字」

と、吉次は言った。

「わるいことは言わねえ。金は、そいつに返してやれ」

「いやだよ。俺あ、おしんちゃんを助けてやりてえんだ」

「そんな金で助けられたって、おしんちゃんは喜ばねえぜ」

「嘘《うそ》をつけ。涙を流して喜んでくれらあ」

違う。心底から喜んでくれるのは、今のうちだけなのだ。

養子をもらいたくてならないおきわが、なぜ吉次に、どこかへ引越してくれと気軽に言えぬのか。喜久屋は、夕めしがわりの蕎麦を食べに行った吉次が、一晩泊り、二晩泊めてもらっているうちに、居ついてしまった家だった。息子がくるから出て行って——と言われても、黙って荷物をまとめるほかはないところなのである。

だが、おきわはその一言が言えず、話がきまるまで先方と吉次を会わせぬような、姑《こ》息《そく》な手段をとっている。吉次の強請りで、ぼろや虱と縁が切れ、菊松ともめぐりあえたことが、有難さとは別の重苦しさで、胸の底に残っているからにちがいなかった。

「源の字……」

「いやだよ。こいつがどんなわるいことをしたか知らねえが、こんなやつから金を巻き上げたって罰《ばち》は当らねえ」

「何だと」

佐兵衛の顔色が変わった。

「お前は、——お前は、あんなにじっと見ていたくせに、何も気づいていなかったのか」

源太は、甲高い声で笑った。

「俺あ、お前が荷車を引いて行くのを見ていただけだよ。菰《こも》の下に何があったか、知っちゃいねえ。妙な投げ文なんぞをしやがるから、あの下に死骸《しがい》があるのじゃねえかと思っただけさ」

「この餓鬼。ふざけやがって」

佐兵衛の目が吊《つ》り上がった。吉次は、咄嗟《とっさ》に足許の石を蹴った。石は低く、真直《まっす》ぐに飛んで行って、佐兵衛の膝頭《ひざがしら》に当って落ちた。

佐兵衛が、うめき声を上げて蹲った。吉次は、まだ両手で懐を押えながら佐兵衛の顔をのぞき込んでいる源太を、力まかせに引き寄せた。

「医者……、医者を呼んでくれ」

「呼んでやらねえでもねえが、お前、荷車で何をはこんだ」

さすがに佐兵衛は口をつぐんだ。

「膝の皿が割れたのかもしれねえが、もう一度、そこへ石をぶつけてもいいんだぜ」

「味噌《みそ》だ。味噌をはこんでいたんだ」

吉次は、手に持っている石をお手玉のようにもてあそんだ。

「待ってくれ。投げるな」

「味噌をはこんで、源太の布団《ふとん》に匕首を突き立てるたあ、気に入らねえ話だな」

「死骸だよ、死骸」

泣いているような声だった。

「利吉が南小田原町のうちまできて、博奕《ばくち》をやって金をまきあげようとしたから……」

「殺したのか」

「利吉が持って行こうとした金を、取り戻そうとしただけだよ」

な？——と、吉次は源太の肩を叩いた。

「こういうことは、岡っ引にまかせた方がいいんだよ」

「でも、おしんちゃんはどうする？」

「何とかなるさ」

強請りを子供が覚えてよいわけがない。覚えてしまえば、次々に人の秘密を探り出そうとするようになり、ついには女房の秘密までほじくり返してしまう。強請りも、岡っ引にまかせておいた方がいい。おしんの姉を取り返すくらい、どこかの商家から引き出してやる。

「さ、行こうぜ」

吉次は、懐の金を佐兵衛の前に並べている源太に声をかけた。

泣いている佐兵衛は、いずれ近所の人が気づいて医者へはこんでくれるだろう。そのあとのことは、南の橋田佑介にまかせるほかはない。

つい早足になる吉次に、もっとゆっくり歩けというつもりか、源太が手をつないできた。

傷

くつろいでいる懐《ふところ》へ、騒ぎが飛び込んできた。

佐七の母親の、いとこの亭主の弟の子という、当の佐七が紙に書いて関係を確かめてみるような親戚《しんせき》がふいにたずねてきて、一晩泊ってゆくことになり、慶次郎は、ちょうどよい機《おり》だと八丁堀の屋敷へきていたのだった。

喜作とか金作とかなのったその男が、家に上がって金目《かねめ》のものを懐に入れてゆく盗人《ぬすっと》である心配はない。「ほら、お前のおっ母さんのいとこに、おさくさんて人がいたっぺよ。そのご亭主が三郎兵衛さんで……」というところまでは、佐七も覚えていた。三郎兵衛の弟についてはうろ覚えで、その子供についてはまったく記憶がないようだったが、おさくさんの娘からあずかってきたという米や大根に、佐七は涙ぐんでいた。女房も子供も兄妹もなく、身寄りがないと言っていた佐七に、遠いながらも親戚があらわれたのだった。山口屋の主人用の夜具を使ってもよいだろうかと悩む佐七に、慶次郎は、自分用のそれを喜んで貸してきたのである。

今頃は、柴垣《しばがき》の上に干した夜具を、親戚の男ととり込んでいるだろうと思うと、皐月《さつき》のいれてくれた茶がなおうまくなる。夕暮れの七つ過ぎに晃之助が奉行所から帰ってきて酒となり、七つ半頃に隣家の島中賢吾が帰ってきた。

賢吾は慶次郎の後輩で、ずいぶんと世話もしたが、こちらも世話をやかせたことがある。その上、今は晃之助が面倒をみてもらっていた。挨拶《あいさつ》に行くと、ひさしぶりに痛飲したいと言い、大喜びで酒盛りの仲間に入ってきた。心地よく酔えそうなところへ、京橋弓町の岡っ引、太兵衛《たへえ》が駆け込んできたのである。

太兵衛は、賢吾の下で働いている。案内を乞《こ》う太兵衛の声に、賢吾が「しょうがねえなあ」と裏口へ出て行って、慶次郎は晃之助と顔を見合わせて、やれやれと言った。太兵衛が急な出来事を賢吾へ知らせにきたのだと思ったのだった。

が、賢吾は苦笑いを浮かべて座敷へ戻ってきた。弓町で男が二人、怪我《けが》をしたのだが、そのうちの一人が、もと定町廻りの森口慶次郎を呼んでくれと頼んでいるというのである。

慶次郎は、男の名を尋ねた。蔵前《くらまえ》の札差《ふださし》、越後屋《えちごや》藤蔵《とうぞう》方の番頭、七五郎だと賢吾は答えた。知らぬ名ではなかった。

「実は――」

と、賢吾は苦笑いを濃くして言った。

「ちょいとばかり、おかしなことがあるんで、太兵衛は七五郎を自身番屋へ連れて行ったのだそうです。が、七五郎が、自分は嘘《うそ》をつくような男ではない、もと同心の森口さんを連れてきてくれればすぐわかると言い出した。そこでとりあえず、わたしを呼びにきたというわけなんですよ」

「おかしなことってえのは？」

「傷ですよ。七五郎は腕に、刃物で切ったような傷がある。これはまあ、擦《かす》り傷《きず》だそうですが、もう一人の傷は、うしろから殴られたとしか思えないそうです」

「ふうん」

「おまけに、このもう一人ってのが厄介な奴《やつ》でしてね。ほんとうは伝左衛門《でんざえもん》とか何とかいうんでしょうが、蛙《かわず》の伝左《でんざ》で通っています。京橋界隈《かいわい》の鼻つまみです」

あの男か――と、晃之助が呟《つぶや》いた。知っているらしい。

「伝左が匕首《あいくち》で七五郎を切り、七五郎が棒っ切れか何かで伝左を殴っても不思議はないんですが、伝左の匕首は懐に入っていて血はついちゃいない。そして、あたりには棒っ切れどころか、小枝も落っこっちゃあいなかった」

「七五郎は何と言ってるんだ」

「弓町の角を駆けて曲がろうとして伝左に突き当り、自分が上になって転んだと言っているそうです。仰向けに倒れた伝左は小石で頭を打ち、自分は羽目板の角で腕を切ったというんです」

「伝左の傷は深いのかえ」

「さあて、どうでしょうかね」

賢吾はつめたい口調になった。

「医者のうちで、痛《いて》えの死んじまうのと、大騒ぎをするだけの元気はあるようですよ」

慶次郎は、声を出さずに笑った。蛙の伝左とは聞いたことのない名前だった。ここ数年のうちに京橋のどこかへ住みついたのだろうが、そんな男は、一人いなくなったと思うと、別の一人があらわれるようだった。

「で、その伝左は何と言っている。それだけ元気がありゃあ、暗闇《くらやみ》で殴られたとか、七五郎と立話をしている時に殴られたとか、何か喋《しゃべ》っているだろう」

「喋るものですか」

賢吾は肩をすくめた。

「誰が考えたって、七五郎は何か隠しています。伝左にとっちゃ上々吉のなりゆき、いい強請《ゆす》りの種ですよ」

「わかった」

と、慶次郎は言った。

七五郎とは、十年ほど前に知りあった。越後屋へ言いがかりをつけにきた御家人《ごけにん》くずれのことで相談にのってやったのがはじまりで、頻繁に往《ゆ》き来をするような親しい間柄ではなかったが、盆暮の挨拶にはきていたし、今でも会えば立ちどまって世間話くらいはする。知らぬ顔はできないだろう。

「私が行きます」と晃之助が言ったが、慶次郎は、皐月に外出の支度を頼んだ。

賢吾は庭から自分の屋敷へ戻って行き、大声で妻を呼んでいた。裏口から庭先へ廻ってきた太兵衛は、酔いが醒《さ》めてきた時の用心に、首へ布を巻いている慶次郎を見て、申訳なさそうに頭を下げた。


出会いがしらにぶつかって転んでしまったのだと、七五郎は繰返すばかりだった。正直に言った方がよいと脅しても、長いつきあいのある自分を信用してくれぬのかと、噛《か》みつきそうな表情で詰め寄ってくる。

慶次郎は、答えずに賢吾をふりかえった。番屋には、行燈《あんどん》に使っている魚油のにおいがただよっていて、賢吾と太兵衛は、その明りが届かぬ隅の方に坐《すわ》っていた。

目配せをしたわけではないのだが、賢吾がうなずいて立ち上がった。さすがに機転のきく男だった。

「転んだのじゃしょうがねえな」

と言う。行燈をすすけさせ、薄暗い番屋をなお薄暗くしている魚油の明りが揺れて、一瞬、七五郎の顔をはっきりと照らしだした。目を閉じて深い息を吐いていた。嘘をつき通せた安心からにちがいなかった。

「帰《けえ》っていいが、相手は蛙の伝左ってえ悪党だぜ。あとで必ずうるさいことを言いに行く筈《はず》だ」

「覚悟しております。伝左衛門さんの袖《そで》を摑《つか》んでしまった私がわるいのですから」

太兵衛が賢吾を見て、賢吾が慶次郎を見た。慶次郎は、七五郎に気づかれぬようにうなずいた。

賢吾は、『蛙の伝左』と言った。が、七五郎は、『伝左衛門さん』と言ったのである。出会いがしらに怪我をした男が、俺は伝左衛門だとなのって医者へはこばれて行くわけがなかった。

送って行くと慶次郎は言ったが、七五郎はかぶりを振った。まだそれほど遅い時刻ではなし、もと同心に送られて帰ったら、かえって家の者が心配をする、それに、裏通りには駕籠屋《かごや》があるという。駕籠で自宅へ帰るつもりらしかった。

そそくさと番屋を出て行く七五郎を見送って、「店へは帰らねえのか」と、賢吾が呟いた。商用で出かけてきたのなら、店へ帰る筈だった。

「裏通りに駕籠屋があることも知ってたぜ」と、慶次郎も言った。よほどのことがないかぎり、商用で駕籠を使うことはない。とすれば、七五郎は、商売の話ではなしに、幾度か京橋へきていることになる。

「これですかね」

賢吾が小指をたてて見せた。

「と思いやすが、そんな女がいたかなあ」

太兵衛が首をかしげ、夜勤の当番で番屋に詰めている男達が、七五郎の相手となるような女の名をあげた。が、駕籠屋の筋向いにある絵草紙屋の女には、日本橋通一丁目に住んでいる医者がついていて、五年前に亭主を亡《な》くした料理屋の女将《おかみ》には、線香問屋の主人が通っているという。

慶次郎は、黒い煙を吐き出しているような行燈を見つめた。

七五郎は、堅物と評判の男だった。慶次郎に相談をもちかけてきた時は三十一か二か、女房をもらい、通いの番頭となってまもない頃であった。女房は主人の姪《めい》で、「こうとわかっていたら、剣術の道場になど通わず、吉原《よしわら》へ通って遊んでおくのだった」と苦笑していたのを覚えている。

だが、武士が相手の札差は、主人も番頭も武術の心得がなくてはつとまらない。蔵米《くらまい》取《ど》りの旗本や御家人へ、年三回にわけて支給される米は、彼等にとっての給金だが、その時まで待っていられる者はいないと言っていい。幕府から渡される米切手を、米や金に替えてくれる札差から前借りをしなければ、彼等は暮らしてゆけないのだ。物価が上がっても家禄《かろく》は変わらず、武士は皆、貧乏にあえいでいるのである。

前借りが重なって、米も金も貸してもらえぬようになった武士の中には、腕ずくで借りて行こうとする者もいる。札差の番頭は、そんな時にひるんだようすを見せてはならなかった。刀を抜きはなった武士に、素手で向ってゆくくらいでなくては勤まらないのである。七五郎は熱心に道場へ通い、吉原や岡場所への誘いには、耳を傾けもしなかったという。

その上、女房も評判のよい女だった。慶次郎は、越後屋の離座敷《はなれ》で会ったことがあるが、色白で愛嬌《あいきょう》のある顔立ちで、声が何とも言えず可愛《かわい》らしかった。離座敷に招いたのは、女房の自慢をしたかったからではないかと思ったほどだった。名前は確か、お継といった。

慶次郎は賢吾を呼んだ。

「この一件に、ちょいと首を突っ込ませてもらってもいいかえ」

「こっちから頼みたいくらいですよ」

賢吾は、太兵衛から提燈《ちょうちん》を受け取った。

「森口さんに調べてもらえるなら、こんなに有難いことはない」

「邪魔になるかもしれねえが」

幾日も帰らなければ佐七がふくれ面《つら》をするだろうと思ったが、佐七にも親戚ができたのだと考え直した。かかわった事件を人まかせにできない、同心だった頃の性分がまだ残っているのかもしれなかった。

それから十日が過ぎた。慶次郎は、毎日、八丁堀から蔵前の森田町へ出かけ、蕎麦屋《そばや》に入って食べたくもないざるを食べながら、越後屋のようすを窺《うかが》っていた。

二月に切米《きりまい》の支給があったばかりで、蔵前周辺は、その時の騒ぎが嘘のように人通りが少なくなっている。俯《うつむ》きがちな早足で歩いて行くのは、もう借金を頼みにきた御家人にちがいない。慶次郎は、給金付き飯炊《めした》き男付きで暮らしていられる身の上に感謝した。

これはこれは――と言う、手代《てだい》の声が聞えた。言葉遣いはていねいだが、御家人は二階の座敷へ通されて、これ以上は貸せぬとつめたく断られる筈だった。七五郎が応対すればよい方で、おそらくは三番番頭あたりが二階へ上がって行くにちがいない。

その七五郎は、朝の五つに店へきて、店の大戸がおろされるまでほとんど帳場格子《ごうし》の中に坐っていた。越後屋がひきうけている二百五十人ほどの武士達の、前借り分やその利息の計算をしているらしい。

仕事が終ると、小僧に見送られて、くぐり戸から店を出る。あとは同じ町内にある自宅へ、真直《まっす》ぐに帰って行った。自宅には、十年前と少しも変わらないお継と七歳になる娘、それに五歳の伜《せがれ》がいた。

特別な関係にある女はいないようだった。いや、いそうな気はしていた。京橋周辺を調べてもわからないのである。自身番屋の書役が、一人暮らしの女や、男がいるらしいという噂《うわさ》のある女を探し出してくれたのだが、それでも、七五郎らしい男は浮かび上がってこない。

森田町に近い天王町《てんのうちょう》には、かつて慶次郎についていた岡っ引の辰吉が住んでいた。彼にも七五郎夫婦の評判を尋ねてみたが、首をかしげるばかりだった。人が羨《うらや》むような夫婦仲で、浮いた噂など聞いたことがないというのである。

「娘は可愛い顔をしていて踊りがうまくって、五千石だか六千石だかの旗本屋敷へ行儀見習いに行くってえ話だし、伜の方は、まだ五つだってえのに、いろはどころか、手前《てめえ》の名前や親父《おやじ》の名前も書けるそうで。あのうちにゃ、不足も不平もないんじゃありませんか」

いまだに独り暮らしの辰吉は、多少ねたましい気持があるのか、素気ない口調だった。

放っておこうかと、慶次郎も思った。七五郎の腕を切った者も伝左を殴りつけた者もどこかにいる筈だが、二人が「転んだ」と口を揃《そろ》えているのである。伝左に強請られるのを覚悟で、七五郎が嘘をついているのは、嘘をつかねばならぬだけの事情があるのだろう。

が、気にかかる。放っておかぬ方がよいと、長年の勘が言う。

慶次郎は、翌日も蔵前へ足を向けた。いつもの通り、七五郎は帳場格子の中で帳面をひろげ、時折、裏の小部屋へ行って手代や小僧に指図をしていた。

次の日も同じことだった。その次の日もそうだった。これで終りにしようと、慶次郎は思った。伝左の強請りに耐えきれなくなれば、七五郎の方から相談にくるだろう。ざる蕎麦ももう食べ飽きた。

蕎麦代を置いて立ち上がった時だった。店へ入ってこようとした男が、財布を忘れたと言って引き返して行った。辰吉だった。

慶次郎は、黙って辰吉のあとについて行った。辰吉は、御蔵の前を通り過ぎ、御厩《おうまや》の渡しのあたりへ降りて行く。慶次郎を呼び出したのなら、人目の多い渡し場で足をとめるわけがなく、慶次郎は、三好町、黒船町と隅田川沿いを歩いてから、川岸へ降りて行った。

辰吉は、懐手《ふところで》の袂《たもと》を川風に揺らせて慶次郎を待っていた。十年以上も一緒に動きまわっていた呼吸は、まだ軀《からだ》にしみついているようだった。

「すみませんねえ、歩かせちまって」

辰吉は、笑いながら頭を下げた。

「旦那《だんな》が岡っ引の知り合いだと、蕎麦屋に知られねえ方がいいんじゃねえかと思って」

「うむ——」

「たいしたことじゃねえんですが、越後屋の七五郎ね。あいつには、女じゃねえが、伯父さん夫婦ってのが南鍛冶町《みなみかじちょう》にいやす。しかもこの夫婦にゃ、二十《はたち》になる娘がいる」

「何だと」

「南鍛冶町は、弓町から京橋を渡りゃ、すぐそこだ。娘の名は……」

「お直と言やあしねえか」

慶次郎は、先廻りをして言った。一度は、ようすを調べに行った娘だった。

「いっぱい食わされたぜ」

「近所じゃあ、両国米沢町《よねざわちょう》の醤油《しょうゆ》問屋で働いている甥《おい》っ子が、時々ようすを見にくると言っていたでしょう」

その通りだった。

南鍛冶町の書役などは、はじめからお直を慶次郎の尋ね人にはあてはまらぬと思っていたらしい。お直さんとこへくるのは従兄《いとこ》だしと呟いたのを聞きとがめ、念のために近くの豆腐屋まで行って、暮らしぶりなどを尋ねたのだが、豆腐屋も、醤油問屋で働いている甥が、板橋の在から出てきた伯父夫婦の面倒をみているのだと答えた。

「が、七五郎の伯父夫婦ってなあ、越後にいるそうで。これは越後屋の小僧に確かめてきたから、間違《まちげ》えねえ」

迂闊《うかつ》だったと思った。豆腐屋は、その甥を一度見かけたが、小柄な男だと言った。一度見ただけの人相や姿があてにならぬのは、同心時代にいやというほど思い知らされていたことではなかったか。

「七五郎は伝左を知っていたようだと言っていなさいやしたね」

「うむ」

「七五郎の女房は、越後屋藤蔵の姪っ子でさ。よくできた女房といったって、女をこしらえていたとなりゃ、ただですむわけがねえ。それで伝左に強請られていたんじゃありませんか」

「ありうることだ」

「とすりゃ、伝左を殴ったのは七五郎かもしれねえ」

「さあてね」

低声《こごえ》で答えながら、慶次郎は、左の方向へ視線を動かして見せた。その視線を追って、わずかに首をひねった辰吉の表情が変わった。枯草をこやしにして茂りはじめた芒《すすき》の向う側を、頭に白い布を巻いた男と、遠目にも高価だとわかる紬《つむぎ》を着た男が歩いてきたのである。七五郎と伝左だった。

「あいつ……あぶねえ」

辰吉が叫ぶより早く、慶次郎は地面を蹴《け》って走り出した。ふいに立ちどまった七五郎が、子供の頭ほどもある石を拾い、伝左へ叩《たた》きつけようとしたのだった。

七五郎は、額を畳にすりつけたまま顔を上げようとしなかった。

「もういいって。何もなかったことにしようぜ」

と辰吉は言って、勝手口から路地へ出て行った。火をおこして、湯を沸かすつもりらしい。

天王町の辰吉の家だった。隣りの女に掃除を頼んでいるのだというが、男の独り暮らしにしてはよく片付いていて、長火鉢の猫板に湯呑《ゆの》みと急須《きゅうす》がのっていたほかは、茶碗《ちゃわん》も皿も茶簞笥《ちゃだんす》の中におさまっている。ただ、畳替えと障子の張り替えは億劫《おっくう》とみえ、畳は赤茶けたまま、障子の破れには、無雑作に切った紙が貼《は》られていた。

「有難うございました」

と、七五郎は、先刻から幾度も繰返している言葉を、また口にした。

「お蔭《かげ》で人を殺さずにすみました」

「ほんとに、もうよしてくんな」

と、慶次郎も言った。

「ま、これで金輪際《こんりんざい》、あんな真似《まね》はしねえだろうが」

「思い出しても、寒気がいたします」

言葉通り、畳についている手がまだ震えていた。

「実は――」

七五郎は、言いかけた言葉を飲み込んだ。慶次郎は、その言葉が出てくるのを辛抱強く待った。

「実は、南鍛冶町の娘が今朝、自害しようといたしました」

「何だと」

「命はとりとめたようでございますが」

裏口の路地から、火をおこしているうちわの音と、薪《たきぎ》にうまく火が燃えうつってくれないらしい煙が入り込んでくる。傾きはじめた陽《ひ》を雲が遮って、猫の額ほどの庭も濡縁《ぬれえん》も、七五郎と慶次郎が向いあっている部屋の中も暗くなった。

「もうご存じでございましょう。南鍛冶町の伯父夫婦は、赤の他人でございます。お直は、あの二人の実の娘で、私の思い者でございます」

火はついたようだが、辰吉は上がってこない。十手《じって》持ちである自分のいない方が、七五郎も打明け話がしやすいだろうと思っているのかもしれなかった。

「覚えておいででございますか。もう十年も前のことになりますが、御家人の株を売り払ったお方が、むりを言いにこられたことがありました。株を売り払ったのは昨年暮のこと、二月の切米は俺の分だと仰言《おつしや》いまして」

話は、思いがけぬところへ飛んでゆく。が、慶次郎はうなずいてみせた。御家人くずれは、七五郎とのつきあいがはじまるきっかけとなった男だった。

「森口様はあの時、御家人の株を買ったのは金がありあまっている商家、売ったのは貧乏御家人、あの御家人くずれには越後屋の特別なはからいだとよく言い聞かせてやるから、切米を渡してやることはできぬかと仰言いました。できぬのなら、人目につかぬよう裏口から追い返せと」

「そんなことを言ったような覚えがある」

「が、当時の私は三十歳になったばかり、その上、番頭となったばかりでございました。森口様は甘い、切米を渡してやればあの男は何度でもくる、渡せぬものは渡せぬとはっきり言って、男が刀を振りまわすようであれば受けて立ってもいい、そう思ったのでございます」

慶次郎は口を閉じた。

「案の定、御家人くずれは刀を抜きました。私が手にしていたのは、算盤《そろばん》でございます。それでも刀を振りまわしている相手の懐へ難なく飛び込むことができまして、私は、男を力まかせに突き倒しました」

そのあとのことは想像がついた。

切米の支給時でなければ人通りは少ないと言っても、真昼の表通りである。母娘《おやこ》連れも歩いていれば、借金を頼みにきた御家人もいただろう。その目の前へ、浪人姿になっているとはいえ、刀を摑《つか》んだ男が仰向けに倒れて行ったのだ。

「惨《みじ》めな姿でございました」

と、七五郎も低い声で言った。

「御家人くずれは、逃げるように駆けて行きました。以来、米を寄越せと言ってきたことはございません。当時の私は、それを、うるさい御家人くずれを追い払った大手柄と思っていたのでございます」

主人の藤蔵も同じ考えであったのかもしれない。

七五郎は藤蔵の女房のはとこに当り、養子であった越後屋の先代と、七五郎の亡父が越後の同じ村の出身という関係にあった。もともと目をかけられていた上に、少しは遊んだ方がよいと、内儀が小遣いを渡してくれるほどの堅物だった。越後屋を支えてゆく者として、順調に出世していったのも当然だろう。

しかも、お継は文句のつけようがない女房だった。美人ではないが、目許《めもと》や口許に愛嬌《あいきよう》があって、きれい好きで、よく気がつくのである。「遊ぶ気になれない」と何気なく言った一言に尾鰭《おひれ》がついて、「あいつは女房にべた惚《ぼ》れだ」と噂になり、剣術仲間の顰蹙《ひんしゆく》を買ったこともあった。あいつは堅物を通り越してばかだと嗤《わら》う者もいたが、仕事は面白かったし、子供のいない藤蔵夫婦は、七五郎の伜を養子にしようと考えているようだったし、酒や女に溺《おぼ》れて悩みをかかえ込んでしまう者の気持が、七五郎にはわからなかった。

「ところが、一昨年のことでございます。本所南割下水《みなみわりげすい》近くのお屋敷へ行こうとして、めずらしく道に迷い、入江町へ出てしまいました。そこで、思いがけぬ人に出会ったのでございます」

「南鍛冶町の御家人くずれか」

七五郎はうなずいた。

「もと御徒士《おかち》の園田《そのだ》兵太郎《ひょうたろう》、伯父と言っていた人でございます」

「おちぶれはてていたのだろう」

「物乞《ものご》い同然の姿でございました」

知らぬ顔をして通り過ぎる方が親切だとも思ったという。が、兵太郎を突き倒したのは、七五郎だった。仰向けに倒れた兵太郎を見て、笑いをこらえて通り過ぎた人達のいたことは今もはっきりと覚えているし、そのぶざまな姿が噂になったかして、親戚《しんせき》から縁を切られたという話も聞いた。あの一件で親戚を失《な》くし、友人を失って生きているのかと思うと、七五郎は声をかけずにいられなかった。

兵太郎は、名前を呼ばれると、覚悟を決めたようにふりかえった。案外にこだわりのない表情だった。

ここまで貧乏をすりゃ、こだわるものなんざないさ——と、兵太郎は笑った。笑って、お直とお久が病んでいると言い、見舞いたいと言った七五郎を、その家へ連れて行った。こんなところへ——と、お直は非難するように父親を見て、髪を撫《な》でつけながら起き上がったという。そのお直を見て、七五郎の胸がふいに激しく動悸《どうき》をうった。

「生れてはじめてのことでした」

と、七五郎は言った。

お直は、風が吹けば倒れてしまいそうなほど華奢《きやしや》な軀つきで、病いがちと一目でわかる青白い顔に、乱れた髪をまとわりつかせていた。熱に浮かされて黒くうるんだ目で見つめられ、七五郎は、兵太郎が切米を寄越せとねじ込んだ理由を説明するのも、上の空で聞いた。

御徒士の株は五百両で売れる。が、兵太郎の父親が残した借金は、利息に利息がかさみ、それでも足りぬほどになっていた。高利貸は、十歳になっていたお直を売って金をつくれと迫る。切米を寄越せとは、お直を女衒《ぜげん》の手に渡したくない一心からのことであったという。

「金は、お久が片端から男と寝てつくったそうでございます。それがもとでお久は軀をこわし、卵売りやら枝豆売りやら、幼い頃から働きつづけていたお直も病いがちとなりました。園田さんがいくら人足として働いても、暮らしの楽になるわけがございません」

七五郎は、南鍛冶町に陽当りのよい家を借りた。遊ばぬためにたまっていた金を兵太郎に渡し、お直とお久が医者の薬を飲めるようにもしてやった。そして、一月《ひとつき》ほどで恢《かい》復《ふく》したお直に溺れていったのである。

お継しか知らぬ七五郎にとって、お直は、竜宮城から訪れた女にもひとしかった。浮世絵師の春信《はるのぶ》が描いた娘そのままの姿をしているくせに、苦労の垢《あか》もしみついているお直は、七五郎をじらせ、喜ばせ、時にはうろたえさせた。七五郎が、「所帯をもとう」と言い出すのに時はかからなかった。

が、その時、七五郎は三十八だった。越後屋の一番番頭の座に手が届きかけていた。七五郎の頭上を塞《ふさ》いでいた番頭は、翌年、二百五十両の金をもらって、日本橋に米屋を出す筈《はず》だった。

冷静になってみれば、お継に何の不足もない。不足どころか、小柄な軀《からだ》でよく働くし、お直よりはるかに気が利《き》いた。江戸中を金《かね》の草鞋《わらじ》で探しても、お継以上の女房がいるとは思えなかった。それでも、お直と別れられなかった。「いつ一緒になれるの？」と尋ねるお直には、「もう少し待ってくれ」と言いつづけていた。お直にも未練があったし、七五郎に突き倒されたことが原因で、親戚も友人もいない暮らしをつづけていた親子を、一番番頭になるからといって突き放せるわけがなかった。

そんな七五郎に目をつけた男がいた。蛙《かわず》の伝左である。

「ずいぶんと、強請《ゆす》られましたよ」

と、七五郎はうっすらと笑った。

「それにお直が気づいたのです。去年のことでした。私が、一番番頭に出世した頃のことです」

七五郎が強請られていると知って、お直は、毎月渡される金をためはじめた。そんなことはしなくてもよいと言ったが聞き入れなかった。

「はじめてお直に腹が立ちました。お継なら、私の目の前で竹筒に金を入れるような真《ま》似《ね》はしない。そっとためておいて、困った、助けてくれと私が泣きついた時に、大丈夫と、笑って胸を叩くにちがいないのです」

「そりゃお前《めえ》さんが、少々お直に飽きてきたからだろう」

「仰言る通りかもしれません」

と七五郎は言って、話をつづけた。

「あの晩のことです。お直は、好きに遣ってくれと言って、ためていた金を私の手に握らせました。私は無性に腹が立って、出過ぎた真似はするなと、乱暴に金を返そうといたしました」

お直は怒った。いずれ女房になる女の金が受け取れぬのかと言い、七五郎も、負けずに金を投げつけた。

やはりそうかと、お直は言った。

「所帯をもとうという私の約束が、ぐらついてきたのに気づいていたのでございます」

所帯をもつと、もう一度はっきり言ってくれとお直は七五郎にすがりついた。その短い言葉が七五郎には言えなかった。嘘《うそ》をついて女をなだめるすべを知らなかったのである。

が、お直は、言ってくれと泣く。「大丈夫だ」と、七五郎は言った。「大丈夫、別れやしないよ。親戚も友達も遊びにきてくれない、あんな淋《さみ》しい思いはさせやしないさ」

お直が七五郎を見つめた。七五郎には、お直の胸のうちがわからなかった。微笑して肩へ置いた手を振り払って、お直は台所へ駆け込んだ。出刃庖丁《ぼうちょう》を持ち出したのだった。

「お直を押しのけた時に、庖丁の刃が腕をかすめました。興醒《きょうざ》めがして帰ろうと思い、遠廻りをするつもりの弓町で、いやな奴《やつ》に出会いました」

「伝左だな」

「さようでございます。出会ったのが幸いとばかり、途方もない金を強請られました」

「お前《めえ》さんが殴ったのじゃあるめえな」

七五郎は、ゆっくりとかぶりを振った。

「お直でございます。わたしを追ってきたお直が、軒下にたてかけてあった天秤棒《てんびんぼう》で殴りつけました。伝左衛門が強請っている金の額を聞いて、これでは私が越後屋の番頭をやめられぬわけだ、お継にしがみついているわけだと思い、かっとなったと申しております。お直が非力であったのは、幸いでございました」

もう一つ、幸いなことがあった。伝左が七五郎を人目につかぬ路地へ引き込んでいたことである。

七五郎は、人を殴りつけた恐怖で立ち上がれなくなっているお直を抱き起こし、酔った女を送って行く風《ふう》を装って南鍛冶町まで行った。天秤棒は、お堀に捨てた。

「が、お直はやはり、あの時の恐しさに勝てなかったのでございましょう。今朝早く、お久が私の家へ飛んでまいりました」

「そうか。伝左を殺《や》ろうとしたのは、仇討《あだうち》のつもりだったのか」

「いいえ」

七五郎は、低いがはっきりとした声で答えた。

「お直が哀れだったのでございます。伝左衛門に殴りかかったのは、お直の罪ではございません。確かにお直は伝左衛門を傷つけましたが、所帯をもとうという約束を反古《ほご》にしかけた私は、お直の心を傷つけました。が、お直が自害をはかったことで、八丁堀の旦那《だんな》方のお目は、お直に向けられるでしょう。伝左衛門は外側の傷、お直は内側の傷、外側の傷をつけた者ばかりが罪になるのは、哀れでございます」

かばってやりたかったのだと、七五郎は言った。お直が牢獄《ろうごく》へ入るのも、島へ流されるのも、せめて自分が防いでやりたい。

「が、森口様に抱きとめられた時、かかえている石の重さに気がつきました。それを伝左衛門に投げつけてしまったら——、そう思うと、お直が自害をはかった気持もわかるような気がいたします」

有難うございましたと、七五郎はまた頭を下げた。

慶次郎は、暮れてゆく庭へ目をやった。傷を負ったのは、伝左衛門とお直だけではない。御徒士の株を売り払わねばならなかった兵太郎の傷、軀を売らねばならなかったお久の傷もある。誰もかばってやれない傷であった。

部屋が急に明るくなった。辰吉がいつの間にか部屋へ戻っていて、行燈《あんどん》に火をいれたのだった。

「茶をいれますか、それともいっそ、めしにしますか」

鮨《すし》でも頼んでこいと言った方がよいのかもしれなかった。

春の出来事

両国米沢町《よねざわちょう》の菓子屋、橘屋《たちばなや》で末広おこしと初夢煎餅《せんべい》を買ったものの、そのあとの行先に迷った。

これも春愁というのだろうか、誰かに会いたいのだが、誰に会うのも億劫《おっくう》なのである。森口慶次郎は、春先に特有の強い風が吹いていて、明るいのだが埃《ほこり》っぽい江戸の町を眺めた。

八丁堀へ行けば養子夫婦もいるし、仲のよかった後輩もいる。が、まもなく正午という時刻にたずねて行っても、晃之助や島中賢吾のいる筈《はず》がない。かつて慶次郎が娘の三千代と暮らしていた役宅では、皐月が廊下に吹き込む砂埃を、たすきがけで拭《ふ》いているにちがいなかった。

気に入らぬ嫁ではない。むしろ、三千代と祝言《しゅうげん》をあげる筈だった晃之助のもとへ、よくぞこれほどの娘が嫁いできてくれたと思っている。慶次郎が顔を出せば、皐月は大喜びで酒よ料理よと走りまわるだろう。それが、わけもなくひねくれてしまった今日の慶次郎には鬱陶《うっとう》しい。

といって、真直《まっす》ぐに根岸へ帰る気にもなれなかった。

山口屋の寮番となって、五月《いつつき》あまりがたつが、飯炊《めした》きの佐七は、時折、山口屋の人選が不満になるらしい。

十五の春から三十年間、江戸の町を歩きまわっていた慶次郎は、煮炊きをしたこともなければ庭木の剪定《せんてい》に苦労したこともない。留守番の男がくれば、時には飯炊きをかわってもらえるだろう、のんびりと世間話をしながら庭木を剪《き》ることもできるだろうという佐七の期待を、慶次郎は、ことごとく裏切ってしまったのである。

米沢町へ出かけてきたのも、庭で桜の蕾《つぼみ》を眺めていた慶次郎に、佐七が「旦那《だんな》、邪魔だよ」と不機嫌な顔で言ったからだった。

掃除を手伝えば、はたきの柄《え》で障子に穴を開けてしまう慶次郎に、佐七は手伝ってくれと言わなくなった。が、その分だけ、二人前のめしを炊くことや、慶次郎のちらかした座敷の掃除をすることが、よけいに腹が立つようだった。腹が立つのも当然、少し佐七の機嫌をとっておいた方がよいかもしれぬと、慶次郎は、佐七の好物の初夢煎餅を買いにきたのだった。

ただ、佐七が大喜びで煎餅の袋を受け取ってくれるかどうか。佐七もまた、わけのわからぬ春の愁《うれ》いに悩まされているとすると、慶次郎は、受け取ってもらえぬ袋をかかえて縁側に坐《すわ》ることになる。

「三千代が生きていればな」

つい、言ってはならぬ愚痴が出る。

三千代が生きていれば、仏頂面《ぶっちょうづら》で帰って行く慶次郎に、「もう佐七さんと喧嘩《けんか》をなさったのですか」と呆《あき》れた顔をするだろう。「うるさい」と叱《しか》りつけて、三千代が頬をふくらませたとしても、居間の坐り心地はわるくない。手あぶりを引き寄せて茶などを飲んでいるうちに三千代の機嫌もなおり、「本日のお献立《こんだて》は――」などと、いっぱしのことを言いにくる。第一、三千代が健在なら、根岸に行きはしなかった。

あてもなく歩き出した慶次郎に、「森口さんじゃありませんか」と、声をかける者がいた。慶次郎は、風が吹き上げる砂埃に顔をしかめながら足をとめた。

向い側にある薬種問屋の、『中風によし』という看板の陰で、会いたいような気もした顔が笑っていた。隣家の島中賢吾だった。御用箱をかついだ男と、十手《じって》を懐《ふところ》からのぞかせた岡っ引を従えている。市中見廻りの最中だった。

「これから八丁堀ですか」

賢吾は、道を横切ってきた。

「だったら、うちへもぜひお寄り下さい。下の娘がね、森口の小父様なら遊んで下さるのにと言って、わたしを恨めしそうに見るんですよ。いや、参っています」

慶次郎は、口許《くちもと》をほころばせた。五十に近い男が子供のようだと思ったが、その一言で気が晴れたし、行先もきまった。

慶次郎は、賢吾と肩をならべて歩き出した。両国広小路への出口となる一丁目の角には町木戸があり、木戸を出て左へ曲がったところに摺物問屋《すりものどんや》がある。そこでは子供の喜びそうな千代紙も売っている筈だった。

「晃之助さんは、よくやっていますよ」

と、賢吾が言う。

「賢さんのお蔭《かげ》だ」と言いかけた目の前を、黒い影が通り過ぎた。路地から飛び出してきた男が、賢吾に駆け寄ったのだった。

男は、賢吾の耳許に口を寄せた。賢吾が使っている岡っ引の一人らしかった。

賢吾は、町木戸を見てうなずいている。町木戸の手前には自身番屋があった。岡っ引は、番屋に事件が持ち込まれていると差口《さしぐち》をしたようで、賢吾が目配せをすると、すぐにまた路地へ消えた。

ふりかえった賢吾に慶次郎がうなずいて、賢吾の足は早くなった。そのあとを、御用箱の小者と岡っ引が追って行く。

番屋は、慶次郎の行く方向にある。障子が閉められていたが、女の泣声が洩《も》れていて、数人の通行人が、好奇心をむきだしにして足をとめていた。

その障子が開いた。立っていた若い男が突き飛ばされ、突き飛ばした者は町木戸を駆け抜けて、広小路の人混みの中へ逃げて行こうとした。

慶次郎の軀《からだ》がひとりでに動いた。行手を遮られた相手は慶次郎に突き当り、はね返されて仰向けに倒れ、悲鳴をあげた。

「すまぬ」

と、思わず慶次郎は言った。

倒れた相手は、手や肘《ひじ》の擦傷《すりきず》より、乱れた裾《すそ》を気にして素早く起き上がり、涙に汚れた顔で慶次郎を見据えた。二十七か八と見える、目鼻立ちのきっぱりと整った女だった。

女の家は、両国橋の向う側、本所相生町《ほんじょあいおいちょう》の三丁目にある。たずねて行くのは、三度目だった。おせんというあの時突き当った女は、左の足首を捻《ね》じっていて、いまだに繃帯《ほうたい》が取れぬのである。

しかも、おせんは、番屋に突き出されていたわけでも、逃げようとしたわけでもなかった。留守の家にしのび込んだとして捕えられたのは、おせんの亭主、卯之吉《うのきち》だった。が、卯之吉は、盗みに入ったのではないと言い張っていた。自分は手間取《てまと》りの大工だが、半年ほど前に足場から落ち、大怪我《おおけが》をしてしまった。ひさしぶりに友達をたずねてみる気になったものの、友達の家と見ず知らずの人の家を間違えて入ってしまったらしい。空巣だと言われたが、手はまだ思うように動かないし、軀もだるい。盗みを働くなど、思いも寄らぬというのである。

すぐに相生町へ人をやって調べてみると、その言葉に嘘《うそ》はなかったし、卯之吉を捕えた男も、卯之吉が戸棚の中をかきまわしているのを見たわけではなかった。

長屋から飛んできたおせんは、怪我人に濡《ぬ》れ衣《ぎぬ》を着せてまで空巣を捕えたことにしたいのかと泣きわめくし、番屋の者達は、しっかりした引受人がいれば、卯之吉を渡してもかまわないと考えていたという。

賢吾もそれでよいと言ったが、引受人になってくれと、再三使いを出している差配がこない。業《ごう》をにやしたおせんが番屋を飛び出して、立ち塞《ふさ》がった慶次郎に突き当ったというわけだった。

慶次郎は、竪川《たてかわ》の河岸《かし》地に沿って歩いた。三月に入って急に暖かくなり、隣家の桜は五分咲きになったが、今日は、また強い風が吹いている。

紙屑《かみくず》と一緒に長屋の木戸を入って、慶次郎は、蜘蛛《くも》の巣が揺れている取付の家の前に立った。おせんの家だった。

卯之吉が働けなくなった間は、おせんが近くの縄暖簾《なわのれん》へ手伝いに行ったり、枝豆や茹《ゆで》卵《たまご》を売り歩いたりして暮らしていたそうだ。が、ひねった足をひきずっていては、思うように働けない。先日たずねた時は、卯之吉の看病で精いっぱいだと言っていた。長い間番屋に留めおかれていたのが原因かどうか、卯之吉は熱を出して寝ていたのである。

慶次郎の姿が腰高障子に映って、おせんは土間へ降りていたのかもしれない。かるく叩《たた》くと、すぐに障子が開いた。

「変わりはないか」という言葉を、慶次郎は、まったく声にせずに飲み込んだ。おせんは、唇に紅をさしていた。

「すみません、幾度もきていただいちまって――」と言うその唇を見つめながら、慶次郎は、紅一つで女はこれほど変わるものかと思った。縹緻《きりよう》のよい女だとはわかっていたが、紅の色で肌の白さが際立《きわだ》ち、つい、擦り切れて糸の下がってきそうな綿紬《めんつむぎ》につつまれた軀へ目が行ってしまうのである。

「これ？」

おせんは、水仕事で荒れているのを隠すように、袖《そで》の中へ入れた手で口許をおおった。

「うちの人が、一緒になる前に買ってくれたんです。一緒になってからは苦労ばっかりで、つける気にもなれなかったんですけど」

四畳半の部屋をふりかえってから、おせんは慶次郎を見上げた。つややかに赤い唇の間から、白い歯がこぼれていた。

「あの人、今眠ったばかりなんです。表でお話をしてもいいかしら」

慶次郎は、黙ってうなずいた。どぶ板まで下がったつもりだが、思ったほど軀は動いていなかったのかもしれない。外へ出てきて障子を閉めるおせんの腰がわずかに触れて、心の臓が激しく動悸《どうき》を打ち出した。

「こちらへ——」

と、おせんは、足をひきずりながら歩いて行く。

木戸を出て横丁を曲り、武家屋敷の前を通って、松坂町の裏通りへ入って行った。

「わたしがこの間まで、働いていたお店があるんです。わたしなら二階を貸してくれますから」

慶次郎は足をとめた。

特別に貸してくれるという二階の部屋は、おそらく女将《おかみ》の寝起きしているところだろう。衣桁《いこう》に小粋《こいき》な着物のかかっているかもしれぬ座敷で、紅をさしたおせんと二人きりになってよいものだろうか。

が、おせんは、屈託のない顔つきで慶次郎をふりかえった。なぜ慶次郎が足をとめたのか、わからぬようだった。

慶次郎は、苦笑して歩き出した。二十七だというおせんから見れば、慶次郎は父親と同じ年頃の、ただの男に過ぎぬのかもしれなかった。

二階の座敷にはやはり衣桁があり、脱いだ着物こそかけられていなかったものの、その横には鏡台があって、女将が時々のぞきにくるのだろう、鏡がたてかけられたままになっていた。

窓を開けたが、白粉《おしろい》のにおいは壁にも天井にもしみついているのか、まだ消えない。

慶次郎は、立ったままおせんに見舞いの金を渡し、階段を降りて行こうとした。が、料理の小鉢を盆にのせ、ちろりを下げて上がってきた女将に押し戻された。慶次郎を連れてきた時には酒を出してくれと頼んであったらしい。女将は、値踏みをするような目で慶次郎を見て、早足で階段を降りて行った。

「お一つどうぞ」

足音が消えるのを待って、おせんがちろりを持った。

足に怪我をしているので、横坐りもむりはないのだが、おせんの軀は、そのせいだけではなく、慶次郎の方に傾いている。

慶次郎は、その一杯を飲み干して腰を浮かせた。

「すまねえが、用事を思い出した」

「嘘ばっかり」

と、紅をさした唇が言って、切長の大きな目が睨《にら》んだ。

「少々白粉のにおいが強過ぎて、おいやなのはわかりますけど。でも、ほかに座敷を借りられるところがないんです」

「立話でよかったんだ。見舞いにきただけなんだから」

「そう仰言《おつしや》らず」

おせんは、口許に手を当てて笑った。

「わたしだって顔のきくお店があるところを、お見せしたいじゃありませんか。これでも、わたしめあてのお客さんが多かったから、今でも女将さんは頼みをきいておくんなさるんですよ」

「そうだろうな」

「それで、太亭主と揉《も》めましてね」

慶次郎は、猪口《ちよこ》の酒を飲み干した。ちろりを早く空にして、帰るほかはないと思った。

「枝豆売りになったり、茹卵を売ったりしていたんです、このお店を手伝っていた方がお金になるってのに。所帯をもってから五年になりますけど、いいことなんざ一つもなかった」

「ふうん」

「つめたいんですね、旦那《だんな》は」

苦笑いをして盆の上に置いた猪口へ、すぐに酒がつがれた。

「幾つの時に一緒になったのかとか、どうしてあんな男と所帯をもったのかとか、何か聞いて下すってもいいじゃありませんか。こっちは、やっと愚痴を聞いてもらえる人に会えたと思って、旦那がおみえなすったら、この座敷を貸してもらう約束までしてたのに」

慶次郎の苦笑いは濃くなるばかりだった。

「こうなったら、わたしから言っちまいますけど、一緒になったのはわたしが二十二、卯之吉が十九の時でした。ええ、惚《ほ》れあって惚れあって、水の中だろうが火の中だろうが、手に手をとって行くつもりでしたよ」

「結構な話じゃねえか」

そう言ってちろりへのばした手を、おせんが軽く叩いた。

「ちっとは真面目《まじめ》に聞いて下さいまし。二十二にもなっていたわたしが、卯之吉の男《おとこ》っ振《ぷ》りにのぼせ上がったのは確かにばか、でも、そのあとは人並に苦労したんです。苦労して、今頃、男を見る目ができたってしょうがありませんけど」

あらためて、慶次郎はちろりへ手を伸ばした。その手を叩こうとしなかったかわり、おせんは、猪口をとって慶次郎の前に突き出した。

「半端《はんぱ》な大工に惚れたのは、わたしです。向うの親もわたしの親も反対して、親子の縁を切るとまで言われたのに、夫婦になっちまえばこっちの勝ち、親ってのは子供に甘いものだから、孫でもできりゃすぐに許してくれると、卯之吉をけしかけたのもわたしです」

いけませんか？――

気合い負けをして慶次郎はかぶりを振り、目の前に突き出されている猪口に酒をついだ。

「そのかわり、大変でした。向うの親や兄妹《きょうだい》は、卯之吉がいつまでたっても一人前になれないのは、ついている女がわるいからだと言う。そうじゃないんです、はっきり言やあ、卯之吉は怠け者なんです。でも、そんなこたあ、意地でも言いたくなかった。わたしは内緒で稼いじゃあ、それを卯之吉の働きだ、卯之吉はこんなに稼げる男なんだと大はしゃぎをしてみせていたんです」

おせんは、つがれた酒を一息に飲んだ。

「ただねえ」

空の猪口を、おもちゃのようにもてあそぶ。

「わたしの親――って言ったって、十四の年にはもう、父親一人になってましたけど、それが、肩身の狭い思いをしたまま死んじまったんですよ」

猪口をおいたおせんの手が、今にも膝《ひざ》に触れそうな気がした。

おせんの手が膝におかれたなら、笑って膝を横へずらせばよい。が、おせんの手は、微妙なところでひらりと舞い上がり、ほつれ毛をかき上げたり、胸もとを合わせてみたりする。その手の動きに気をとられていたのが、今の一言で我に返った。

「父親は徳松っていう建具屋《たてぐや》だったんですけどね。向うの身内へ遠慮をしつづけていたんです」

おせんの口許《くちもと》が歪《ゆが》んだ。笑ったのか、泣きそうになったのか、よくわからなかった。

「わたしは二十二まで白歯《しらは》で、十七だ八だと嘘をついて縄暖簾で稼いでいたすれっからしだし、三つも年上だし、向うの身内から見りゃ、十九になったばかりの卯之吉を、手玉にとっているように見えたんでしょう。向うの親に呼び出されたわたしの父親は、手をついてあやまって、ほんとうに親子の縁を切っちまったんです」

笑ったように見えたが、おせんの頬には涙がつたった。

「まったく、何だってそんなに遠慮をしなけりゃならないんですか。二十二のすれっからしが、十九の大工と所帯をもつことが、そんなにわるいことなんですか。わたしゃ、父親に言ってやりましたよ。たった一人の娘じゃないか、どうして向うの親に、俺の娘のどこがわるいと啖呵《たんか》をきってくれないんだって」

「親父さんは何と言いなすった」

「卯之吉は向うの伜《せがれ》だと言いました。卯之吉のできがわるくっても俺は平気の平左だが、俺の娘がすれっからしで、年下の男をくわえ込んだと言われるのは情けないんだって」

ばかでしょ？――と、おせんは言った。

「向うの親が、わたしをあしざまに言うのを黙って聞いて、どうでも卯之吉と一緒になるなら勘当すると、本気で親子の縁を切って。縁を切ったからには赤の他人だと、病気になっても娘に知らせぬばかがどこにいます？　お蔭《かげ》で、ろくに看病もしてもらえずに死んじまったんですよ。見かけだけでも卯之吉を立派にして、父親の鼻を高くしてやろうと思っていたのに——」

その日のくることを、徳松がどれほど楽しみにしていたことか、痛いほどわかる。が、徳松は、その日を待ちきれず、一人で息をひきとった。

「わたしゃねえ、旦那、父親があの世へ逝《い》っちまった時から、卯之吉が一人前であろうとなかろうと、どうでもよくなっちまったんですよ」

「なぜ」

「なぜって、そうじゃありませんか。父親がいなくなっちまってから、卯之吉が一人前になったって、誰が喜んでくれます？　よくぞ意地を張り通したと、誰が褒めてくれます？　そりゃ、わたしは卯之吉に惚れてました。一人前の大工になってくれたら、どんなに嬉《うれ》しいかと思ってましたよ。でも、だんだん張合いがなくなって、卯之吉に愛想《あいそ》がつきて、気がついたら、わたしゃ行くところがなくなっていたんです」

晃之助や皐月のような養子夫婦がいてさえ、ふと、行きどころがないような気持になる。父親のほかに身寄りのないらしいおせんには、会ってみたいような気もする顔を、思い浮かべることすらできないのだ。気がつくと、慶次郎はおせんを抱き寄せていた。

「旦那――」

慶次郎の腕の中で、おせんが顔を上げた。

「根岸へ行ってもいいですかえ」

ふいをつかれて、慶次郎はうろたえた。

根岸の寮には佐七がいる。おせんが慶次郎をたずねてくれば、佐七は早速、山口屋へ告げ口をし、山口屋の番頭から晃之助夫婦にその話が伝わるだろう。

そのためらいを、おせんは、別のことと勘違いをしたらしい。

「卯之吉とは別れます」

「何だと」

「幾度かお会いなすったじゃありませんか、卯之吉に。腕が痛いの何のと寝てばっかりいますけど、医者は、少しずつ腕を動かすようにしなくては、癒《なお》りっこないと言っているんです。もう、顔を見るのもいやになりました」

「だが……」

「旦那のご新造《しんぞ》さんにして下さいとは頼みゃしません。でも、旦那は、定町廻りをおやめなすったあとも、霊岸島の山口屋さんのお蔭で何不自由なくお暮らしだというじゃありませんか。わたしは卯之吉と別れりゃ、行くところがありません。一人っきりになるまでの少しの間、旦那みたようなお方とのんびり暮らしたいと思っても、罰《ばち》は当らない

「でしょう?」

当らねえ。当るわけがねえ——。

慶次郎は、おせんを抱きしめた。

「嬉しい——」

おせんの涙が、おせんの頰から慶次郎の胸につたった。

人目があるから、しばらくはくるなと言っておいたのだが、おせんがまた寮へきた。七日前にきた時も、四日前にきた時も縁側に腰をかけさせて、そこへ菓子と茶をはこんでやり、昼の八つ前には「もうお帰り」と、佐七に聞えるように言ってやった。無論、打合せはすんでいた。上野不忍池の中島にある出合茶屋で、おちあう手筈になっていたのである。慶次郎は、おせんが帰ったあと四半刻あまりたってから、八丁堀へ行って泊ってくると言って寮を出たが、一度目はともかく、二度目は佐七もあやしいと思っているだろう。

「出入口に待たせてあるけどね」

と、来訪を告げにきた佐七が言った。

「もうちょっと、身なりに気を遣うよう、言っておやりなすった方がいいんじゃないかね」

御誂《おあつら》えがまだできあがらないのさと答えたが、慶次郎は、首をかしげたくなった。

おせんはまた、衿《えり》や袖口《そでぐち》から糸屑《いとくず》の下がりそうなあの綿紬《めんつむぎ》を着てきたらしい。が、慶次郎は、出合茶屋からの帰りは無論のこと、はじめておせんの軀《からだ》に触れた松坂町の縄暖簾《なわのれん》の二階でも、いくらかの小遣いを渡しているのである。駿河町《するがちょう》の越後屋《えちごや》で、あれもこれもと買うには足りないかもしれないが、神田柳原か浅草田原町《たわらまち》の古着屋なら、袷《あわせ》と夏の薄物ぐらいは買える筈だった。

「また、庭へまわってもらうかえ」

佐七が、慶次郎の顔をのぞき込んだ。曖昧《あいまい》な返事をすると、佐七は大儀そうに立ち上がった。留守番を雇ってもらって用事がふえるとはどういうこったと言う、独り言が聞えてくる。菓子と茶の用意を頼まれると思ったのだろう。

「いや、いい」

慶次郎は、あわてて立ち上がった。

「このあたりを案内してくれと言われているんだ」

と、佐七の背中に言って、出入口へ出て行った。

おせんは、竹の上がり框《がまち》に腰をおろしていた。慶次郎に気づくと、顔中に笑みをひろげて立ち上がったが、佐七の言う通り、着ているものは先日のままだった。いや、米沢町で慶次郎に突き当った時とまるで変わっていなかった。

しかもまた、ごみためから拾ってきたような藁草履《わらぞうり》をはいている。

はじめておせんが寮へきた時は、佐七への言訳と、松坂町の縄暖簾で触れたおせんの白い肌ばかりが頭の中にあって、草履などまるで目に入らなかったのだが、出合茶屋で恥ずかしい思いをした。帰りがけに履物を揃《そろ》えてくれた女中が、おせんではなく、慶次郎の顔を見たのである。どこでこの女を拾ってきたのかと言いたげな顔だった。

それに懲《こ》りて、二度目にきた時は、先に下駄《げた》を渡してやった。柾目《まさめ》の通った下駄で、その時に履物を揃えてくれた出合茶屋の女中は、釣り合いのとれぬ下駄と着物に、怪訝《けげん》な顔をしたものだった。

「外へ行こう」

沓脱《くつぬぎ》におりた慶次郎に、おせんは腕をからませてくる。よせ――と、その手を振り払ったが、おせんは、振り払われた手を慶次郎の肩に置いて背伸びをした。

慶次郎は、気持を昂《たかぶ》らせずにうろたえた。おせんは、慶次郎の唇に自分の唇を重ねたのである。

取付の座敷をふりかえり、佐七の気配を探った慶次郎に、おせんは、「旦那は薄情なんですね」と言った。

「背伸びをしても、足が痛まなくなったんですよ。佐七さんを心配するより、わたしを気にしておくんなさいな」

肩にあった手が慶次郎の腰を抱いて、紅をさした唇が、近くなったり遠くなったりする。幾度も背伸びをしてみせているのだった。

腰にまわされている手を振り払うことも忘れていると、ふたたびその手が肩にのせられて、唇が慶次郎のそれを塞《ふさ》いだ。慶次郎の手がおせんを抱き、慶次郎は一瞬、佐七を忘れた。

音がしたような気がした。慶次郎は、おせんを突き放し、「こんなところで――」と怒ったように言った。

「行くぞ」

出て行こうとする慶次郎を、おせんは笑いながらひきとめた。慶次郎の唇に、紅がついていたのだった。

慶次郎は、おせんが慶次郎の懐《ふところ》に手を入れて抜き取った懐紙を取り戻した。が、おせんの手が、見当はずれなところを拭《ふ》いていたらしい慶次郎の手を反対側へ寄せた。

「とれましたよ」

紅のついた懐紙の捨場所はない。おせんは、自分の袂《たもと》に入れた。

慶次郎は、黙って外へ出た。

「待っておくんなさいな」

おせんが遠慮のない声を張り上げた。慶次郎は、不機嫌な表情をつくりながら足をとめた。

先刻の音は、佐七がたてたにちがいなかった。いい年齢《とし》をして、とんでもない姿を見られたのではないかと思うと、いても立ってもいられぬのだが、小走りに駆けてきたおせんは怒れない。軀をすり寄せて、嬉しそうに笑うおせんの顔を見ると、つい口許がほころびてしまうのである。

「下駄はどうした」

詰《なじ》るつもりの声が、甘たるくなった。

「ああ、あの下駄」

おせんは、首をすくめて笑った。

「ほんとに有難うございました。あれほどの下駄は近頃はいたことがないから、嬉しくってどこへ行くにもはいていたんですけど。昨日の晩ね」

笑い声が大きくなる。

「どぶ板のはずれていたのがわからなくって、お湯屋の帰りに、どぶへ落っこっちまったんですよ。すぐに洗って干したんだけど、まだ鼻緒が乾いていなかったから」

「足首は大丈夫だったのかえ」

お蔭様でというおせんの答えが返ってくるまでに、少し間があった。どぶに落ちたのなら、癒りきってはいない足首をまたひねる筈《はず》だと、自分で気づいたようだった。

慶次郎は聞き流したが、おせんは言訳をしなければと思ったらしい。すぐに「先日いただいたお金は――」と、尋ねもせぬことを話し出した。

「卯之吉の薬代に遣っちまったんです。へたに別れてくれとあの人に言ったら、わたしにくっついて離れなくなっちまう。別れるには黙って飛び出すほかはないんですけど、お医者への払いや、薬代をそのままにしてくるのはいやなんですよ。で、下駄を買うことができなくって」

慶次郎は、おせんから目をそらせた。

町方の与力や同心は、身分こそ低いが収入は旗本や御家人よりはるかに多い。与力や同心の世話になった者、或《ある》いは面倒に巻き込まれたくない者が、盆や暮には必ず金品を持って挨拶《あいさつ》にくるからである。また、それがなければ、三十俵二人扶持の同心が、幾人もの岡っ引を使えるわけがなかった。

慶次郎にも、多少の蓄えはある。八丁堀の役宅を出る時に、ほとんどは置いてきたものの、山口屋から留守番のお礼という名目の金を渡されていることもあり、おせんの古着くらいでは苦労しない。

慶次郎は、松坂町の縄暖簾の二階で、「旦那《だんな》は、何不自由なくお暮らしだというじゃありませんか」と、おせんが言っていたのを思い出した。定町廻りの勝手元が豊かであることは、江戸に住む者なら誰でも知っている。おせんは、森口慶次郎というもと定町廻りも、霊岸島の酒問屋、山口屋の寮番などをつとめて、暮らし向きには困っていないことを知ったのではあるまいか。

「旦那」

我に返ると、おせんがしきりに袂を引いていた。

「いったい、どこへ行きなさるんですよ。そっちへ行ったって、田圃《たんぼ》ばかりじゃありませんか」

苦笑した慶次郎を、おせんは、切長のよく光る目で見つめた。

「実は、お願いがあるんですけどね」

「何だえ」

声が用心深くなった。

「鰻《うなぎ》をご馳走《ちそう》してもらえません？　朝ご飯を食べずに出てきちまったんで、お腹《なか》が空《す》いて、お腹が空いて」

「わかった」

慶次郎は、胸を叩《たた》いてみせた。まだしばらくの間は、この女に振りまわされそうだった。

糸の下がってきそうな綿紬では、嫌われると思ったのかもしれない。おせんは、田原町で買ったという鉄色の着物を着て、深川鼠《ねずみ》の地味な帯を締めてきた。慶次郎が買ってやった下駄もはいている。

粋《いき》というよりは地味過ぎる色合いだったが、色の白いおせんにはよく似合っている。おせんにあまり好意を持っていないらしい佐七も、桜の花びらの降りかかる縁側に坐《すわ》っている姿に目を奪われているようだった。

「早いものですねえ」

と、おせんは、しきりに花びらの降ってくる縁側を見た。

「旦那にはじめてお目にかかったのは、二月なかばだったっていうのに」

その時は桜の蕾《つぼみ》もかたかったが、それがふくらんで、花開いて、散っている。

「さ、帰ろ。旦那のお顔を見たんで、気が晴れました」

「それは結構。俺も酒を買いに出かけるから、そのあたりまで送って行こう」

みえすいた嘘《うそ》を言いあって、おせんは縁側から腰を上げ、慶次郎は、居間へ着替えに行った。

勝手口から、佐七に挨拶をするおせんの声が聞えてきた。それに、おせんはいぬかという男の声が重なった。慶次郎は、このところよく遊びにくる隣りの寮番が、おせんの顔を見にきたのだと思った。

が、その声は、卯之吉の名まで口にする。慶次郎は急いで居間を出て、取付の座敷の板戸を開けた。

四十がらみの見知らぬ男が、出入口に立っていた。

「森口様で？」

慶次郎がうなずくと、男は、早口に喋《しゃべ》り出した。

気が昂っているのか、筋道も順序もあったものではなく、わかりにくい話だったが、卯之吉がまた自身番屋に突き出されたというのである。突き出されたのは、下谷池ノ端仲町の番屋で、裏通りの仕舞屋《しもたや》に上がり込み、簞笥《たんす》の引出を開けているところを、帰ってきたその家の息子に見つかったらしい。

ほんの出来心、半年も軀の具合がわるかったので通常の気持ではなかったのだという言訳に、番屋からの使いが相生町へ走ったが、女房のおせんはいない。長屋の差配をつとめている男が、おせんのかわりに出向くことになったが、ふと思いついて松坂町の縄暖簾へ行き、おせんが根岸へ行ったことをつきとめたという。

慶次郎は、出入口の植込を見た。

「卯之吉は出来心だと言っていますが、知らせにきた者の話じゃあ、裏口の戸をはずしてしのび込んだのだそうで。大工の腕をそんなところで使っていたんじゃ、あの男もお終《しま》いですね。わたしが一人でそんな男につきあわされるのは、真平ご免……」

植込の向う側で鉄色が揺れた。おせんが門の外へ飛び出して行ったのだった。

慶次郎は、裸足《はだし》でおせんを追った。

「待て——」

「亭主が……亭主がつかまっちまったんですよ」

「落着け。お前《めえ》が行って何になる」

慶次郎は、裾《すそ》を乱して走っているおせんの肩へ手を伸ばした。おせんは、両の手に持っていたものを、ふりむきざまに投げた。

「何だい、こんなもの」

投げたものは慶次郎の額に当り、小石だらけの道に落ちた。紫色の鼻緒が妙にゆるんでいる、例の下駄であった。


市中見廻りの最中である晃之助を見つけるのに手間どったが、それでも、池ノ端仲町へくる前に会うことができた。

おせんを知りあいの娘だと言う時は、てれくささに言葉がのどへ貼《は》りつくようだったし、話の辻褄《つじつま》があわぬところも幾つかあったが、晃之助は、何も追及せずにうなずいてくれた。

「わかりました。勝手口の戸をはずして入ったというのが困りものですが、出来心の空巣ということで片付けてもらえるよう、吟味方にお願いしてみましょう」

晃之助の袖《そで》を引っ張るようにして、むりやり上げた蕎麦《そば》屋の二階だった。慶次郎の前にはちろりと猪口《ちょこ》が並んでいるが、晃之助の前には、でがらしの入った湯呑《ゆの》みしかない。

慶次郎は、深々と頭を下げた。

「すまねえ。お役目の邪魔をして、勝手なことを頼んじまった。俺こそ困りものだ」

「いえ、お元気で何よりです」

晃之助は、意味ありげな笑みを浮かべた。耳朶《みみたぶ》まで赤くしての話と、膏薬《こうやく》を貼った額の傷から、不惑の年齢《とし》をとうに越えている養父に起こったことを、すべて推測したのかもしれなかった。

「番屋までご一緒に行かれますか」

晃之助は、腰を浮かせながら尋ねた。

「いや、みっともなくって行かれねえよ」

返事のしようがなかったのかもしれない。晃之助は、笑いながら立ち上がった。

「が、おせんには、てこずるかもしれねえ」

「では、番屋の障子を少し開けておきましょう」

「え？」

「てこずった時は、ご助勢下さい」

手玉にとられたとわかっても、まだおせんが気がかりな養父の胸のうちを見抜いているのだろう。晃之助は、すました顔で言ってつけ加えた。

「たまには八丁堀へもおいで下さい。でも、おいでを待っているのが、皐月や島中さんのお子さんでは若過ぎますか？」

待たせていた小者を従えて晃之助が歩いて行くのを、慶次郎は、蕎麦屋の窓から見た。長身で痩《や》せていたせいか、役目をゆずったばかりの頃は、少々頼りなく見えたものだが、今は肉づきもよくなっている。

慶次郎は、ゆっくりと階段を降りて蕎麦屋を出た。

風が吹いていたが、あの時にくらべると、湿っていて暖かい。それでも、額の傷にしみた。

池ノ端仲町の番屋は、不忍池をめぐる土手と向いあっている。番屋の戸は、晃之助が言いおいて行った通り、少し開いていた。中からは、「だから、あれほど言ったじゃないか」とかきくどく、おせんの声が聞えてきた。

先刻、慶次郎は、下駄《げた》を投げつけたおせんを平手で叩いた。驚いて目を見張ったのを寮まで連れ戻し、落着かせたのだが、縄つきの卯之吉を見て、また気持が昂《たかぶ》ったのかもしれない。声はうわずって、震えていた。

小間物問屋や袋物問屋へ買物にきた客達は、その声を聞いて顔を見合わせるが、足をとめようとはしない。番屋の出入口には、このあたりを縄張りにしている岡っ引が、十手で肩を叩きながら立っているのだった。

慶次郎に気づいた岡っ引は、目立たぬように頭を下げて、向いの木戸番小屋へ目をやった。小屋の前に立っていた木戸番の女房は、「このお人？」という顔をする。木戸番の女房と世間話をしている風を装《よそお》って、おせんのようすを見ていてくれというのだろう。

「わたしのことは心配するなって、今日も途中まで送ってきてくれたお前さんに、そう言った筈だよ」

と、おせんは言っている。慶次郎は苦い笑いを口許《くちもと》に浮かべて、木戸番小屋の軒に吊《つ》り下げられている草鞋《わらじ》を取った。木戸番の女房が、両手の指をひろげたあとで、左手に右の人差指をのせてみせた。十六文だと言っているらしい。

「わたしゃ、お前さんがあそこから引き返して、うちでお粥《かゆ》を食べていると思って、安心していたんだよ」

「すまねえ」

男の声が、とぎれとぎれに聞えてきた。

「でも、俺あ、お前《めえ》にばかり苦労をさせるのがいやだったんだ」

「あやまるのは、わたしの方だよ」

おせんの声が高くなった。

「幾度も言っているだろう。わたしゃ、お前さんと暮らしていたいんだよ。お前さんと死ぬのはたやすいが、夫婦は二世《にせ》、前世《ぜんせ》でお前さんと夫婦だったら、お前さんと夫婦になれるのはこの世まで、あの世では赤の他人になっちまうんだよ。だから、わたしゃ……」

「その先は言うんじゃねえ。俺あ、お前にそんなことまでさせる手前《てめえ》がなさけなかったんだ」

慶次郎は、額の傷へ手をやった。惚《ほ》れあっている夫婦の間へ、それとは知らずに入り込んでしまった代償であった。

「俺あ、医者の言う通りに、動かねえ腕も一所懸命に動かした。でも、一向によくなりゃしねえや。どこかでもらってきた下駄を、人に貸して金をとっているお前《めえ》を見て、俺あ……」

「その先は言っちゃだめ」

おせんの悲鳴に近い声が響いた。

言わなくてもわかると、慶次郎は思った。卯之吉は、自分の医者代と薬代のために縄《なわ》暖簾《のれん》で働いた上、下駄を賃貸しするような真似《まね》までしているおせんを見ていられなくなって、他人の家へしのび込んだにちがいない。

米沢町の番屋では、家を間違えたのだと強情を張り通したが、ことによると、あの出来心が卯之吉の胸のうちに残っていたのかもしれない。二度とあんな真似はしないでくれとおせんに泣かれても、軀《からだ》は思うように恢復《かいふく》しないし、おせんも足首をひねってしまった。足をひきずりながら縄暖簾へ出かけて行くおせんを見て、休ませてやりたさに出来心がうずいたなどはありそうなことだった。

卯之吉にそんなことをさせられるものかと、おせんは思う。思うが、差配はあまり親身になってくれないし、縄暖簾の女将《おかみ》から借りられる金も限られている。そこへ、慶次郎が見舞いの金を持ってあらわれた。

これしかない――と、おせんは思ったことだろう。亭主を裏切りたくないが、その亭主の医者代や薬代を払うためだった。卯之吉と夫婦になれるのはこの世まで、卯之吉をもとの軀にしてからあの世へ行きたいと思えば、どんな辛抱もできる筈《はず》であった。

「お願いでございます」と言う、おせんの声が聞えてきた。

「お願いでございます。わたしを、卯之吉と一緒に伝馬町《てんまちよう》の牢《ろう》へお送り下さいまし」

「ばかなことを言うな」

晃之助の声だった。苦笑する顔が、目に見えるようだった。

「ばかなことではございません」

と、おせんは言っている。

「卯之吉に空巣を働かせましたのは、私でございます。私は、薬代を払うために、好きでもない男と閨《ねや》をともにいたしました。卯之吉は空巣を働いて、そんな私を助けようとしたのでございます」

「おせんさん。そんなに世話を焼かせるものじゃないよ」

差配が口をはさんだ。

「卯之吉にしがみついて、いくら御託《ごたく》をならべりゃ気がすむんだ。旦那《だんな》も困っていなさるじゃないか。さ、失礼しようよ」

おせんの肩を揺するか、手を引くかしたのかもしれない。おせんの金切り声が、再度、大通りに響き渡った。

「何をするんだよ。帰りたけりゃ一人で帰りゃがれ。卯之吉の空巣は、わたしゆえだ。わたしがいなけりゃ、卯之吉は盗みをしようなんざ思わずにすんだんだ。わるさの張本人が、一緒に牢屋に入って何がわるい」

「わるいよ」

晃之助だった。

「他人の家に押し入った卯之吉は、大番屋へ送る。当り前だ。盗みを働かせるもととなったお前さんは、淋《さみ》しくってもしばらくは一人で暮らさにゃならない。これも当り前だ」

おせんの声がしなくなった。うなだれて、晃之助の説教を聞いているのかもしれなかった。

「盗みを働こうとした者と働かせるもととなった者は、ちっとばかりそういう思いをしなけりゃならないんだよ」

なるほど——と、慶次郎は思った。助勢を願うどころか、慶次郎でさえできなかったかもしれない裁き方だった。

あれもこれも、春の出来事だな。

好いた女には、惚れぬいた男がいた。若いと思っていた養子は、慶次郎の手助けなどいらぬほど成長していた。

「隠居したあとの行きどころってのは、——むずかしいものだ」

慶次郎は、草鞋と手拭《てぬぐ》いの代金を払って、両国へ足を向けた。佐七の好物である初夢煎餅《せんべい》を買って、根岸へ帰るつもりだった。

腰痛の妙薬

庭掃除を終え、陽当りのよい縁側へ将棋盤を持ち出して、詰将棋の本を片手に駒《こま》を動かしていると、また腰が痛くなってきた。

森口慶次郎は、顔をしかめて本を閉じた。

定町廻り同心をつとめていた頃は、腰痛など自分には無縁のものと思っていたのだが、このところしばしば腰が痛む。先輩や同輩が腰を叩《たた》きながら御用部屋へ入ってきたり、「俺も年齢《とし》だなあ」と嘆いたりするのを、御用のあとで酒ばかり飲んでいるからだと、苦笑いしながら眺めていたのが嘘《うそ》のようだった。

腰痛の原因が、庭掃除にあるわけはない。

山口屋の寮の敷地は、根岸にある他の寮とくらべて広い方ではないし、好んで植えてある楓《かえで》は、ほとんど葉を落としている。松が落とす松ぼっくりは、焚《た》きつけによいと言って、飯炊《めした》きの佐七が片端から拾い集めていた。近頃の庭掃除は、木々の間を箒《ほうき》で撫《な》でておけば、すんでしまうくらいなのである。

それでも、腰が痛む。庭掃除を終えれば将棋盤に向う、怠惰な暮らしがつづいているせいかもしれなかった。

慶次郎は、駒を箱へ戻して庭へ降りた。佐七が肩で息をしながら、「俺の軀《からだ》は、旦那《だんな》より若い」と強情を張って、なかなかかわろうとしない薪割《まきわ》りを、今日はきれいに片付けて、「こんなものさ」と笑ってやろうと思った。

両足をひろげ、軀をひねったのは、その小手調べのつもりだった。が、腰に鈍い痛みが走った。

しまった。——

そう思ったとたんに、背を冷汗が流れた。七年前であったか八年前であったか、隣り屋敷の島中賢吾が、抱いていた娘を妻へ渡そうとして、腰を痛めたことがある。立っていられぬほどの激痛だったそうで、月番が北町奉行所であったからよかったようなものの、そうでなければ、賢吾は杖《つえ》と小者の肩にすがって市中を歩かねばならぬところだった。

幸い、慶次郎の腰にあるのは鈍痛だった。激痛ではないが、ただ、じっと立っていると、砂地に水がしみ込んでくるように鈍痛がひろがってくる。

乾いた薪が割られて飛ぶ、澄んだ音が聞えてきた。煎餅《せんべい》で茶を飲んでいた佐七が、薪割りをはじめたようだった。

佐七は四十九だと言っているが、実は五十をこえている。四十八の慶次郎が、薪割りの小手調べで腰を痛めたと知ったなら、「笑っては申訳ねえが」と言いながら大笑いをするだろう。

「どちらが若いか、見せつけてやろうと思ったのに」

薪割りどころではなくなった。我慢できぬことはないが、痛みは次第に重苦しさが増してくる。年齢を考えれば、早く手当てをうけた方がよいだろう。八丁堀には、庄野玄《しようのげん》庵《あん》という、みずから名医だと言っている親友がいる。

慶次郎は、詰将棋の本を買いに行くと佐七に言った。が、佐七は、慶次郎の嘘を見抜いたようだった。「ついでに八丁堀へ寄って、泊ってくりゃいいやね」と、拗《す》ねて横を向いた。

腰を痛めたことには気づいていないのだろうが、他愛のない世間話に夜が更《ふ》ける晩酌の楽しみが、今日はなくなったと思ったのだろう。

「夕暮れには帰ってくるよ」

と、慶次郎は答えた。

嬉《うれ》しそうに門の外まで見送りに出てきた佐七の視線がつらかった。左手を懐《ふところ》に入れて悠然と歩いていた慶次郎は、小さな林に沿って道が曲線を描いたとたん、恥も外聞もなく腰をさすった。

それにしてもだらしがないと思った。今時の若い者は――と舌打ちしたこともある自分が、恥ずかしいくらいだった。下谷《したや》広小路まできたところで、腰の中に錘《おもり》を下げられたような痛みに襲われて、一休みせずにはいられなくなったのである。

慶次郎は、蕎麦屋《そばや》の看板を探した。一休みするにはちょうどよいと思ったのだが、どこの町でも一つや二つはある看板が、こんな時にかぎって見つからない。

後戻りをするのも癪《しゃく》で、慶次郎は、新黒門町《しんくろもんちょう》へ入った。

錘はますます重くなってきて、腰は、下へ引っ張られているように痛む。しかも、新黒門町を過ぎると、しばらくは大名屋敷や武家屋敷がつづくのだ。蕎麦屋を探す目の必死になってきたのが、自分にもわかった。

声をかけられたのは、そんな時だった。

立話をしなければならぬ破目になったらどうしようと思いながらふりかえると、裏店《うらだな》の差配、梶右衛門《かじえもん》が立っていた。差配には、交替で自身番屋に詰める役目がある。定町廻り時代の顔馴染《なじ》みであった。

「何をお探しで」

「いや、つまらぬものさ」

慶次郎は苦笑して、蕎麦屋でも汁粉屋でも、この近くで一休みできるところを教えてくれと言った。

「お休み所なら、ここにあるじゃありませんか」

梶右衛門は、笑って自分のうしろを指さした。町木戸があり、その柱の裾《すそ》に、間口九尺奥行二間の見馴《みな》れた自身番屋があった。

「有難《ありがて》えが、俺は、腰が痛くって我慢ならなくなったのよ。坐《すわ》り込んだら邪魔になるぜ」

「何の何の」

梶右衛門は、かぶりを振った。

「腰痛《こしいた》はお互い様ですよ。そら、旦那もご存じの甚兵衛《じんべえ》さんね、あの人なんざ、一年も鍼医者《はりいしゃ》に通っています」

「ふうん」

「わたしも、近頃は目がかすむようになってねえ」

眼鏡が欲しいのだが、高くって買えないと愚痴をこぼしながら、梶右衛門は番屋の戸を開けた。

森口の旦那じゃありませんかという声が、三方から飛んできた。書役も当番の差配も、顔ぶれはまったく変わっていなかったが、どの男達の髪にも白いものがふえていた。

「ね？　ここは辻番《つじばん》じゃありませんが、爺《じじ》いの捨てどころになりそうでして」

「飛び込んでくるのも、俺のような爺いだからなあ」

「さようで」

ところが、その笑い声が消えぬうちに、若い女が飛び込んできた。それも白い衿首《えりくび》のあたりから、むせかえるような色香の漂ってくる、十九か二十《はたち》と見える女だった。

「助けて」

と、女は、上がり口に腰をおろしている慶次郎を同心と思ったのか、土間へ膝《ひざ》をつくなりすがりついてきた。

「泥棒が、うちに上がり込んでいるんです。助けて下さいまし」

「何だと」

慶次郎は、思わず立ち上がった。腰に痛みが走ったような気がしたが、番屋の外へ飛び出した時には消えていた。

「どこだえ、お前《めえ》のうちは」

女の指さす方向へ駆けて行くつもりだったが、慶次郎は、返ってきた答えに足をとめた。

下谷町――と、女は言ったのである。下谷町は、先刻慶次郎が通ってきたところで、広小路を過ぎ、二枚橋を渡った上野の山のふもとにある。

「だってさ」

と、女は、慶次郎の胸のうちを見透かしたように言った。

「うちを飛び出して、夢中で走ってきたんですよ。番屋に飛び込もうなんて考えは、ここまでくりゃ大丈夫だと、一息ついた時でなけりゃ浮かんできませんよ」

それもそうだとは思ったが、懸命に駆けてきたとはいえ、女の足である。下谷町から新黒門町へくるまでには、多少、時間もかかっているだろう。それから慶次郎を連れて引き返すまで、泥棒が居坐っているだろうか。

「いると思うけど」

女の言葉も自信なげだったが、行ってみるよりほかはなさそうだった。

「そこ」

と、女が、間口の狭い仕舞屋《しもたや》を指さした。下谷町の裏通りで、格子戸《こうしど》が開け放しになっている。

が、道端では、子守の娘が三つか四つの女の子を遊ばせながら、手桶《ておけ》を持ったたすきがけの娘と無駄話に花を咲かせているし、向いの金物屋では、店番の年寄りがあくびをしていた。とても、女の家に泥棒が居坐っているようには見えなかった。

「まだいます」

と、女が言った。

「帰ったのなら、格子戸が閉まっている筈《はず》です」

慶次郎は、ちらと女を見たが、ここで待っていろとだけ言って家の中へ入った。女の言う通り、〝泥棒〟はいた。いたが、長火鉢の猫板に頰杖をついて、これ以上はないような不機嫌な顔で酒を飲んでいた。しかも慶次郎を見て、「誰だ、お前《めえ》は」と叫んだのである。

「お前《めえ》さんを泥棒だと言う人がいてね」

「俺が泥棒？　誰がそんなことを言った」

「ま、そうむきになりなさんな」

慶次郎は、長火鉢の前にあぐらをかいた。おおよその見当はついていた。女も垢抜《あかぬ》けているが、男も、なかなかの男振りである。出入口に『よろず稽古所《けいこじよ》』の看板が下がっていたところをみると、女は、長唄《ながうた》やら小唄やら踊りやらを近所の子供や男達に教えているのだろうし、男のくずれた姿から想像するに、定まった職はもっていないにちがいなかった。

垢抜けた女は弟子の男達に言い寄られることもある筈で、定職のない男には、ほかに女がいるだろう。喧嘩《けんか》のおこらぬわけがなかった。

「犬も食わねえってやつを、俺が食っちまったのさ」

「どこの世話焼きか知らねえが、手前《てめえ》もおたみにのぼせあがっているくちだろう」

女は、おたみというらしい。おたみが男達にちやほやされているらしいことを、男は満更でもなさそうな口調で慶次郎に話した。

この分なら——と思ったとたん、男が、そばにあった一升徳利を持って立ち上がった。慶次郎は舌打ちをして、男の前に立ち塞《ふさ》がった。おたみが待っていられずに、家の中へ入ってきたにちがいなかった。

「このあま。どの面《つら》さげて、帰ってきやがった」

「おあいにくだね。このうちは、わたしのうちなんだよ。お前こそ、とっとと出て行っとくれ」

「うるせえ。俺を泥棒扱いしやがって」

男が一升徳利を振り上げた。おたみは素早く障子の陰に身を隠し、慶次郎に叩き落とされた徳利は男の足許《あしもと》に落ちて、こぼれた酒が畳を濡《ぬ》らした。

「よしなよ」と言う慶次郎の声など、二人に届きはしなかった。慶次郎に抱きとめられた男は、慶次郎に当るのもかまわずにぎりこぶしを振りまわし、おたみは、男が押えられているのをよいことに、部屋へ入ってきてわめきちらした。

「泥棒を泥棒と言って、どこがわるいんだよ。ふん、お前なんざ、江戸で一番小汚いこそ泥だ」

「何だと」

「知ってるんだよ、わたしゃ。この間、わたしの財布から、二朱銀を二枚、盗《と》って行ったろう」

「知らねえや、そんなこと」

「いけ図々《ずうずう》しい。その金をどこへ持ってったのさ。え？　博奕《ばくち》をするのならまだしも、乳くさい女のとこへ持って行ったんじゃないか」

「黙れ、お前《めえ》の知ったことか」

「偉そうな顔をするんじゃないよ。このうちん中のものは、そこの酒から竈《かまど》の灰まで、みんなわたしのものなんだ。わたしが女手一つで稼ぎ出したものなんだよ。それをくすねては、女のうちへ持って行きゃあがって。こそ泥。盗人《ぬすつと》。この旦那につかまって、伝馬町《まちよう》の牢《ろう》の水でも飲んできやあがれ」

「くそ。おとなしくしていりゃあ、つけあがりゃがって」

仲裁は不要と思っているのか、仲裁がいるから安心と思っているのか、おたみと男の罵《ののし》りあいは、果てもなくつづきそうだった。よほど「飽きるまでやれ」と言ってやろうかと思ったが、慶次郎は、抱きとめていた男を台所へ突き飛ばした。男は、仰向けに倒れて、「痛《いた》――」とわめいた。こぶしを振りまわして、慶次郎の額や頬に当てたお返しだった。

「あいこだよ」と、慶次郎は言って、女の手をとるなり出入口の三和土《たたき》へ飛び降りた。

家の前には、すでに子守や手桶を持った女や金物屋の年寄りなどの、人垣ができていた。が、女は、かまわずにわめきつづけた。

「何をするんですよ。泥棒はあっち、平吉の方じゃありませんか」

「残念だが、お前さんの財布から金を盗っても、泥棒にゃならないよ」

「冗談じゃない。それじゃ、わたしがのどを嗄《か》らして稼いだ金で、あの女がぬくぬく暮らしていて、いいってんですか」

「そんなこたあ言わねえが」

「だったら泥棒じゃありませんか。第一、わたしをどこへ連れてこうってんですよ」

「根岸。茶をいれてやるから、少し気を落着けな」

「根岸って、──旦那《だんな》は、八丁堀の旦那じゃなかったんですか」

「ただの隠居だよ、今は」

おたみは、ようやく口をつぐんだ。

が、定町廻り同心ではないとわかって、かえって相談がしやすくなったのかもしれなかった。慶次郎の手を乱暴にふりほどくと、あらためて軀をすり寄せてきた。

「あの、女では苦労なすったお方とお見受けしてお尋ねしますけど」

人並には女に好かれたと思うが、死ぬの生きるのという騒ぎになったことはない。が、そう言われるのも、わるい気はしない。

「ああいうやつを思い知らせてやるには、どうすりゃあいいんでしょうね」

「さあてね」

慶次郎は、おたみから少し離れながら答えた。武家の父親が、町家へ嫁がせた娘と歩いているとは、誰がどう見ても思えまい。

「人を呪《のろ》わば穴二つってね。師匠のいい人——平さんといったかね、平さんをひどい目にあわせると、師匠が泣くことになる」

「泣きゃしませんよ」

「泣くどころか、平さんをひどい目にあわせることに手を貸した、俺が恨まれることになる。俺だって、師匠のようないい女に恨まれたかねえからな」

「何をお言いなさるんだか。ねえ、本気で考えておくんなさいましよ。別れる前に、わたしゃ、あいつに泣きべそをかかせてやりたいんです」

慶次郎は、笑っただけで答えなかった。

「笑うなんて、ひどい。わたしは、とうから別れようと思ってるんですよ」

ねえ——と、おたみは小走りになって、慶次郎の前に立った。

「別れようと思っているんだから、平吉のやつとはもう他人でしょう?　他人がわたしの財布から一分《いちぶ》も盗《と》ったんですもの、立派な盗みじゃありませんか」

「きちんと別れてからなら、話は別だがね」

「別れたくっても別れられないんですよ。旦那だってご覧になったじゃありませんか、怒るとすぐに、ものを投げたり殴ったりするんだもの」

「今度から、根岸へ逃げておいで」

「旦那」

おたみは、大きな目で慶次郎を睨《にら》んだ。

「旦那は、ちっとも真剣になって下さらないんですね」

「そんなこたあないさ」

「嘘《うそ》」

おたみは、慶次郎に背を向けて言った。

「男ってのは、いつだってそうなんですよ。女が男に苦労をさせられるつらさを、これっぽっちもわかっちゃくれないんだから」

「わかっているんだよ。わかっているから、師匠に八つ当りをしちまうんだ」

「そんなこと、あるものですか。あいつなんざ、いくら言ったって働きゃしないし、すぐにふくれっ面《つら》をして、あげくに女はつくるし、男のお弟子さんにやきもちはやくし――ああ、もういや。早く別れたい」

慶次郎は黙っていた。

「そうだ、思い出した。この間、女にくれてやるような金はないと言って小遣いをやらなかったら、平吉のやつ、長火鉢をひっくり返そうとしたんだっけ。旦那、これは強請《ゆす》りになりゃしませんか」

「盗みの次は強請りかえ。強請りの罪は重いんだよ」

「だから、強請りで訴えてやるんじゃありませんか。ざまあみろ、平吉め、今に吠《ほ》え面《づら》かくなってんだ」

「よしなよ」

「何でよさなけりゃならないんですよ。牢獄へ送られりゃ、あいつの根性も少しはなおるかもしれないじゃありませんか」

「後悔するぜ」

「しませんよ」

慶次郎はおたみを見た。おたみは、首をすくめて背を向けた。

「わかりました。旦那にゃもう頼みません。差配さんに付き添ってもらって、お奉行所に訴えます」

「よせと言ってるだろうが」

おたみは、とめようとした慶次郎の手を振り払って走り出した。

追いかけようかと思ったが、痴話喧嘩の果てとわかる訴えを奉行所が取り上げるわけもなく、第一、おたみと平吉の間柄を知りぬいている差配が、付き添いを承知する筈がなかった。

放っておこうと思った。泥棒居坐りの一件は、これで落着だった。根岸へ足を向けると、急に腰痛が襲ってきた。

腰をさすりながら帰ってきたせいか、ここ二、三日、坐《すわ》っていると重苦しく痛み出す。やはり玄庵をたずねなければならぬかと溜息《ためいき》をついていると、案内を乞《こ》う声がした。ためらいがちな女の声だった。慶次郎の名前や居所は、新黒門町の番屋へ行って尋ねれば、すぐにわかる。

慶次郎は、台所から顔を出した佐七に目顔で「いい」と言って、腰をさすりながら出入口へ出て行った。思った通り、おたみがなかば背を向けて、下駄《げた》の爪先《つまさき》で地面に弧を描きながら立っていた。

「どうした」

と、慶次郎は笑った。

「長火鉢をひっくり返《けえ》すくれえじゃ強請りにならねえと、お奉行様に叱《しか》られたかえ」

「意地がわるいんですねえ、旦那も」

おたみは、大きな息を吐いた。

「平吉が、腹を立ててどこかへ行っちまったんですよ」

「心当りは探したのかえ」

「ええ」

慶次郎は、懐《ふところ》を探って土間へ降りた。財布も手拭《てぬぐ》いも、鼻紙も入っていた。一緒にきてくれと頼まれれば、このまま出て行ける。

あの時は本気で平吉を訴えるつもりだったと、おたみが言った。が、これみよがしに訴状を書きはじめたおたみに平吉が腹を立て、泣いてあやまるおたみを突き倒して出て行ったのだそうだ。

「だから、後悔すると言ったじゃねえか」

「だって、十六の娘にいれあげていたんですもの、あんまりじゃありませんか」

慶次郎は、佐七に大声で出かけると言った。晩酌の肴《さかな》にと、わざわざうまい豆腐を買いに行った佐七は不服顔だが、やむをえなかった。

「で、平さんは、はじめっから下谷に住んでいたのかえ」

「いえ、神田にいたことがあると言ってましたけど」

「神田から探してみよう」

気がつくと、腰痛は消えている。俺はまだ若いんだ――と、慶次郎は思った。

片付け上手

佐七が居間へ入ってきた。

嫌いな男ではないし、苦手という意識もないのだが、慶次郎は、一瞬、目をそらせた。世の男達が、女房を怖いという気持と似ているかもしれなかった。

案の定、佐七は部屋の中を眺めまわして、「旦那《だんな》は、いったいどこを片付けたのかね」と言う。

買いためていた本やら安物の書画やらを八丁堀の屋敷からはこんできて、虫干《むしぼし》をしようと縁側にひろげたまではよかったのだが、慶次郎にはそのあとの収拾がつかない。どれをどこへ納めればうまく片付くのか、まるでわからないのである。

本も、がらくたに近い書画も、八丁堀の屋敷では戸棚の隅に納まっていた。が、先刻、慶次郎がこの寮の戸棚へ入れようとすると、三分の一以上も残していっぱいになった。山口屋所有の花瓶や絵皿の箱を重ねれば、八丁堀の戸棚と同じくらいの隙間《すきま》がつくれるのだが、どうしても納まらない。

納まらぬ理由はわかっていた。八丁堀の戸棚は、慶次郎が片付けたのではない。慶次郎が見台《けんだい》に本をのせたまま、ごろ寝をしていると、死んだ娘の三千代が「また父上様のやりっ放し」と、唇を尖《とが》らせながら片付けてくれたのだった。

その後は晃之助との男所帯になったが、島中賢吾の妻が、見兼ねて片付けにきてくれた。晃之助の婚約が整ってからは、皐月が母親を連れて掃除にきたこともある。言い換えれば、慶次郎は、整理整頓《せいとん》の才がまるでないのだった。

片付け上手ではないから、整理整頓は嫌いである。しかも、花瓶や絵皿の箱を移動させ、本を積みなおしているうちに、また腰が痛くなってきた。床《とこ》をとる広さだけあればよいと、戸棚に入りきらなかった本やがらくたを部屋の隅にならべておいたのだが、やはり、佐七が黙っていなかった。掃除の邪魔だというのである。

寮の住人としても、この世に生をうけた者としても、先輩である佐七にさからうわけにはゆかない。痛む腰をさすりながら、慶次郎は、ならべた本とがらくたを片付けた。いや、片付けたつもりだった。

が、佐七は、ひややかに言った。

「これはね、旦那、右の端から左の端へ動かしたっていうんだよ。片付けたんじゃない」

言い返す言葉はなかった。

「もういいから外へ行っておくんなさい。旦那がいなくなれば、掃除の邪魔が一つ減る」

ひどい言われようだが、また戸棚の中へ首を突っ込んで、花瓶や絵皿の箱の位置を変えたり、本を積みなおしたりせずにすむのなら、何を言われても有難い。慶次郎は、喜んで外へ出た。

そんなところまで行く気はなかったのだが、いつの間にか吹きさらしの田圃道《たんぼみち》を通り過ぎていた。

浅草の山谷町《さんやちょう》だった。まばらな家の軒下に薪《まき》が積み重ねられ、それがとぎれたあとは寺院がつづいている。人通りはない。

帰ろうかと思ったが、浅草寺《せんそうじ》へ向ってもう少し歩けば、昔使っていた岡っ引、辰吉が住んでいる天王町《てんのうちょう》へ着く。

冬の一刻《いっとき》は短い。着いた頃には日が暮れているだろうが、田圃道でひえきった軀《からだ》を酒で暖めながら、昔話をするにはちょうどよい時刻かもしれなかった。それに、慶次郎が出かけてしまうと淋《さみ》しがるくせに、憎まれ口ばかりきく佐七へ、少しばかり意地悪することもできる。

慶次郎は足を早めた。

が、山谷堀《さんやぼり》にかかる今戸橋《いまどばし》を渡り、聖天町《しようでんちよう》まできたところで足をとめた。

このあたりは、かつて定町廻り同心をつとめていた頃によく歩いた。裏通りのたたずまいは、その頃と変わっていない。角《かど》の煙草屋《たばこや》が文字の剝《は》げ落ちた看板をかけているのにも、その隣りの仕舞屋《しもたや》が、出入口に植木鉢をならべているのにも見覚えがあった。とすれば、仕舞屋の向う側には長屋の木戸がある。仕舞屋は、長屋の差配《さはい》で盆栽好きの男、仁右衛門の家だった。

その家へ、十七、八と見える娘が入って行ったのである。仁右衛門の娘ではなかった。仁右衛門の娘は二十二か三で、田原町《たわらまち》に嫁いでいる。子供が生れた時は、慶次郎も祝いの品を届けてやった。

慶次郎は、急いで煙草屋の前を通り過ぎた。ちらと見た店先では、四十がらみの女が居眠りをしていた。煙草屋の娘も嫁いだのだろう。

仁右衛門の家へ入って行った娘は、すぐに表へ出てきた。誰もいないと思っていたのだろうが、植木鉢の横に慶次郎がいた。娘は、険しい表情になって木戸をくぐって行った。長屋の住人だったのかもしれなかった。

が、慶次郎は、念のために仁右衛門の家の腰高障子を叩《たた》いてみた。留守だった。木戸口から路地をのぞくと、赤ん坊を背負った女が、七輪に火をおこしていた。娘は挨拶《あいさつ》もせずに、その向いの家へ入って行った。女の方も、知らぬ顔だった。

ごみための向うから、塀の破れを抜けてきたらしい男の子が二人、「腹へったぁ」と駆けてきて、母親らしい女が娘の家の隣りから顔を出した。

慶次郎は、思いきって路地へ入った。

「あれ、森口の旦那じゃありませんかえ」

腕白達の着物から、泥をはたき落としていた女が言った。

「お忘れですか。ほら、六年前、うちの総領《そうりよう》が川で溺《おぼ》れそうになった時……」

「そうか、思い出したよ」

慶次郎は、頬まで泥まみれの子供達に微笑しながら答えた。

総領息子がまだ、この子達と同じ年齢くらいの時だった。彼には宝物だった独楽《こま》を、いじめっ子に隅田川へ投げ入れられ、夢中で探しに行って溺れたらしい。たまたま通りかかった慶次郎が救い上げたのだが、もう少し見廻りが遅れていたらあぶないところだった。

「お蔭《かげ》様で、あの子も十二になりまして、去年から左官の親方にあずけました」

「もう十二になるのかえ。早いものだ」

「で、旦那はご用の筋で？」

「いや」

慶次郎は、こめかみのあたりを指先でかいた。

「俺もこの年齢《とし》でね。今は気楽な隠居だが、人を探してくれと頼まれちまったのさ。それが、たった今、このうちへ入って行った娘がよく似ているのよ」

「おはるちゃんが？」

と、女は言った。娘は、おはるというようだった。

「確か、親御さんは池袋にいなさる筈《はず》だけど」

「俺も池袋の知り合いに頼まれたのさ」

「それじゃそうかもしれませんね」

おはるちゃん——と、女が娘を呼んだ。

土間へ降りてきた足音が聞えた。が、おはるは、桜に切り抜いた紙で破《や》れを繕ってある腰高障子を開けにきたのではなかった。心張棒をおろしたのである。

苦笑しながら、慶次郎は障子を揺すった。盗みを働いていた男から伝授されたこつがあり、心張棒は簡単にはずれた。

おはるは、土間に立っていた。木戸へ入って行った時と同じ険悪な表情で、決してよいとは言えない縹緻《きりよう》が、なお醜く見えた。

慶次郎は、後手に障子を閉めた。

「俺が何をしにきたのか、わかるだろう？」

あとじさりしていたおはるは、ふいに身をひるがえして部屋へ駆け上がった。いらなくなったというのをもらったにちがいない古びた火鉢のそばに、妙に新しい煙草盆が置いてあった。煙草を吸っていたようだった。

「てことは、お前《めえ》、仁右衛門のうちから煙管《きせる》をいただいてきたな」

おはるは背のうしろに煙草盆を隠し、慶次郎を見据えている。赤ん坊を背負った女が挨拶をせぬわけだと、慶次郎は思った。

「お出し」

慶次郎は、おはるに向って手を差し出した。

「聞えていただろうが、俺はもう定町廻りじゃねえ。そこで拾ったと言って、仁右衛門に返《けえ》してきてやるよ」

おはるは答えない。

「わからねえ子だな。煙草盆だって、どうせどこからか盗んできたのだろう。そんなことをしていれば、いずれ隣近所に知れて、番屋に突き出されるよ」

「いいよ」

意外な答えが返ってきた。おはるは、じれったくなるようなのろい動作で煙管を出した。咄嗟《とっさ》に煙草盆の中へ放り込んだようだった。

「わたしを番屋へ突き出したら、その人が嘲《わら》笑われらあ」

「どうして」

「半人前のおはるに、ものを盗まれた大間抜けだって」

路地の気配が気になった。路地には薄闇《うすやみ》が漂いはじめていたが、どうかすると障子に影法師が映る。赤ん坊を背負った女や、慶次郎が伜《せがれ》を助けてやった女のほかに、家で繕い物をしていた女や仕事を終えて帰ってきた亭主達までが集まってきて、耳をそばだてているにちがいなかった。

「嘲笑われるのがいやさに、誰もお前を突き出しゃしねえとたかをくくっているようだが」

慶次郎は、声を低く押し殺した。

「そううまくはゆかねえよ。こんなものを盗んでくるのは、半人前じゃねえ。一人前だ」

慶次郎は、畳に置かれた煙管を取った。銀煙管だった。しかも新しい。仁右衛門一世一代の買物だったにちがいなかった。

「だったら、それでもいい」

おはるが上目遣いの目を光らせた。

「わたしも一人前だってことを、みんなに思い知らせてやれるから」

慶次郎はおはるを見つめ、おはるが目をそらすのを待って、煙管を懐《ふところ》へ入れた。

「盗みが一人前でもしょうがあるめえ。とにかく、これは返してくる」

煙草盆も仁右衛門のものだろうが、これを拾ったとは言えない。とりあえず煙管だけを持って行くことにして、慶次郎は、勢いよく障子を開けた。中をのぞこうとしていたのだろう、二重にも三重にもなって障子の隙間に顔を押しつけていた長屋の住人達が、飛びしさって頭を下げて、蜘蛛《くも》の子をちらすようにそれぞれの家へ飛び込んで行った。

仁右衛門が慶次郎をたずねてきたのは、その翌日のことだった。

慶次郎の顔を見るなり、「いや、もう困ったものです」と首を振る。おはるに手を焼いているようだった。

昨日のようすを見て、慶次郎も気になってはいた。ちょうど番屋から帰ってきた仁右衛門に、浅草寺参詣《さんけい》の途中で拾ったと言って煙管を渡したのだが、仁右衛門は、探るような目で慶次郎を見た。「おはるでしょう」と言うのである。

「たった一つの道楽が煙管ですからね。思いきってあつらえましたが、婆《ばあ》さんは、贅沢《ぜいたく》なことをすると言って、まだむくれています。でも、いくらむくれているからといって、観音様へ行くついでに捨てたりはしませんよ」

それでも、拾ったと強情を張ったのだが、仁右衛門は慶次郎を、誰もいなくなった路地へ連れて行き、桜の切り抜きが貼《は》ってある腰高障子を叩いた。

わずかばかり障子が動いた。開いたというより、軒下にいる人間を確かめるために必要な隙間をつくったと言った方がよいかもしれなかった。

たずねてきたのが仁右衛門とわかると、おはるは、素早く障子を閉めようとした。が、仁右衛門も馴《な》れたものだった。素早く草履《ぞうり》をはさんで隙間を確保すると、強引に手を入れて、障子が跳ね返ってくるほど強く開けた。

とめる暇はなかった。仁右衛門は、煙草盆も返してくれと言いながら、家の中へ入って行った。ただ、「昨日あずけた煙草盆」と言ってくれたのが救いだった。

「そんなもの、あずかってませんよ」

と、おはるは言った。

「人違いでしょ、きっと」

「ばかを言いなさんな。火鉢の横にあるのは何だえ？」

仁右衛門は、勝手に部屋へ上がって、煙草盆を持ってきた。

「半人前が、煙草なんか吸うんじゃないよ」

よけいなお世話だ。――

おはるが吠《ほ》えた。吠えたとしか言いようのない声だった。

手前《てめえ》なんぞに半人前と言われたかねえや。わたしゃ茹卵《ゆでたまご》を売ったり、折釘《おれくぎ》を拾って売ったりして食ってるんだ。お前《めえ》んとこで働かせてもらってるわけじゃねえ。――

泣きわめくおはるを宥《なだ》めるのに、どれほど時間がかかったことか。のろのろと部屋へ上がったおはるを見て、慶次郎は根岸へ帰ってきたのだが、その後、もう一騒動あったのかもしれなかった。

「店子《たなこ》の面倒をみるのも、差配の役目ですからね」

と、土間に立ったままの仁右衛門は、これも板の間に立ったままの慶次郎を見上げて言った。かつて、十六文の蕎麦《そば》が夕食というおはるの暮らしぶりを見かねて、聖天社の裏にある居酒屋で働けるようにしてやったことがあるのだという。

が、半月とたたぬうちに、居酒屋の主人が、あの子だけは勘弁してくれと言ってきた。万事にのろいので、客が苛立《いらだ》ってしまうというのである。注文は覚えられないし、簡単な勘定すらすぐにはできない。縹緻がわるい上に無愛想では、客が減る一方だと、主人は思いきり顔をしかめてみせた。

「しょうがない、あの店じゃお前の給金が出せないようだなんぞと嘘《うそ》をついて、やめさせましたよ」

「そんなことがあったのか」

「ですからね、煙草は一人前の仕事ができるようになってから吸えというのは、わたしの親心だったんです。なのに、あの通りの始末だ。おまけに今度は、婆さんが娘にやるのだと言って、桐《きり》の箱へ入れておいた銀足の簪《かんざし》がなくなりました。ものがなくなったら知らせてくれと旦那が言ってなすったので、飛んできたのですが」

「寒いところをすまなかったな。ま、熱い茶でも飲んでゆきねえ」

慶次郎は、部屋へ上がるよう仁右衛門に言った。

が、昨日の書画が、部屋の真中にひろげたままになっている。片付けてくれるつもりだったらしい佐七も、無理に戸棚へ押し込んで苦情を言われては——と思ったようで、帰ってみると部屋の隅に積まれていた。それを、知り合いの古道具屋に二束三文《にそくさんもん》を承知で買ってもらうつもりで、手許《てもと》に置いておきたいものを選んでいたのだった。

「ちらかっているが、ま、好きなところへ坐《すわ》ってくんな」

「はあ」

仁右衛門は、慶次郎が書画をかきわけてつくった隙間《すきま》へ、おそるおそる腰をおろした。

茶をいれてやろうと思ったが、茶筒が見つからない。茶簞笥《ちゃだんす》の戸棚を開け、台所の蠅帳《はいちょう》を開け、ようやく茶筒を持ったまま庭へ出て行こうとしたことを思い出した。障子を開けると、やはり、縁側に置いてあった。

仁右衛門の茶碗《ちゃわん》には無事に茶がはいったが、今度は自分の湯吞《ゆの》みが見つからない。慶次郎は、順を追って考えた。先刻、茶を飲もうとすると、野良犬《のら》が迷い込んできたので庭へ出て行った。野良犬をからかっていると、早く追い払えと犬嫌いの佐七に怒られて、ついでに湯吞みが茶しぶだらけだとも叱《しか》られた。そうだった、湯吞みは灰で磨いていたのだった。

慶次郎は、台所へ出て行った。犬を追い払った礼か、煎餅《せんべい》を買ってくると佐七が出て行ったので、「やりっ放し」と叱られることなく、湯呑みは灰をつけたまま流しに置かれていた。

慶次郎は、甕《かめ》の水をかけて洗い、布巾《ふきん》を取るつもりで立ち上がった。

「旦那《だんな》がそんなことをなさるんですかえ」

と、仁右衛門が言う。

やれば何でもできるものさ――と、慶次郎は言おうと思った。そのとたん、湯呑みは慶次郎の手から滑り落ち、足許《あしもと》で砕けて飛び散った。

「大丈夫ですか」

仁右衛門が顔を出した。

「大丈夫だが」

また片付けねばならぬものをふやしただけだった。

茶碗のかけらを掃き集めたり、仁右衛門に手伝わせて掛軸を巻いたりしていたのがいけなかった。慶次郎が聖天町へ着いたのは、おはるが番屋へ連れて行かれたあとだった。

仁右衛門の女房は、大事な簪を質屋にでも持って行かれてはと、聖天町の岡っ引、源八に見張りを頼んだのだという。源八は、そんなことでごみためあたりにひそんでいるのは面倒だと、おはるを番屋へ連れて行ったようだった。

慶次郎は、苦笑しながら番屋へ足を向けた。

源八は北町の同心が使っている男だが、多分、手柄にもならぬことだからと、おはるを慶次郎にあずけてくれるだろう。

が、番屋に連れて行かれたおはるが、おとなしく長屋へ帰ってくるとは思えなかった。仮に、帰ってきたとしても、また仁右衛門の持物を狙《ねら》い、番屋へ逆戻りすることになるだろう。盗んではその品物を取返される、いわば半人前以下の空巣だが、度重なれば、大番屋へ送る同心もあらわれるかもしれない。

大番屋へ引っ立てられて、懲《こ》りればよいのだが、おはるは自慢しないともかぎらない。源八は、おはるを番屋の柱にくくりつけていたが、おはるは、うなだれるどころか胸を張っているように見えた。

小悪党がおはるの存在を知れば、手を打って喜ぶだろう。彼等にとって、おはるに悪事をそそのかし、金を横取りして行方をくらますなどは、赤子の手をひねるよりたやすいことにちがいなかった。

「世話の焼けるお姫様だ」

慶次郎は、当番の差配を番屋の外へ呼び出した。幸い、月番は南町の筈《はず》だった。まもなく晃之助か賢吾か、いずれにしても慶次郎がよく知っている定町廻り同心が廻ってくるだろう。

慶次郎は、おはるを森口晃之助にあずけてくれと差配に言った。廻ってきた同心が晃之助でなくとも、そう頼んでおけば、岡っ引の辰吉がおはるを迎えにきてくれるだろう。世慣れた辰吉は、脅したりすかしたりしておはるを八丁堀へ連れて行くにちがいない。そして晃之助と皐月なら、明日一日、このねじれるだけねじれてしまった娘の面倒を、充分にみてくれる筈だった。

根岸へ戻って佐七に事情を話し、池袋へ出かける支度を整えて慶次郎は八丁堀へ向った。

屋敷に着いて、閂《かんぬき》のおりている門を叩《たた》くと、皐月ではなく、晃之助が手燭《てしよく》を持ってあらわれた。言うことをきかぬおはると、皐月が睨《にら》みあっているのだという。

「いやはや、まいりました」

と、晃之助は苦笑した。おはるより、皐月の意外な強さにまいったのかもしれなかった。

「ご想像の通りです」

と、晃之助は低声《こごえ》で言った。
「もう夫婦喧嘩《げんか》はできませぬ」
「根岸でひきとるよ。が、その前に、一晩泊めてくんな」
「おはるの親元へ行かれるのですか」
「乗りかかった舟だ」
慶次郎は、居間の唐紙を開けた。夕食の膳《ぜん》をはさんで、皐月とおはるが向いあってい
た。食べぬと強情を張っているおはるに、一口でも食べろと、皐月が強いているようだ
った。
「お昼も召し上がらなかったそうじゃありませんか。夜中にお腹《なか》が空《す》いて眠れなくなっ
ても、うちは何もありませんし、そんなだらしのないことをしていただいては困りま
す」
「てやんでえ」
と、おはるは言った。当人は巻舌のつもりなのだろうが、聞きとりにくいだけの言葉
だった。
「誰がお前《めえ》んとこのものなんか食うかよ」
「何という言葉をお遣いなの。十六にも十七にもなった娘さんが遣う言葉じゃありませ
んよ」

「十六になった娘に、子供へ言うような叱言《こごと》を言うんじゃねえよ」

慶次郎は、そっと唐紙を閉めた。手燭の向う側で、晃之助が笑っていた。

その夜、やはり、慶次郎が寝ている部屋の唐紙が開いた。おはるだった。おはるは、もと定町廻り同心が人の気配で目を覚ますとは思わぬらしく、行燈《あんどん》を消した暗闇《くらやみ》の中を、這《は》って枕許《まくらもと》へ近づいてきた。

「ばか」

と、慶次郎は、寝返りをうって言った。

「煙管《きせる》も煙草《たばこ》入れも、布団《ふとん》の中だ」

枕許の黒い影は驚いて立ち上がり、布団の中にある筈の煙草入れにつまずきながら逃げて行った。

しかも、物音に気づいて起きてきた皐月にも見咎《みとが》められたらしく、「だから、夕飯を食べなさいと申し上げたでしょう」と叱られている。有無を言わさず台所へ連れて行かれ、にぎりめしを食べさせられているらしい。

翌日は、雪でも降り出しそうな曇り空になった。明日にすればと晃之助も皐月も言ったが、池袋まではさほどの距離ではない。慶次郎は蓑《みの》を着て、薄暗い八丁堀をあとにした。

武家屋敷がならぶ水道橋付近は、日暮れてしまったように静まりかえっている。大塚では雪がちらついた。が、積もるほどのこともなくすぐにやんで、慶次郎は、大名屋敷の下屋敷と空地にはさまれた道を急いだ。

おはるの両親の名は、仁右衛門から聞いた。父親は和助、母親はおすえといって、借りている田畑を耕して暮らしているらしい。妹と弟がいるようだと、仁右衛門は言っていた。

それだけでは探し当てるのに苦労するだろうと思っていたのだが、小さな松林から、焚《た》きつけにするらしい松かさを拾ってきた女の子に尋ねると、和助の家の近くに住んでいるという。女の子は、しばらく慶次郎と一緒に歩いて、「あそこ」と指さした。大きな庭と、馬小屋のある家だったが、その裏にも家があるという。慶次郎は、礼を言って女の子と別れた。

女の子の言った通り、馬小屋のある家の横に細い道があった。その道を抜けると、槙《まき》の垣根をめぐらせた家が何軒かならんでいた。

慶次郎は、一番手前の家へ入った。

鶏が餌《えさ》をついばんでいる狭い庭を横切って、出入口に立つ。案内を乞《こ》うまでもなく、土間で縄をなっていた男が顔を上げ、怪訝《けげん》な面持で慶次郎を見た。

「どなた様で？」

慶次郎は名前を言って、おはるの住んでいる長屋の差配と、懇意にしている浪人者だと嘘をついた。

「おはるさんが、何かにつけてご両親の話をしなさるそうでね。池袋へ行く用事があると言ったら、ようすを見てきてやってくれと、差配に頼まれたのですよ」

「それはそれは」

男は、股引《ももひき》の膝《ひざ》についていた藁《わら》を払い落として立ち上がった。小柄で、見るからに気の弱そうな男だった。年頃から考えて、この男が父親の和助だろう。

「あの半人前がねえ」

しばしばおはるの口から出る言葉が、和助からも出た。

「雑巾《ぞうきん》を縫わせても、一日かかるような娘だったですよ。そんなのろまが、わたしらを心配してくれるようになったですか」

和助は、あかぎれだらけの指で、目頭の雫《しずく》を拭《ぬぐ》った。

「こんなところへわざわざ足をはこんでおくんなすって、何とお礼を申し上げればよいのか……」

「いや、ついでに寄ったまでですよ」

「お寺の和尚《おしよう》さんが、この子はいつになっても字を覚えぬと、呆《あき》れてしまったですよ。そんな娘が江戸へ行ってどうなるかと、心配していたところでごぜえやした。何かあっても、手紙一本書けねえだから……ほんとに有難うごぜえやした」

よかった――と、和助は言おうとしたようだった。その顔が歪《ゆが》んで、指では拭いきれなかった涙が頰へこぼれた。

「よかった。江戸へ行ってよかった」

和助は、汚れた手拭いで顔中を撫《な》でまわしながら言った。

「はじめてお目にかかったお方に、こんなことを申し上げるのも何ですが、あの子はいつになっても文字は覚えねえ、勘定はできねえで、小せえ頃から近所の子供らにいじめられていたですよ。かばってやりたくても、わたしは朝から晩まで野良仕事でねえ」

和助は、まだ手拭いで顔をこすっていた。

「おまけに、わたしが二度目の女房をもらったものだから――。母親にも、妹や弟にも、半人前、半人前と言われて。とうとう江戸へ行くと言って出て行っちまっただが」

慶次郎が軒下に立っていることに、和助は、ようやく気づいたようだった。

「すみませんよう、わたし一人が喋《しゃべ》っちまって」

もう一度手拭いで顔を撫でまわした和助は、茶を飲んで行ってくれと言った。おはるの暮らしぶりが聞きたいのだろう。慶次郎は、急いで帰らねばならぬのだと答え、おはるは貧しいが元気でいるとつけくわえた。

踵《きびす》を返そうとすると、裏庭へ抜けられる土間の向う側から、大柄な女が入ってきた。十一か二くらいの女の子と、その弟らしい子が、女の両袖《りょうそで》を摑《つか》んでいた。おすえと、おはるには異母弟妹にあたる子供達にちがいなかった。

「お客様かえ」

と、おすえは言った。赤ら顔で、目も鼻も口も大きく、青白い顔で一つ一つの造作も小さい和助より、はしこそうに見える。子供達もおすえによく似ていて、小太りで鈍重そうなおはると共通するところはない。これでは近所の子供達と一緒に、姉を「半人前」と囃《はや》したてるかもしれなかった。

和助は目をしばたたきながら、慶次郎の名と、たずねてきてくれた用件を話した。けたたましい笑い声が響いた。おすえと子供達が笑い出したのだった。

「勘弁しておくんなさいましよ」

さすがにおすえは慶次郎へ頭を下げたが、「でもね」と言訳がましく言葉をつづけた。

「あのぐずが——と思うと、笑いたくなっちまうですよ」

「そんなことを言っては、おはるさんが可哀《かわい》そうだぜ」

「継子《ままこ》いじめだなんて噂《うわさ》はたてられたかありませんけどね。それに、わたしも小さい頃は、貧乏人の子だっていじめられたです。だから、うちより少しでもましなところへ嫁にやろうと思って、おはるを、人の出入りの多い名主さんのとこへ奉公にやったですよ」

人手は足りていると断られたのを、おすえは、土下座までして頼み込んだのだという。

それほどまでに言うならばと、名主は、孫の子守に雇ってくれた。が、おはるは、三月《みつき》もたたぬうちに帰されてきた。理由は、聖天町の居酒屋と似たようなものだった。ねんねこ絆纏《ばんてん》を着るのも脱ぐのも、襁褓《むつき》を替えるのものろのろとしていて、母親や乳母が苛立《いらだ》ったのである。

「うちに田圃《たんぼ》を貸してくれている人のところへも、奉公に行かせましたけどね。ええ、やはり、三月ともたずに帰ってきたです。そんな娘が、江戸で一人前にやってるなんて」

おすえは、またけたたましい声で笑った。

「何かの間違いじゃありませんか」

慶次郎は、黙って背を向けた。和助はまだ、汚れた手拭いで顔を撫でまわしていた。

八丁堀へ帰ってみると、皐月が熱を出して寝込んでいた。幾度も〝島抜け〟を試みたおはるとの戦いに、疲れはててしまったらしい。

「と言っても、あの通りですからね」

と、晃之助は、おはるの方をあごでしゃくってみせた。

皐月がつくってくれたという膳が三つ、茶の間にならんでいた。一つは慶次郎のもので、布巾《ふきん》がかかっている。

「お帰りが遅いので、お先に手をつけてしまったのですが」

「いいともさ。その方が気楽だ」

晃之助の膳には空の椀《わん》と茶碗《ちゃわん》が重ねられ、空の湯呑《ゆの》みがのっている。めしを食べ、茶も飲みおえているようだった。が、おはるの茶碗には半分以上もめしが残っていて、おはるは熱心に箸《はし》を動かしているのである。

「ま、三杯目ではありますが」

それでも、のろい。

そののろさゆえ、皐月は〝島抜け〟を試みるおはるを簡単に捕えることができたのだが、次第におはるは隙《すき》を狙《ねら》うようになり、皐月は、竈《かまど》に火を燃やしつけることも厠《かわや》へ行くこともできなくなった。

「熱も出ますよ」

「うむ」

うなずいて、慶次郎は声をたてずに笑った。

八丁堀での隠居所にしてくれた部屋へ行こうとすると、晃之助が「実は――」と頭をかく。慶次郎が書画をはこび出したので、皐月は、そのあとへ雛人形《ひなにんぎょう》の箱を入れようとしたらしい。

だが、皐月が踏台にのると、おはるが逃げようとする。追いかけて連れ戻しては踏台にのり、踏台にのっては足袋裸足《たびはだし》でおはるを追うという有様で、まるで仕事がはかどらなかった。

「そのうちに熱を出してしまったそうで。私が少し片付けましたが」

唐紙を開けてみると、部屋の突き当りに人形の箱や踏台が雑然と置かれていた。佐七が見たならば、これは片付けたのではない、戸棚の前から突き当りへ動かしただけだと言うだろう。

「あいかわらずだなあ」

と、慶次郎は大仰に溜息《ためいき》をついてみせたが、晃之助は、「寝られる隙間がありゃいいじゃありませんか」とすましていた。皐月に頼りきっていると、今に苦労するぞと思ったが、黙っていた。

それよりも、今、気がついたことがあった。

池袋から帰ってきた時、寝込んでしまったという皐月にかわって、すすぎを晃之助がはこんできてくれた。慶次郎は、脱いだ手甲脚絆《てっこうきゃはん》を上がり口に置いてきたような気がするし、晃之助も、すすぎの桶《おけ》をそのままにしてきたのではなかったか。

片付けに行こうとした慶次郎を、晃之助がとめた。慶次郎が食事をすませてから、自分が片付けるというのである。

そう願おうかと気持が傾きかけたが、晃之助も、人形の箱を戸棚の前から部屋の突き当りへはこんで、片付けたと言う男であった。まして今は、晩酌の酒が入っている。慶次郎の相手をして坐《すわ》っているうちに、片付けなど億劫《おっくう》になるにきまっていた。

となれば、自分が片付けに立たねばならない。旅とはいえぬほどの道程とはいえ、池袋まで往復してきたのである。めしを食って、茶を飲んでくつろいだあとで、玄関へ片付けに出て行くなど、考えるのもいやだった。

「先に片付けるよ」

慶次郎は、溜息をつきながら言った。

手拭いやら鼻紙やら、懐《ふところ》に入っていたものを部屋の真中へ放り出して、玄関へ出て行こうとすると、目の前を小太りの軀《からだ》が通り過ぎた。おはるだった。

晃之助が袖を摑んだ。慶次郎も腕を摑んだが、おはるは、顔をしかめて二人の手を振り払った。

「気持がわるいんだよ、やりっ放しは」

「やりっ放し？」

晃之助は怪訝な顔をしたが、慶次郎は、おはるの家の腰高障子に貼《は》ってあった桜の切り抜きを思い出した。そういえば、土間はたった今掃除をしたように塵《ちり》一つなく、仁右衛門の煙草盆が目立っていたのも、夜具がきちんとたたまれて、枕屛風《まくらびょうぶ》でかこってあったからだった。

「片付けといてやるよ。朝昼晩と、めしを食わせてもらったから」

おはるは、すすぎの桶を持って門の外へ出て行った。

どぶへ水をあける音がする。

空の桶をかかえて戻ってきたおはるは、その中へ手甲脚絆を入れて勝手口へまわって行った。

慶次郎は、晃之助と顔を見合わせた。

いつの間にか、茶の間の膳《ぜん》も、晃之助とおはるの分が片付けられていた。しかも、長火鉢の猫板には、晃之助の湯呑みがのっている。慶次郎の相手をして茶を飲むのはよいが、汚れた茶碗は下げろというのかもしれなかった。

が、急須《きゅうす》がない。慶次郎を迎えに玄関へ出て行った時、晃之助が手に持っていたのではないか、或《ある》いは、無意識に茶簞笥《ちゃだんす》の戸棚へ入れてしまったのではないかと、男二人が大騒ぎをしていると、おはるがきれいに洗ったそれを持ってきた。慶次郎が帰ってきたので茶の葉を新しくするだろうと、膳を片付けるついでに台所へはこんだのだという。

「偉《えれ》えな」

と、思わず慶次郎は言った。

「よく、そう次々に片付けられるものだ」

　おはるは、不機嫌な顔のまま言った。

「こんなこと」

「誰にだってできるよ」

　慶次郎は、かぶりを振った
「ところが、そうはゆかねえのさ。こちらの旦那《だんな》が片付けたという、俺の部屋を見てごらん。俺は今夜、人形の箱の間に寝るんだぜ」

「父上だって、手拭いやら鼻紙やらを放り出されたではありませんか。そんなことをなさるから、部屋が片付かないのです」

「お前に説教されるいわれはねえよ」

　慶次郎は、膳の布巾をとりながら笑った。

「しかし、だらしがねえな、俺達は」

「いいよ、むりしてくれなくても」

　おはるが、横を向いて言った。

「どうせわたしは文字も読めないし、勘定もできないよ」

「そんなものは、根気よく習っていれば、いつか覚える」

　おはるが慶次郎を見た。

「が、片付けの才ってのは、持って生れたものだぜ。俺達にゃ、それがない。半人前以下だ」

慶次郎を見つめているおはるの目がうるみ、おはるは、腹を立てたように背を向けた。

「ただ、今のところ、文字は俺の方が読めるぜ」

旦那――と、おはるが言った。かすれた声だった。

「ごめん――」

細長いものを慶次郎のいるあたりへ投げて、畳へ俯伏《うつぶ》せた。見事な泣きぶりだった。

細長いものは、晃之助の矢立であった。〝島抜け〟を防いだ皐月にも、ぬかりがあったようだった。

ふろふき大根を暖めて下さいましたかと言うその皐月の声が聞えてきて、晃之助が矢立を持ったまま立ち上がった。大根を暖めようとして矢立を台所のどこかへ置き、どこへやったのだろうと、また大騒ぎをするかもしれなかった。

座右の銘

蹲《うずくま》っている膝《ひざ》に、雫《しずく》が落ちてきた。

凍りつくような風が吹いているが、空には一片の雲もない。雨の降ってくるわけはないと思ったが、軀《からだ》の持っている暖かさを風に奪われまいと、かたく腕組みをしている袖《そで》の上にも落ちてきた。洟水《はなみず》だった。

伊太八《いだはち》は今、まったく手入れをしていないらしい垣根に寄りかかっている。生い茂った槙《まき》が、顔と足許《あしもと》以外を隠してくれているのだが、草履《ぞうり》の片方を敷いて腰をおろしている地面のつめたさといったらない。

この横丁を出れば隅田川にかかる大川橋のたもとで、もともと川風にさらされるところではあった。その上、昨夜から吹きはじめたのは北風で、地面はすっかり凍りついてしまったのだろう、まもなく昼を過ぎるというのに溶ける気配すらない。ことに伊太八の隠れているあたりは、地の中の水分が、一滴残らず氷となっているようだった。草履はそのつめたさをまるで遮ってくれず、重苦しい冷えが、草履から腰へ、腰から腹へとのぼってくるのである。

くそ。夏まで凍っていやあがれ。

伊太八は懐《ふところ》から手拭《てぬぐ》いを出し、洟水をふきながら、凍りついた大地に悪態をついた。

それにしても、向いの家の女房は、いったいいつ家を留守にするつもりなのだろう。よく言えば鷹揚《おうよう》、わるく言えばだらしのない女で、時折、鍵《かぎ》をかけ忘れて出かけてくれる。たまたま耳にした噂話《うわさ》によると、昔、深川の岡場所に出ていたとか、板前の亭主が通いつめて、めでたく夫婦となったらしい。板前が働いている料理屋の主人が、心中でもされてはと心配して金を貸してやり、身請《みう》けをしたというところかもしれない。

いずれにしても、鍵はかけ忘れてくれるし、釣銭らしい小銭はあちこちに置き放しとなっているし、伊太八にとって、これほど稼ぎやすい家はなかった。いわば大事な得意先で、一月《ひとつき》に一度はしのび込ませてもらっているのだが、今日はなぜか、家の中にひきこもっている。

先刻、大川橋まで駆けて行った時の女房は、前掛もたすきもはずし、帯にはさんだ財布の鈴を、猫の首につけられたそれのように鳴らしていた。外出すると睨《にら》んだ目に狂いはない筈《はず》なのだが、橋のたもとから戻ったまま、格子戸《こうしど》の外にすら出てこないのだ。

北風が、さりげなく脛《すね》や素足に触れて行った。手拭いを懐から出した分、浴衣《ゆかた》に袷《あわせ》を重ねただけの胸許《むなもと》が寒くなる。人通りの少ない本所中《ほんじよなか》ノ郷竹町《ごうたけちよう》だからこそ、いつまでも槙の中にもぐって震えていられるが、大川橋の向う側、浅草の観音様近くの町だったら、とうに見咎《みとが》められているだろう。

足音が聞えた。

今日はこれまでだと思った。伊太八は、両手をついて立ち上がった。草履は、はじめから脱いでいる。歩いてきた者と視線が合った時は、垣根につかまって苦笑して見せればよかった。相手は、凍《い》てついた道で転んだと思ってくれるにちがいなかった。

歩いてきたのは、素袷《すあわせ》の裾《すそ》を片手で端折《はしょ》った男だった。が、気が急《せ》いているらしく、着物の裾についた枯葉を払っている伊太八になど目もくれず、向いの家へ入って行った。

その男が、亭主の板前であるらしかった。

二人揃《そろ》って出かけるのかもしれなかったが、留守になるまで、ふたたび槙の中へもぐっている気にはなれなかった。伊太八は、まだ洟水のたれる鼻を手拭いでおおって、格子戸の前に立った。家の中へは聞えぬ低声《こごえ》で、「ばかやろう、風邪をひかせやがって」と悪態をつくつもりだった。

その前に、「支度はできているか」という男の声が聞えてきた。やはり、二人で出かけるようだった。

「できてますよ」

夫婦揃っての外出は嬉《うれ》しいだろうに、女の声は、これ以上はないと思うほど不機嫌だった。

「荷物ったって、これっきりだもの」

「しょうがねえだろう。簞笥《たんす》も火鉢も売っちまったんだから」

伊太八は、耳を疑った。先月、台所の棚から二百十五文、長火鉢の引出から二朱《にしゅ》と八文を稼がせてもらった時は、二階に桐《きり》の簞笥があり、引出には、三升《みます》の小紋《こもん》や、蝙蝠《こうもり》を散らした小紋の着物が入っていたのである。

「あんたが博奕《ばくち》なんぞに手を出すから」

と、女の声が言った。

「高利貸にお金を借りるような破目になるんだよ」

「うるせえや。手前《てめえ》だって、ざるじゃねえか。あればあるだけ、金を遣っちまいやがって。俺がもらってくる客の祝儀《しゅうぎ》をためていてくれたら、賭場《とば》の借金ぐれえ、簡単に返《けえ》せたんだ」

「よそうよ。いまさら何を言ってもはじまらない」

「ちげえねえ。見張りのこねえうちに、早く逃げるとしようぜ」

なるほどね。

伊太八は、格子戸から離れた。

のんきに暮らしているように見えても、中に入ってみればいろいろ事情があるものだと思った。

客がかなりの祝儀をくれるようだから、亭主は腕のよい板前なのだろう。が、腕がよければよいだけ、苦労もある。人間は、どこまでのぼせるかわからぬ生きもので、はじめて食べた時にうまいと思った料理でも、通っているうちに、さほどではないと思うようになる。そう思わせぬよう、板前は懸命だったにちがいない。その息苦しさの捌《は》け口《ぐち》が博奕だったのだ。

「わかるなあ、その気持」

鼈甲細工《べっこうざいく》の職人だった伊太八が、夜を徹してつくった櫛《くし》を返された時のあの気持は、今でも忘れられない。

小間物問屋の手代は、客が「伊太さんなら、もっといい細工をする筈《はず》だと首をかしげている」と言って、その櫛を置いて行った。決してわるい仕上がりではなかったのだが、最初につくった櫛で興奮した客は、二度目でその興奮が薄らぎ、三度目には、一ひねりも二ひねりもした複雑な細工がされてくるものと楽しみにしていたようだった。

冗談じゃねえや。そう思った。

どんな名工でも、素人《しろうと》の考え出す妙な注文には応じられぬことがある。が、それに不服を言う者がいるのである。金さえ出せば、職人はどんな注文にも応じてくれると思っている者が、世の中にはいるのだった。

「ほんとに冗談じゃねえや」

思わず声になった。

それにひきかえ、貧しい人達が櫛や簪《かんざし》を買う時の光景は、見ている者まで楽しくなる。小間物売りが商う安物を、天下一の宝物でも探すように目を光らせ、慎重に選んで、大事そうに持って帰るのだ。

竹に銀紙を貼《は》った簪を、「こんな擬《まが》い物《もの》」と嗤《わら》ったら、「本物の竹に銀紙ですよ」と怒られたこともある。今になって思えば、あれは物を見る目を持った娘だった。

だから――と、伊太八は姿勢をただす。

伊太八は、出入口の戸が開け放しになっていても、貧乏長屋へはしのび込まない。座右の銘は「貧乏人に迷惑をかけぬこと」、それにもう一つ、「身内に迷惑をかけぬこと」だ。

泥棒にまで成り下がったことで、身内には、もう充分に迷惑をかけている。これ以上迷惑をかけては、お天道様もお月様もお星様も、風神も雷神も許してくれないだろう。

犬が、狂ったように吠《ほ》えかかった。座右の銘を思い出しながら歩いていて、うっかり尻尾《しっぽ》を踏んでしまったらしい。

伊太八は、大川橋を駆けて渡った。犬が垣根につながれていなかったら、三箇所や四箇所は嚙《か》みつかれていたところだった。

腹の虫が鳴いた。

当然のことだった。

昨夜は夜鷹蕎麦《よたかそば》を二つ食べたが、今朝は、蠅帳《はいちよう》の丼《どんぶり》に入っていた沢庵《たくあん》の尻尾を齧《かじ》っただけなのだ。得意先で稼いで昼飯を食べる目算が狂い、これから稼ぎ場所を探さねばならないという時に、大川橋を走って渡ったのだから、腹の虫が、もう我慢ならぬと鳴き出したのも無理はなかった。

伊太八は、むずかる赤子をなだめるように腹を叩《たた》きながら、道を右へ曲がった。真直《まっす》ぐに行けば、金龍山浅草寺《きんりゅうざんせんそうじ》参道の入口となる風雷神門の前へ出るのだが、伊太八は、人通りの多い町での仕事が得手ではない。賑《にぎ》やかな町での仕事は、手早くすませてしまえば人混みにまぎれることができ、むしろ安全かもしれないとは思う。人通りの少ない町を歩いて稼ぎ場所を探すのは、人目につきやすい欠点が確かにあるのだが、仕事をすませたあと、さりげなく立ち去る自信がないのである。

隅田川沿いに、花川戸町《はなかわどちよう》、山の宿町《やましゆくちよう》と抜けてきて、伊太八は足をとめた。金龍山下瓦町《きんりゆうざんしたかわらまち》に入ったところだった。

町名の由来は、瓦を焼く場所であったからだといい、今も隅田川べりに幾つかの窯《かま》が築かれている。が、火をつければ数日間は寝ずの番になるという作業が終ったところなのか、どの窯からも煙はあがっていなかった。

小山のような窯のまわりには、焼きそこねて割られた瓦や、窯に塗りつける土を掘った跡が残っていて、焚口《たきぐち》に張りつけたらしい筵《むしろ》が、半分、土に埋もれている。そんなところに、伊太八と同じ年格好の男が立っているのである。

瓦を焼く職人ではなかった。職人が、汚れていない手拭いで頰かむりをして、古びてはいるが紬《つむぎ》の着物を着て、道の向う側にならぶ家のようすを窺《うかが》っているわけがない。

伊太八は苦笑した。同業の人間であると、一目でわかった。

男も伊太八を見た。一瞬、岡っ引と勘違いをしたのかもしれない。逃げるような素振りを見せたが、笑いかけた伊太八に、同業の者のにおいを嗅《か》ぎつけたようだった。待っていてくれというような合図をして、川べりから伊太八の立っている道へ上がってきた。仕事の邪魔をされ、怒っているのかと思ったが、男は、頭をかきながら「お前の縄張りか」と言った。

伊太八は、曖昧《あいまい》にうなずいた。縄張りと言うほどのこともないが、この近くの瓦屋で、二、三度仕事をさせてもらったことはある。道の突き当りを流れている山谷《さんや》堀《ぼり》に沿って左へ曲がると、割合に大きな瓦屋があり、その家の女房と娘は始終出かけているので、仕事がしやすいのだ。

「勘弁してくんな」

と、男が言った。

「狙《ねら》いをつけたお金《たから》があるんだが、ここがお前の縄張りとは知らなかった」

詫《わ》びのしるしにと、男は、たった今伊太八が歩いてきた方向を指さした。横丁を曲がれば聖天町《しょうでんちょう》で、そこにうまい蕎麦屋があるという。

伊太八の腹の虫が、遠慮なく鳴いた。それが男にも聞えたようだった。

「俺が目をつけたお金《たから》は、放っておけば他人のものになっちまう。もってえねえ話だが、お前《めえ》の縄張りとわかっていながら、俺一人で稼ぐわけにもゆくめえ。その辺のことを、蕎麦を食いながら相談しねえか」

願ってもない話だった。二人で稼ぎを分けようというのだから、少なくとも二分《にぶ》や三分《さんぶ》の金があるのだろう。そんな金を置いておける家が、貧乏である筈はない。この盗みで、貧乏人が小間物売りから簪を買う上前《うわまえ》をはねてしまうのではないかという心配をせずにすむ上に、伊太八の生涯で、一日当り最高の稼ぎになるかもしれなかった。

「俺あ、豊蔵ってんだ」

伊太八も、自分の名をなのった。

「粋《いき》な名前じゃねえか」

と、男は言って、伊太八の顔をのぞき込んだ。粋な名前の割に、浮かない顔をしていると言う。

粋な名前の持主が皆、浮かれて暮らしているわけでもあるまいと思ったが、伊太八は、得意先で仕事のできなかった一部始終を話した。少々だらしのない女房は、自分が遣ってしまったと思っているようだが、台所の棚や長火鉢の引出にあった金を亭主が見つけていたならば、博奕の金の足しになっただろうと考えると、夫婦に借金ができたのは、自分の責任のように思えてくるのだった。

「ばかだなあ」

と、豊蔵は笑った。

蕎麦屋の二階で、豊蔵の前には、蕎麦抜きのてんぷらがあった。これから仕事にかかるのに、てんぷらに酒の組み合わせはどうかと思ったが、十八の年から十五年間、昼食は一合の酒ときめているという。ということは、十八の年から、まともな商売をしたことがないことになる。

「親父《おやじ》が酒飲みの上に博奕好きでね」

黙って蕎麦をすすっているのに、豊蔵は言訳をした。

「家を飛び出しちまったのさ。いろいろなことをやったが、この商売が一番長《なげ》えかもしれねえ」

酒が夕飯がわりならともかく、昼食だというのでは、ほかの商売はできないだろう。

いやな奴《やつ》と組んでしまったかもしれないと思ったが、すでにてんぷら蕎麦をたいらげて、二杯目の蕎麦を頼んでいた。

しかも、腹の虫は意地汚い。二杯目が湯気をたててはこばれてくると、豊蔵にまで聞えるような声で鳴き、気がつくと伊太八は箸《はし》を持っていて、虫に餌《えさ》をあたえていた。その箸を伊太八が置いたのを見て、豊蔵が立ち上がった。昨夜の酒が残っていたと言い、浅黒い顔が赤くなっている。「先に行っててくんな」という言葉と一緒に吐き出された息も、熟柿《じゅくし》くさかった。

とても豊蔵を相棒にはできなかった。が、蕎麦をおごってもらった義理があった。瓦町へ戻って行きながら、伊太八は、その礼に、一人でしのび込んで稼いでやろうと思った。

豊蔵は、山谷堀の今戸橋《いまどばし》あたりに立たせておけばよい。伊太八が素早く仕事をすませたあと、吉原へ向かう風をよそおいながら稼ぎを分けるのが、一番安全だろう。

小走りに追ってきた豊蔵は、疑わしそうな目で伊太八を見た。稼ぎを一人じめするのではと勘ぐっているらしく、酔っている時の仕事はあぶないと言っても、なかなか承知しなかった。

それを懸命に説得し、伊太八は、豊蔵が狙いをつけていたという家を教わった。丸壱《まるいち》という瓦屋で、主人は本所の瓦問屋へ出かけていて、夕暮れまで帰らぬという。女房と子供は、昨日から下谷《したや》の実家へ泊りに行っているという話だった。

しかも、簡単に裏口の錠がはずれた。つきが戻ってきたと思ったが、物音に驚いてふりかえると、豊蔵がいた。

豊蔵は、顔をしかめた伊太八に手を合わせて見せ、「お金《たから》の隠してあるところを言い忘れてさ」と息をはずませて言った。

「駆けてきたんだぜ」

人を疑るのもいい加減にしろと、できることなら怒鳴りつけたかった。人通りが少ないからよいようなものの、駆ける姿は人目につく。人目をひきつけたまま、裏口へ飛び込んできてどうするのか。

第一、もう少し声をひそめてもらいたい。当人は声をひそめているつもりでも、酔っているのと走ってきたのとで声がうわずるのかもしれないが、空巣に入っているのである。御用聞きにきた酒屋や味噌《みそ》屋の小僧が、その声を聞きつけたなら、どうするつもりなのだろう。

「すまねえ」

豊蔵は、大仰に首をすくめた。

「お金《たから》は、おそらく茶の間の茶簞笥だ」

伊太八は、豊蔵の口を手でおおってやった。豊蔵は、さすがに苦笑いをして、先に茶の間へ入って行った。

昨日から女房がいないというのによく片付けられていて、出がけに茶を飲んだらしい湯呑《ゆの》みと急須《きゅうす》だけが、長火鉢の猫板にのっている。仏壇にはめしが供えてあり、線香をあげた跡もあった。

「ふうん――」

感心したような声を出して、豊蔵が茶箪笥の前に蹲《うずくま》った。

その戸棚を開ける。二本の茶筒と半端《はんぱ》な数の湯呑み、それに蓋《ふた》つきの菓子鉢が入っていた。

「このうちの、どれかに入っている。近所に空巣が入った時、茶筒に入っていた金は無事だったと聞いて、ふせた湯呑みの中へ隠したりするようになったんだ」

この家の事情に詳し過ぎるとは思ったが、理由を尋ねている暇はなかった。それよりも早く金を見つけて、この男と縁を切りたかった。

豊蔵は、菓子鉢の蓋を開けている。伊太八は、ふせてある湯呑みを持ち上げてみた。同じかたちのものを三つ、つづけざまに持ち上げたが金はない。茶箪笥に隠す筈と言っておきながら仏壇へ近づいて行った豊蔵を横目で見て、伊太八は、茶筒を振ってみた。金らしい幾枚かの、躍り上がる音がした。

「それだ」

豊蔵が叫んだ。その時だった。

裏口で、「あれ？」と言う声がした。その声が、おふゆという女の名前を呼んで、「もう帰ってきたのかえ」と言った。夕暮れまでは戻ってこないという亭主が、瓦問屋から帰ってきたのだった。

逃げろ。――

自分が叫んだのか豊蔵がわめいたのか、わからなかった。伊太八は軀《からだ》を丸めて台所へ飛び出した。豊蔵も、伊太八につづいて飛び出してきたようだった。

立ち塞《ふさ》がった男を壁際《かべぎわ》へ突きのけて、伊太八は裏口の土間へ降り、庭づたいに川べりの道へ逃げて行こうとした。

「兄さん。兄さんじゃないか」

男の声が聞えた。伊太八は、思わず足をとめてふりかえった。

伊太八に、兄と呼んでくれる者の心当りはない。とすれば、豊蔵が兄と呼ばれていることになる。

「兄さんだろ？　なあ、豊蔵兄さんだろ？　俺あ、ずいぶん探したんだ」

男は、伊太八のいたことなど忘れたのかもしれない。両手で頭をかかえている豊蔵を揺さぶって、顔を見せてくれと言いつづけていた。

伊太八は唾《つば》を吐いた。台所へ駆け戻って、豊蔵を殴りつけてやりたいくらいだった。

身内も身内、実の弟に心配をかけたあげく、その家へしのび込むなど、人間のすることではなかった。

ばかが――。

おごってもらった蕎麦も吐き出してしまいたいような気持で、伊太八は、川べりの道へ出た。これから山谷堀前の瓦屋へ入り直すわけにもゆかず、あらためて不用心な家を探さねばならなかった。

隅田川べりはけちがついたから、下谷の方にでも行ってみるか。

さすがに疲れてきた足をひきずって、山の宿町の横丁を曲り、浅草寺の随身門近くまできた時に、伊太八は、懐《ふところ》が妙にふくらんでいることに気づいた。さわってみると、かたくて丸い。無意識のうちに、金の入っていた茶筒を懐へ押し込んでいたのだった。

観音様には、隅を拝借するとだけ挨拶《あいさつ》して、奥山へ行った。

花の季節にはまだ一月《ひとつき》もあり、この寒さでは奥山も閑散としているだろうと思ったが、いつもの通り、居合抜きや籠抜《かごぬ》けや独楽廻《こままわ》しなどのまわりには人垣ができていて、矢場の女達も甲高い声で笑っていた。

風が、砂埃《すなぼこり》を巻き上げて行った。伊太八は、目をこすりながら木立の陰に入り、懐から茶筒を出した。

蓋を開けてさかさにすると、掌《てのひら》に一分金が二つ落ちてきた。伊太八にとっては大金だった。

どうしたものかと思った。あの家の主人は豊蔵の弟であって、伊太八とは他人である。このまま今日の稼ぎとしても差《さ》し支《つか》えなさそうだったが、豊蔵の弟は、女房の留守に自分で部屋の中を片付けるような男だった。あの店構えでは、さほど大きな商いはできぬだろうに、子供に残してやるつもりか、茶筒に金をためているような男でもある。昼間から酒を飲むような兄が、迷惑をかけなかったわけがない。なのに彼は、兄をずいぶん探したと言っているのである。

涙がこぼれてくるような話ではないか。が、豊蔵は、そんな弟の金に目をつけていたのだった。人の道を踏みはずしていると言ってもいい。伊太八がこの金に手をつけたなら、その仲間になってしまうではないか。

「けっ、胸《むな》くそのわるい――」

金は返しに行くべきだった。豊蔵の弟も、ただの空巣ならとうに自身番屋へ届けているだろうが、しのび込んだのが探していた兄とあっては、届けようがないにちがいない。そんな身内の情《じょう》に甘えるのは、卑怯《ひきょう》というものだった。

金を茶筒に戻して歩き出すと、板前の女房がつけていた鈴のように金が鳴った。伊太八は、木立の根もとへ吹き寄せられていた菜飯屋《なめしや》のびらを拾って、茶筒の中へ押し込んだ。これで音はしなくなった。

逃げてきた道を避けて、雷門《かみなりもん》を出る。広小路から大川橋へ向い、花川戸町の抜け裏に入った。かなり遠廻りをした勘定だが、新鳥越町《しんとりごえちよう》の方から今戸橋のたもとへ出た。

時折ご厄介になった瓦屋《かわらや》には、看板の横に井戸がある。飲み水をもらいにきたらしい近所の女達が、手桶《ておけ》を足許《あしもと》に置いたまま、話に夢中になっていた。

ことによるとと思った通り、話題は、つい先刻、丸壱という瓦屋へしのび込んだ泥棒のことだった。

「壱次郎《いちじろう》さんが、ほら、例の高利貸に返そうとしてさ、ためておいたお金をそっくり持って行かれちまったんだとさ、気の毒に」

伊太八の足がとまった。豊蔵の弟が、博奕《ばくち》に手を出しているとは思えなかった。

「あの、ろくでなしの兄貴が、その泥棒を連れてきたんだって？」

「仲間に脅されて、仕方なく弟の金を渡したらしいよ」

「そりゃどうかねえ」

女の一人が、安物の簪《かんざし》の足で、髷《まげ》の根のあたりをかきながら言った。

「ろくでなしでも、壱次郎さんにはたった一人の兄弟だもの。かばっているんだよ。番屋も壱次郎さんの気持を汲《く》んで、あのろくでなしは、かかわりなしってことにして、仲間の男を押込強盗ということにしたらしいけど」

「やさしいからねえ、壱次郎さんは。死んだお父《と》つぁんや、ろくでなしの兄貴がつくった借金を押しつけられて、高利貸にこつこつ返しているけど、あれがなけりゃ楽ができるだろうに」

あの野郎。——

軀が震えてきた。

弟に借金を返させて、こともあろうに、その返済に当てようとした金を盗もうとするなど、絶対に許せない。それに第一、俺のどこが押込強盗だ。頬げたの一つや二つ、ぶん殴ってやらなければ気がすまない。

こぶしを握りしめて駆け出そうとすると、簪で髷の根をかいていた女がふりかえった。

「ちょいと」

女は、隣りにいた女の袖《そで》を引いた。声を低くして囁《ささや》いたつもりなのだろうが、伊太八の取得は、小さな物音まで聞きとれる耳と、人より早く走れる足を持っていたことだった。

あの人——と、女は伊太八を見て言っていた。

「あの人、さっき番屋に貼《は》り出された絵に似ていないかえ」

ていたんだよ」

「そこの長屋へ越してきた画工《えかき》さんの描いた似顔だろ。さっきから、わたしもそう思っ

泥棒——と、女達が叫び出すより先に、伊太八は、草履《ぞうり》を脱ぎ飛ばして走り出した。

伊太八は、押込強盗となっているのだった。確かに裏口の錠をはずしているし、壱次郎の兄を残して逃げている。捕えられて、たちのわるい吟味与力《ぎんみよりき》が取り調べにあたるようなことになれば、伊太八の言訳など聞いてもらえず、島送りにならないともかぎらないのだ。

「手前《てめえ》か」

という声が聞えた。見覚えのある男が自身番屋から飛び出してきて、伊太八に摑《つか》みかかった。豊蔵の弟の壱次郎だった。市中見廻りの定町廻り同心に呼び出され、再度、事情を説明していたのかもしれない。

摑みかかった手からはあやうく逃れることができたが、壱次郎も足が早い。同心や岡っ引を従えて、伊太八を追ってくる。

冗談じゃねえやと、伊太八は、胸のうちで叫んだ。

俺のどこが強盗だ。俺は、貧乏人に迷惑をかけぬこと、身内に迷惑をかけぬことを座右の銘としてきたのだ。これに見向きもしなかったのは、豊蔵の方ではないか。

自分の借金を返済しつづけてくれている弟の金を盗むなど、まともな人間のすること

ではない。伊太八は、そんな壱次郎の兄の尻《しり》ぬぐいをするべく、金を返しにきた。それなのになぜ豊蔵はお咎《とが》めなしとなり、伊太八は十手《じって》を持った男達に追われなければならないのだ。

幸いなことに、伊太八の足が勝った。浅草田町《たまち》の横丁を曲がり、浅草寺裏の田圃道《たんぼみち》を駆け抜けて、遊行寺《ゆぎょうじ》やら誓願寺やら、大きな寺院のならんでいるあたりへきた時には、追手の姿は一人も見えなくなっていた。

肩で息をしながら寺院の塀に寄りかかり、何気なく視線を下に落とすと、懐がふくれていた。壱次郎に投げつけてしまえばよいものを、金の入った茶筒をかかえて走っていたのだった。

岡っ引が、そっとあとを尾《つ》けていたということもある。

寝床へ入ってからも、伊太八は耳をすましていた。が、聞えてくるのは、隣りの夫婦喧嘩《げんか》と向いの赤子の泣く声と、風の音と、心張棒をおろした戸に砂や小石の吹きつけられる音ばかりだった。壱次郎も同心達も、やはり伊太八の姿を見失っていたようだった。

伊太八は、寝返りをうった。

茶筒は、念のために床下へ隠してある。これをどんな風にして壱次郎に返すかが問題だった。

第一に今、伊太八は金がない。米櫃《こめびつ》には一粒の米も入っていなかった。とりあえず、明日は稼ぎに出かけねばならないが、そんなことをしている間に、瓦町周辺の人達は、番屋に貼り出されたという伊太八の似顔絵を、頭の中に焼きつけてしまうだろう。迂闊《うかつ》に瓦町へは近づけなくなる。

「金を返したあとで、稼ぎ場所を探すことにするか」

やむをえなかった。稼ぐより、人の道を踏みはずさぬことを優先しなければならなかった。

伊太八は、明日一日、水だけで過ごすこともあると、悲壮な覚悟をきめて目を閉じた。夕飯も食べていない腹の中で、意地汚い虫が、俺をどうしてくれるのだと鳴き出したが、聞えぬふりをすることにした。

翌朝早く、伊太八は、汲みたての井戸水をたっぷりと飲み、茶筒を懐にして家を出た。

昨日、草履を脱ぎ捨てて逃げたので、そのかわりになりそうなのを、ごみためで拾ってきたのだが、はいてみると、踵《かかと》が半分はみ出るほどすりきれていた。朝の道には霜が一寸近くも伸びていて、それを踏むたびに、つめたさが頭の先まで突き抜けた。

伊太八は、できるだけ地面に足をおろさぬよう、飛び上がって歩いた。しばらくの間は、おかしなその恰好《かっこう》を、すれちがう人が見ているのにも気づかなかった。

瓦町あたりは、まだ眠っているだろうと思っていたのだが、川べりに人がいた。襦袢《じゅばん》の上に腹掛をつけ、紺股引《こんももひき》をはいた職人達だった。土をとっているらしい。

伊太八は、着物の上から茶筒を押えた。

丸壱の看板がかかっている店へこの茶筒を投げ入れれば、あとは普段の暮らしに戻ることができる。豊蔵はいつか必ずぶん殴ってやるが、あとまわしにしよう。今は、普段の暮らしに戻れればいい。飢えぬ程度に稼がせてもらって、贅沢《ぜいたく》も不平も言わず、瓦町の丸壱へ押し込んだ強盗の噂《うわさ》が消えるまで、ひっそりと暮らしていたい。

川べりの職人は、まだ伊太八に気づいていない。伊太八は、茶筒を握りしめて足早になった。

みるみる丸壱の看板が近づいた。もう大戸が上げられていて、その土間へ茶筒を投げ入れるのに苦労はなさそうだった。

が、茂《しげ》さん——と職人の名前を呼びながら店の中から走り出てきた男と、鉢合わせをしそうになった。

「おっと。ごめんなすって」

お互いに飛びしさって顔を見合わせた。

「て、手前《てめえ》は……」

壱次郎だった。伊太八は、ものも言わずに走り出した。泥棒だ、昨日の押込だと叫ぶ、壱次郎の声が聞えた。

なぜ、こんな風になるのだと思った。貧乏人や身内に迷惑をかけないという座右の銘が、間違っているとは思えない。が、押込強盗だと言われ、鍬《くわ》や薪《まき》を振り上げた男達に追われているのは伊太八で、座右の銘など知らぬ顔の豊蔵は、おそらく暖かい布団《ふとん》にくるまって寝ているのである。

やはり、貧乏人は損をすると思った。飢えぬ程度に稼ごうとする伊太八は押込強盗と言われ、懸命にためた弟の金を二分も横取りしてしまおうとする豊蔵は、ぬくぬくと寝ていられるのだ。

それにしても、今朝の壱次郎の足は早かった。執拗《しつよう》に伊太八を追ってくるのである。ことによると壱次郎の足が早くなったのではなく、昨日の昼に蕎麦《そば》を食べただけの伊太八の足が、少しふらついているのかもしれなかった。

しかも、俗に吉原田圃と呼ばれるあたりへ出てしまい、隠れるところがない。

伊太八は走った。走って、また走って、下谷の金杉下町《かなすぎしもまち》までできた。

左へ曲がれば、上野へ出ることはわかっていた。が、人通りが多くなり、押込だという壱次郎の声に応じて、行手を遮る者の出てくるのが怖かった。伊太八は、真直《まっす》ぐに田圃道へ入って行った。

それからは、どこをどう走ったのかわからない。それでも、ふりかえると壱次郎がいた。おそらく、伊太八も似たような状態になっているのだろうが、壱次郎は、足をもつれさせ、時にはよろめいて田圃へ落ちそうになりながら、追いかけるのをやめようとしなかった。伊太八を捕え、自身番屋に突き出さなければ、兄がろくでなしに戻ってしまうと信じているようだった。

豊蔵は芯《しん》からのろくでなしだと言っても、壱次郎は承知しないだろう。貧乏人と身内に迷惑をかけないという座右の銘を大事にしていたのは、自分の兄だと言い張るかもしれぬ。そして、世間の人達は、頑迷な壱次郎を正しいと思うのだ。

真面目《まじめ》な貧乏人は損をする。

逃げるよりほかはなかった。

伊太八は逃げた。氷の張っている池の中でもかまわずに――逃げようと思ったがさすがに足がとまった。

木立にかこまれている神社の境内を抜けたあとの、枯葦《かれあし》におおわれた池の前だった。壱次郎の早さはさすがにおとろえて、まだ神社の森へはさしかかっていないようだった。が、森を抜ければ、また田圃の中の一本道で、伊太八の姿が見えるようになる。今は必死で足も動くが、昨日からてんぷら蕎麦を二杯しか食べていない軀《からだ》は、やがて言うことをきかなくなるだろう。昨日の晩も今朝も、白いめしを食べたにちがいない壱次郎が追いついてくるにちがいなかった。

ためらってはいられなかった。伊太八は、池に入った。氷の割れる音が響いたような気がしたが、それは、木立の中で鳴いている鳥の声が隠してくれた。森を抜けてきた壱次郎は、伊太八の姿の見えぬことに驚いたようだったが、まさか葦の陰にひそんでいるとは思わなかったのかもしれない。森へ戻って、神社の中や縁の下を調べていたが、まもなく諦《あきら》めて、陽射《ひざ》しのそそいでくる方角を確かめながら、瓦町へ帰って行った。

こんな風に死んで行くのだと思った。池から出た軀は、何の感覚もない。まだ田圃の中なのか、あたりに家があるのかわからなかったし、第一、自分が歩いているのかどうかもわからなかった。

壱次郎に茶筒を投げつけて、豊蔵をぶん殴ってやりたさに歩いているつもりだが、田圃の中で寝ているかもしれないのである。

死んでもいいとは思った。芝に姉といとこがいるが、長屋の住人ですら、伊太八の本名を知らない。それに、ここで息をひきとれば、米沢町《よねざわちよう》の長屋の住人とわからぬうちに、行き倒れとして片付けられる筈《はず》だった。

それでもいいと思った。あの世までは、壱次郎も同心も岡っ引も追ってこない。それでもいいが、どうしても茶筒を壱次郎に投げ返し、豊蔵を一度、ぶん殴ってやらなければならなかった。

あの世にきているのかもしれなかった。寝ている軀は暖かく、心地よいし、そっと手を動かしてみると、地面にしてはやわらかい。

伊太八は、ゆっくりと目を開けた。

「やあ、気がついたか」と言う声がして、四十がらみの男が、伊太八の顔をのぞき込んだ。

伊太八は、黙って目をしばたたいた。暖かいと思ったのも道理で、伊太八は、布団を二枚もかけて寝ていたのだった。まだこの世にいるらしかった。

「でも、――どこだろう」

「山口屋ってえ酒問屋の寮だよ」

と、男は言って、「こうのすけ」と呼んだ。

「お前《めえ》が道で出会ったお人が、目を開けなすったよ」

唐紙が開いて、こうのすけと呼ばれた男が顔を出した。

伊太八は、夢中で起き上がって逃げようとした。顔を出したのは、八丁堀風の髷《まげ》に巻《まき》羽織《ばおり》の、一目で定町廻り同心とわかる若い男だった。

伊太八の前に若い男が立ち塞《ふさ》がり、「やっぱりそうか」と、枕許《まくらもと》にいた男が笑い出した。

「懐《ふところ》から金の入った茶筒が出てきたのでね。ま、こういうお人ではないかと、伜《せがれ》も言っていたのさ」

枕許にいた男は、指を曲げて見せた。泥棒という意味だった。

「ちがう」

伊太八は、激しくかぶりを振った。

「いや、その、何だ、戸を開け放しにしておくような家に落ちている銭を、拾ってくることはあるが……」

枕許にいた男と、その伜だという男が、腹をかかえて笑いだした。

伊太八は、唇を尖《とが》らせた。誤解されたままでは、氷の張っている池に身をひそめたことが無駄になりそうだった。

伊太八は、豊蔵という男について丸壱の茶の間へ上がり、茶簞笥《ちゃだんす》の中に落ちていた茶筒をつい拾ってしまったことから、座右の銘の重みまで、懸命に話した。が、二人の男は、笑いながら聞いていた。笑う話ではないという抗議にうなずきはするものの、笑いを嚙《か》み殺しているらしい唇は震えるし、抑えかねた声が苦しさをこらえているように洩《も》れてくるのである。

「だから、いやだってんだ」

伊太八は顔をしかめた。世間は何もわかっちゃいない。小間物問屋の手代は客の無理がわからなかったし、壱次郎も、目の前にいる四十がらみの男も若い男も、伊太八の座右の銘の重みがわからない。

「すまねえ」

枕許にいた男が、居ずまいをただした。若い男も、坐《すわ》りなおして膝《ひざ》に手を置いた。

「わしは森口慶次郎という寮番でね。こっちはお見かけ通り、南の定町廻りで伜の晃之助だよ。以後ご昵懇《じっこん》にと言いてえところだが、わしはともかく、伜とはあまり昵懇にならぬ方がいいかもしれねえ」

晃之助が俯《うつむ》いた。笑いを懸命に抑えているようだった。慶次郎も、口許をゆるませて言った。

「が、伜もわたし同様悪気はねえ人間でね。気分をわるくするようなことがあったかもしれねえが、勘弁してくんな。そのかわりと言っては何だが」

慶次郎は、枕許へ目をやった。少々塗りのはげた盆が置かれていて、そこへ、湯呑《ゆの》みや急須《きゅうす》と一緒に例の茶筒が置かれていた。

「お前《めえ》さんがその茶筒を返しに行く時は、伜も一緒に行かせてもらうことにするよ。てえしたことはできねえが、伜は定町廻りだ。定町廻りが立ち会うなら、豊蔵ってえ男を殴っても、誰も文句は言えねえぜ」

伊太八は目を見張った。物事の筋道がわかる人間も、世の中にはいるのだと思った。

三日後に丸壱へ行くことをきめて、伊太八は寝床へ戻った。粥《かゆ》ができたよというしわがれた声が聞えたところをみると、寮にはもう一人、男がいるらしい。その粥を食べ、家の中を少し歩いてみて、遠慮なく寝ることにした。

腹はいっぱいになったし、暖かいし、茶筒を投げ返した上に豊蔵を殴れるし、言うことはなかった。明日と明後日は、森口慶次郎にかわって拭《ふき》掃除や庭掃きをしてやろうと思い、手桶《ておけ》の置いてある場所などを想像しているうちに瞼《まぶた》が重くなった。

「また眠ったようですよ」

と、晃之助が言ったのを、伊太八は知らない。

「父上は、あの男をどうなさるおつもりですか」

と晃之助が尋ね、

「さあて、貧乏人に決して迷惑をかけぬことが座右の銘となると、どんな仕事があるかなあ」

と慶次郎が答えていたのは、眠りが深くなった頃のことで、なおさらに知らなかった。

早春の歌

二月に入って、急に陽射《ひざ》しが明るくなった。隣りの寮に住み込んでいる女中は、去年のよそゆきを普段着におろしたらしい。山口屋の手代は、今年は花見に出かけましょうと、一月《ひとつき》も先のことを話して行った。

春になった、春になったとせかされているようで、慶次郎は、絹の端布《はしきれ》で真綿をくるんでいる衿巻《えりまき》をとることにした。

佐七も負けてはいない。衿巻どころか紺股引《こんももひき》まで脱ぎ捨てて、洗濯をしたようだった。が、風は、春の浅いことを思い出させるように、衿首にも脛《すね》にもつめたく触れて行く。慶次郎は、苦笑いをしながら衿巻になりそうな布を、行李《こうり》の底から探し出した。時雨岡《しぐれのおか》のよろず屋まで、味噌《みそ》と鼻紙を買いに行ってくれと、佐七に頼まれたのだった。

家の外へ出れば、根岸は、小川と田圃《たんぼ》と野原である。木々も霞《かす》む春の宵や田毎《たごと》の月は言わずもがな、枯野の雪も風流だが、味噌と鼻紙を買いに行く身には、小川や田圃の上を転がってくる風は、つめたくてつらい。慶次郎は、佐七と若さを競い合わずによかったと、あらためて思った。

かじかむ指先に息を吐きかけて辿《たど》り着いたよろず屋だったが、味噌をきらしていた。

よろず屋は老夫婦がいとなんでいる店で、その名の通り、鼻紙から手拭《てぬぐ》い、高箒《たかぼうき》、瀬戸物、燈油《とうゆ》、塩、醤油《しょうゆ》など、暮らしに必要なものはすべて揃《そろ》っている。が、店が小さいために品物の量が少なく、しばしば品切れになってしまうのが難点だった。

「味噌と塩だけは、きらさぬようにしているのですが。あいにく、亭主が風邪をひいて寝込んでしまいまして」

仕入れに出かけられなかったのだという。

「二、三年前でしたら、あのくらいの熱では寝込まなかったのですがねえ。まるでだらしなくなっちまって」

「なに、むりは禁物さ。俺もこの通りだ」

慶次郎は、衿巻の真綿を女房に見せて笑った。

「ちょいと足を伸ばすことにするから、問屋に味噌を持って行くよう言ってやってもいいぜ。どこの問屋だえ」

「有難うございます。が、明日の三日には、味噌も塩も届くことになっております」

「そうか」

下谷《したや》御《お》簞笥町《たんすちょう》まで行かねば、味噌屋はない。このつめたい風の中を歩いて行くより、明日出直してこようかと、慶次郎が不精《ぶしょう》なことを考えた時だった。

返せ——とわめく声が、風に乗って聞えてきた。男の声だった。

真昼間から泥棒ではあるまいと思ったが、耳をすますと、盗人《ぬすっと》だ、つかまえてくれと叫ぶ声も聞えてくる。同時に、腰抜け、ここまでこいなどとからかう声も、風がはこんできた。慶次郎は、釣銭を受け取るより先に、ようすを見に行こうとして女房に背を向けた。

「放っておおきなさいまし」

と、女房は、慶次郎の袖《そで》を摑《つか》んで言う。

「御徒町《おかちまち》の道場へ通ってくる、お武家の息子さん方の悪ふざけですよ」

慶次郎に釣銭を渡した女房は、小走りに店の外へ出て行った。戸を立てるつもりらしかった。

「とんだ災難ですよ、うちは」

慶次郎の怪訝《けげん》な表情に気づいて、女房は吐き捨てるように言う。

「ああやって、仲間どうしで悪ふざけをしているうちはいいんです。が、大勢で鼻紙や手拭いを買いにきましてね、亭主もわたしも年寄りで走れないのをいいことに、団子や蠟燭《ろうそく》などを盗んで行くんです」

「しようのねえ奴等《やつら》だな」

眉《まゆ》をひそめたが、若者が面白半分に盗みをするのはめずらしい話ではない。慶次郎も、定町廻り同心であった頃に、やはり年寄り夫婦のいとなんでいた玩具屋《おもちゃや》から、双六《すごろく》と歌か留多《るた》を盗んだ米問屋と呉服問屋の伜《せがれ》を捕えたことがある。双六など欲しくはなかったが、みんなもやっているからという言訳に、思わず殴りつけてしまったものだった。

「何とかならないかと、町役《ちょうやく》にも相談したのですけれどねえ」

よろず屋の女房は、諦《あきら》め顔だった。

「相手がわるいと言われちまいました。それに、盗まれるものが団子や蠟燭ですし」

慶次郎に言わせれば、そこが問題であった。

よろず屋の商いは、手拭い六十八文、高箒三十八文といった細かいものである。米問屋と呉服問屋の伜がわるさをした玩具屋の商いも、似たようなものだった。手拭いを一本売った利益も、双六を一枚売った利益もたかがしれている。そんなところで盗みを働かれては、たちまち一日の商売が無になってしまうのだ。

だが、若者達は、安価なものならいたずらの罪も軽いと思うらしい。よろず屋のような店ばかりを狙《ねら》う。米のつまった俵や、高価な反物や、銀煙管《ぎんぎせる》、鼈甲《べっこう》の櫛《くし》などは、いたずらの対象にしないのである。

米問屋と呉服問屋の伜を捕えた時、慶次郎は、どうせ盗むなら手前《てめえ》のうちの蔵から反物や米を盗めと怒鳴ったが、伜達は、そんなことをすればほんものの盗人だと青い顔をして言った。米問屋の米を盗むのは泥棒だが、玩具屋の歌留多を盗むのはいたずらだと、思い込んでいるのだった。

「それに憎らしいじゃありませんか、盗んだものを、その辺に捨てて行くんですよ」

と、よろず屋の女房が言っている。

「欲しいから盗むんじゃないんです。面白いから、盗んで行くんですよ。まったく罰当《ばちあた》りなことをしてくれますねえ」

返せとわめく声と、甘酒しんじょとからかう声が大きくなって、よろず屋の女房が心張棒をおろそうとした。慶次郎は、その手をとめて店の外へ出た。

五人の若者が、時折もつれあうようにして霜解けのぬかるみを駆けてくる。そのうちの一人、小柄で華奢《きゃしゃ》な軀《からだ》つきの若者が、四人に風呂敷《ふろしき》包を奪い取られたようだった。包を持っている者を追って行くと、「ご苦労様」と嘲《あざけ》られ、別の若者に包を投げ渡されてしまうのである。四人は大声で笑っていたが、小柄な若者は、口惜《くや》しさに涙を浮かべているようだった。

慶次郎は、道の真中に立った。

「どけ、親爺《おやじ》」

風呂敷包を受け取って、ここまでおいでと囃《はや》していた若者が、低く押し殺した声で言った。四人の中でも大柄な男だった。

慶次郎は、答えるかわりに足払いをかけた。まるで警戒をしていなかったのだろう。大柄な若者は、よろめくことすらなく霜解け道へ仰向けに倒れ、風呂敷包もぬかるみへ投げ出された。

「親爺。やる気か」

あとの三人が、刀の柄《つか》に手をかけた。

刀を抜かせては面倒だった。慶次郎は、足駄を脱ぎ飛ばして地面を蹴《け》った。二人に体当りして、鞘《さや》ごと抜いた刀で残る一人の腕を打ったのである。体当りをされた二人はものの見事に尻餅《しりもち》をつき、あとの一人も、打たれた腕を押えてぬかるみに膝《ひざ》をついた。

「強《つえ》えな、親爺」

足払いをかけられて、仰向けに倒れていた若者が言った。この男は、ぬかるみへ大の字になったまま、慶次郎の動きを見ていたらしい。

「恐れ入ったね」

そう言いながら半身を起こして、あぐらをかいた。

「根岸あたりをほっつき歩いているのだから楽隠居の身の上だろうが、こんなところへ引っ込ませておくなんざ、もったいねえや」

「有難うよ」

「それにしても、あの三人まで、ぬかるみに這《は》いつくばるたあ思わなかったな。機先を制されたとはいえ、道場じゃ満更でもねえ俺達だ。それが、やすやすと楽隠居に叩《たた》きのめされたのじゃあ、笑い話にもなりゃしねえ」

「楽隠居じゃねえさ。これでも寮番をつとめている」

「なお情けねえ」

ぬかるみに膝をついたまま、叩かれた腕をさすっていた背の高い若者が唇を尖《とが》らせた。

「金持の寮の番人に叩きのめされて、泥だらけになったと人に知られたら、みっともなくって明日っから市中を歩けやしねえ」

まったくだと、尻餅をついた二人も言う。慶次郎は笑い出した。

「明日っからじゃねえ、今日だってその恰好《かっこう》じゃ歩けねえぜ。寮へ寄って、湯へ入って行きな」

「遠慮する」

足払いをかけられた若者が立ち上がった。髪と言わず顔と言わず、着物の背にも袴《はかま》にも、したたり落ちるほどの泥がついていた。

「湯の世話までしてもらいたかあねえ。手前《てめえ》の銭《ぜに》で湯屋へ行く」

倒されたあと、起き上がりもせずにぬかるみへ大の字になった男だった。負けず嫌いも人一倍なのだろう。

「帰《けえ》るぜ」

声をかけられて、腕をさすっていた若者も、尻餅をついていた二人も立ち上がった。

見られた姿ではなかったが、大の字になった若者は、左手を懐《ふところ》へ入れた粋《いき》な恰好で慶次郎をふりかえった。

「泥を落としてから、遊びに行くぜ」

笑った顔は、なかなかの男振りだった。


全員が彼について行ったのかと思ったが、風呂敷包をかかえた小柄な若者が残っていた。若者は、慶次郎の視線を待っていたように近づいてきて、深々と頭を下げた。

「秋元右近《うこん》と申します。お蔭《かげ》で大事な硯《すずり》を割らずにすみました。有難うございました」

「硯？」

道場帰りの武家の子弟である。聞き違いかと思ったが、秋元右近となのった若者は、胸を張って答えた。

「書の道を志しています。剣術の稽古《けいこ》をいい加減できりあげて、師匠の家へ行こうと思ったものですから」

「そうか」

右近が剣術を苦手としていることは、身のこなしでわかる。武門の家に生れながら、武術を苦手とする若者のふえてきたことは知っていたが、それをはっきり口にする若者に出会ったのははじめてだった。

「道場通いなど、早くやめてしまいたいのですが。やめれば、墨絵の稽古にも通えるようになりますから」

返事に迷ったが、その思いきりのよさは、むしろ爽快《そうかい》だった。

「が、父が許してくれません」

それはそうだろうと思った。慶次郎は、「顔が泥だらけだ。湯へ入って行くか」と言った。

右近は十六か七、もう少し上であるとしても、二十にはなっていないだろう。

慶次郎にも覚えがあった。十五歳で見習い同心となり、病いを得て隠居した父の跡を継いだが、当時の慶次郎は、十手《じつて》の扱い方を教える八丁堀の道場へ行くのを嫌い、小野派一刀流の看板をかかげている市中の道場へ足しげく通っていたのである。捕縛術ばかりを覚えるのは、自分から行く道を狭めるように思えてならなかったのだ。

一刀流の道場へは、誰にも知られぬように通っていたのだが、噂《うわさ》にならぬわけがない。それを耳にした父は、怒り狂って慶次郎を十手で打ち据えた。それでも、慶次郎は、道場通いをやめなかった。町方同心の家に生れた者は、出世しても町方の与力、辿《たど》りつく先は見えているのだが、一生を町方同心で終えてたまるかと思っていた。

昨日のことのようだが、三十余年が過ぎている。あの頃は、四方八方から道を塞《ふさ》がれ、行きどころがなくなったような気がして、始終、不機嫌な顔をしていたものだった。父も、奉行所の先輩も、相談するに値せぬ俗物に見えて、自分の不運を呪《のろ》っていたのではなかったか。

が、今になって考えてみれば、町方の家から脱《ぬ》け出そうとする気持が、よくつづいたものだと思う。しかも、脱け出せぬとわかって諦めたのではなく、ひとりでにこの仕事こそ自分にあたえられたものと思うようになったのだ。

「いくら頑固な父でも」

と、肩を並べて歩いている右近が言った。

「もうそろそろ、自分の息子は剣術に向いていないとわかってくれてもよいと思うのですが」

「跡取りかえ」

「妹がいるだけです」

「それじゃあ、なかなか諦めきれねえさ」

「百五十俵の御家人ですよ。それも、何十年来の小普請組《こぶしんぐみ》です。父だって、精を出しているのは組頭のご機嫌伺いです」

小普請組とは、三千石以下の旗本、御家人で、役職についていない者をいう。小普請支配の下に入り、かつては江戸城の修理をする時に、中間《ちゅうげん》や若党などの雇人を人足として差し出したというが、今では一年に一度、家禄《かろく》に応じて金を納めることになっていた。

百五十俵取りの暮らしが、楽である筈《はず》はない。が、役職につけば、御役料をもらえる上に、出世の糸口をつかむこともできるかもしれないのである。右近の父親が、小普請支配や支配組頭の機嫌をとって、役職の世話をしてもらおうとするのもむりはない。右近の父だけではなく、小普請入りしている武士のほとんどが、ご機嫌伺いに狂奔しているにちがいなかったが、右近には、それが情けなく見えるのだろう。

「つきたい役職を書いて差し出す書面がありますが、何が面白いのか、支配も組頭も、文字が違っていたとか、書式がよくないとか、つまらぬことに難癖をつけてくる。それでも、にっこり笑って附届の品を持って行くのですよ、みっともない」

その気持はわからぬでもなかった。

「父は、わたしに剣術の稽古に精を出せと言います。剣が上達して何になるというのですか。どうせ、つきたい役職を紙に書いて、おどおどと笑いながら差し出すだけじゃありませんか。それなら書画の道を志して、幕府の役職になど見向きもしない方が、よほどすっきりしています」

「その通りだが、よほどの覚悟がいるぞ」

見習い同心となった頃の慶次郎も、町方の仕事に満足している父がうとましかった。同じ与力、同心でも、町奉行所に所属している者は、一段低く見られている。それでも満足しているのは、大名家からも商家からも、折にふれて附届があり、楽な暮らしができるからかと、父に食ってかかったこともあった。

父に叱《しか》られただけではすまなかった。森口の伜は、お役目をおろそかにしているという噂がひろがったのである。父が筆頭与力に呼び出され、伜が跡を継げぬ場合もあると脅されたのはこの頃のことだった。

町方同心は昔、定廻り、勤廻りなど役目の数も少なくて、人数にもかなりの出入りがあったらしい。それが八代将軍吉宗《よしむね》の時に、南北それぞれ百人ずつと決まり、その後また町方支配の場所がふえて、百二十人ずつになったという。

かたちが整ってくると、〝変わり者〟は嫌われる。それは、幕府の諸役でも同じだろう。無役であっても、書画の道で収入を得るようになれば、武士の風上におけぬ〝変わり者〟だと、白い眼で見られるかもしれない。

右近は、茅葺《かやぶき》の屋根がついている門を見て、「風流なお住まいですね」と羨《うらや》ましそうな声で言った。

「それに、すごい腕をお持ちなのに、こんなところで寮番をしている、えーと何と仰言《おつしや》いましたっけ……」

「森口だよ。森口慶次郎」

「森口さんにも感心してしまう」

慶次郎は、苦笑して門を開けた。味噌《みそ》を買ってこずに泥だらけの若者を連れてきた慶次郎を、佐七が頬をふくらませて迎えるにちがいなかった。

「親爺、いるか」という声が聞えたのは、その翌日のことだった。

「きてやったぜ。面《つら》あ見せな」

ぬかるみへ大の字になった若者の大声にちがいなかった。

薪《まき》を割るつもりで裏庭にいた慶次郎は、陣端折《じんばしょ》りの裾《すそ》をおろして表へまわった。

「親爺、どうした。いつまでも吹きっさらしの中に立たせておくと、門を蹴破《けやぶ》って入って行くぞ」

大の字の若者は、門の前を流れる小川の橋の上にいるらしい。そのうしろには多分、尻餅をついた二人も、腕をさすっていた長身もいるのだろう。

「待て待て、今開けてやる」

簡単な閂《かんぬき》をはずすと、若者達は、先を争うようにして庭へ入ってきた。

道場帰りらしく、稽古胴を吊《つる》した竹刀《しない》をかついでいる。昨日のうちに湯屋へ行き、髪も洗って結い直したらしいが、着物や袴にはまだ泥がこびりついていた。乾くのを待って揉《も》み落としているうちに、面倒くさくなったのかもしれなかった。

「よくここがわかったな」

「当《あた》り前《めえ》さ」

と、大の字の若者は得意そうな顔をした。

「お前《めえ》は昨日、よろず屋から出てきたじゃねえか。あそこで土産をつくらせたついでに、居所を聞いたんだよ」

ほら——と、大の字の若者は、手に下げていた竹の皮包を突き出した。団子のようだった。

「諏訪《すわ》新五郎ってんだ」

「森口慶次郎だ。よろしく頼む」

尻餅《しりもち》の二人も、それぞれ「西条主税《ちから》」「富永英之助」となのったが、腕に痣《あざ》ができている筈の長身は、「村越勇三郎だ」と不機嫌な顔で言い、値踏みをするような目を慶次郎へ向けた。

「土産だよ。受け取ってくんな」

慶次郎は、新五郎を見た。

「土産をつくらせたと言ったな」

「それがどうした」

「金を払ってこなかっただろう」

「大当り」

新五郎は、肩を揺すって笑った。

「あいにく、いこも素寒貧《すかんぴん》でね。金がつくれなかったんだ。団子の代金は、借りにしてもらったよ」

「ばかやろう。年寄りを泣かすんじゃねえ」

殴りつけてやろうかと思った。が、名前を聞いたばかりの若者達だった。慶次郎は胸をさすり、四人を突きのけて歩き出した。借りたと言っているが、客のいない時によろず屋へ入り込み、ふるえる女房に団子を包ませたにきまっていた。

うしろで妙な気配がした。慶次郎は、咄嗟《とっさ》に右側へ飛んだ。その足許《あしもと》を、こぶしほどもある石が、すさまじい勢いで転がって行った。村越勇三郎が蹴ったのだった。

慶次郎と勇三郎の視線が合った。勇三郎は、視線をからませたまま唾《つば》を吐いた。

「むかむかするんだよ、そういう面《つら》あ見ていると」

「あいにくだが、俺にゃこの顔しか持ち合わせがないんでね」

「年寄りを泣かすなだと？　てやんでえ、泣かされてるのは俺達の方だ。三男坊の冷飯《ひやめし》食《ぐ》いが、銭を持っているかよ」

「だったら土産などつくらせるな」

「うるせえや。あんな婆《ばば》あが気儘《きまま》に商売をして、のんきに稼いでいるんだ。それを考えただけでも腹が立ってくらあ」

「俺も稼いでるぜ」

慶次郎は、勇三郎の前に立った。

「よろず屋から団子を取る前に、俺の銭を取ってみな」

「言ったな、親爺《おやじ》」

勇三郎は、竹刀の先から稽古《けいこ》胴を振り捨てた。隣りに立っていた富永英之助から竹刀をもぎ取って、慶次郎に放り投げる。眉《まゆ》を吊り上げて門の外へ出て行くのを、誰もとめようとはしなかった。

「いいのか」

と、慶次郎は新五郎に言った。こんなところで竹刀を振りまわしてもよいのかと尋ねたのだが、新五郎は、口許《くちもと》に薄い笑みを浮かべて答えた。

「お前《めえ》が勝つとはかぎらねえぜ、親爺」

「それもそうだ」

勇三郎は、道の真中に立って慶次郎を待っている。慶次郎は、渡された竹刀を握り直した。ひさしぶりの感触だった。

勘も鈍っているだろうと思ったが、軀《からだ》がひとりでに動いてくれた。慶次郎が小川の橋を渡りきるかきらぬうちに、勇三郎が突いてきたのである。

積もり積もった恨みを晴らすかのような突きだったが、慶次郎は、地面を一回転してはずした。八丁堀の道場でも、一刀流の道場でも教えてくれず、殺人を犯した者や盗人《ぬすっと》を追いかけているうちに身についたはずし方だった。

勢いあまった勇三郎は小川へ落ち、それでも、地面に蹲《うずくま》っている慶次郎に竹刀を投げつけてきた。その形相《ぎょうそう》では、すぐさま道に這《は》い上がってきて、素手《すで》で勝負を挑むにちがいなかった。

慶次郎は、竹刀を捨てて勇三郎を待った。が、二人の間に三人の若者が割って入った。

「弱い者いじめをするなよ、親爺」

と、新五郎が笑いながら言う。

「転がってくる石は避けるし、勇三《ゆうざ》の突きははずすし、お前《め》えさん、ほんとに強《つえ》えや」

いつの間にか、お前《め》えに〝さん〟がついていた。

「頼みがある」

新五郎は真顔になった。

「お前《め》えさんに稽古をつけてもらいてえ」

「よしな」

勇三郎の突きははずしたが、恥ずかしくなるほど息がはずんでいる。

「俺は定町廻り同心だった。悪党を追いかけているうちに身についちまった剣法だよ。お前《め》えさん達の覚えるものじゃねえ」

勇三郎だった。下半身を小川の水で濡《ぬ》らした勇三郎は、つめたい風に震えながら慶次郎を見た。定町廻りだった頃、武士達から「町方風情《ふぜい》が——」と言われた時と、同じ目の色だった。

「町方がどうした」

新五郎が勇三郎をふりかえった。

「確かにお前は二百石の武家の伜《せがれ》、俺は三百石の伜だが、三男と五男じゃねえか」

家は、よほどのことがないかぎり長男が継ぐ。長男が急死して、次男が跡取りとなることもめずらしくはないが、三男、五男ではむずかしいだろう。養子の口が見つからなければ、生涯を妻も娶《めと》れぬ部屋住《へやずみ》として送ることになる。

「俺あ、喧嘩《けんか》だけは誰にも負けたかねえ。親爺さんが定町廻りだろうと押込強盗だろうと、俺は稽古をつけてもらうが、英之助と主税はどうする。お前達《めえ》も、跡取り息子とみりゃ、喧嘩を吹っかけていたじゃねえか」

「この親爺も跡取り息子にちげえねえがな」

と、主税が言った。

「この親爺に稽古をつけてもらや、確かに喧嘩は強くなる。いつかはこの親爺に勝てるようになる」

「町方か」

「きまった」

と、新五郎が言った。

「こういうわけだ。親爺、明日っから稽古に通ってくるぜ」

「勝手にきめるな」

苦笑したが、断る理由は見つからない。

慶次郎は、佐七を呼んで勇三郎に着替えを出してやるように頼み、時雨岡《しぐれのおか》へ足を向けた。団子の代金を払ったついでに味噌を買い、若者達にうまい味噌汁を飲ませてやるつもりだった。

「父に見つかるとうるさいので、あずかってもらえると有難いのですが」

右近が煙草《たばこ》盆を文鎮《ぶんちん》がわりにして巻物をひろげると、七言絶句の漢詩と、それに合わせて描いた墨絵があらわれた。

「見事なものですねえ。こんなにいい絵ははじめて見た、俺にゃよくわからないけど」

と、佐七が謙遜《けんそん》しながら絶讃《ぜっさん》した。

慶次郎は、懸命に言葉を探した。佐七のように絶讃してやりたいのだが、墨絵は稚拙なところが多かった。

が、漢詩の文字は、佐七の言う通り、見事だった。硯《すずり》の入った風呂敷包《ふろしき》を奪われて、泣き出さんばかりの顔で追いかけていた若者が書いたとはとても思えない。のびやかで、堂々としていた。

「いいですよ、絵でぶちこわし――と言っても」

慶次郎が口を開く前に、右近が自分で言って笑った。

「師匠も、なぜここに絵を描いたと呆《あき》れてました」

「俺は、そこまで言わねえよ。今に、絵が書に追いつく」

「同じことですよ。でも、森口さんにそう言われると嬉《うれ》しいな」

右近は立ち上がって自分の作品を眺め、下手だなあと言いながら、それでも満足そうな顔をして腰をおろした。

「漢詩だけならば古道具屋に見せて、俺の知り合いに、これだけの文字を書く奴《やつ》がいると自慢するのだがな」

「ほんとですか」

「旦那《だんな》のおだてにのって、お父上の仰言《おつしや》ることには耳も貸さぬなんてことをなさらぬように、くれぐれもお願いしますよ」

右近に茶をいれてやりながら、佐七が釘《くぎ》をさす。

「大丈夫。師匠のほかにわたしの書を見てくれる人ができるのなら、父の言うことぐらい、いくらでもきいてやるよ」

右近は、茶うけの団子に手を伸ばした。よろず屋の団子だった。

うまい――と、一口頬ばった右近が言う。

「うまかったんですね、この団子」

このあたりでは評判だと佐七が答えたが、慶次郎は黙っていた。右近が次に言う言葉の想像がつくだけに、何と答えてよいのかわからなかった。

「何とも味のない団子だと思っていたのですがねえ」

「そりゃあ、秋元様が風邪でもひきなすっていて、舌が鈍くなっていなすったのさ」

佐七の言葉に、右近はほろ苦い笑みを浮かべた。

「そうではないんだよ。盗んだ団子だったんだ」

「盗んだ？　秋元様が？」

「この間の連中に脅されてね」

いやだったなあ――と、右近は言った。

「でも、仲間に入らないと、時々道場へ行くふりをして、墨絵の師匠の家へ行っていることを父に知らせるというので。――盗んだ団子をかかえて一目散に逃げる時は、日頃の憂《う》さを忘れると新五さんが言っていたが、そんなことはなかったな。憂さを忘れるどころか、盗みの一件が、両親や親戚《しんせき》や師匠に知れたらどうしようと、不安で不安で仕方がなかった。よけいに憂さをかかえ込んだような気がしたっけ」

ひた隠しにしていたことを打ち明けて、気が晴れたのかもしれなかった。右近は残りの団子をたいらげて、うまそうに茶を飲んだ。二本目をすすめると、遠慮なく手を伸ばす。

門のあたりが急に騒々しくなった。新五郎や勇三郎達が、剣術の稽古にきたのだった。毎日気まぐれな時刻にやってくるので、門は開け放してある。近くの住人がたずねてきたと思っていたらしい右近が、声に気づいて腰を浮かせた時には、縁側の向うから新五郎と英之助が顔をのぞかせていた。

「腰抜けじゃねえか」

挨拶《あいさつ》より先に、英之助が言った。

「何の用があってきた。ここは、お前《めえ》なんぞのくるところじゃねえぜ」

「そう言うな。書を見せてもらっていたところだ。俺だって、同役の書に讃《さん》を書いたことがあるんだぜ」

へええ――と右近は感心したが、英之助は頬をひきつらせた。

「親爺。手前《てめえ》、跡取り息子の道楽にまでつきあうつもりか」

「書画に凝って、古道具屋にがらくたをつかまされたこともあったからね。ものを見る目を養うには、ちょうどよい機《おり》だ」

「これは、こいつの道楽だと言ってるんだぜ」

新五郎が、かわいた声で笑った。

「道楽ってのは、しなくてもいいことだ」

「何の、これは道楽どころじゃねえ。絵はまだぱっとしねえが、書は立派なものだ。昔《むかし》馴《な》染《じ》みの古道具屋に、見せてやろうと思っているのさ」

「ものわかりのよい親爺を気取るんじゃねえ」

新五郎を押しのけて、主税がわめいた。

「こんな男が書いたもののどこがいい。この男は、黙っていても家が継げるんだ。道楽で書いたものに、立派もへったくれもあるものか」

「そう言わずに見てみねえな。古道具屋に飛びつかせるのはまだむずかしかろうが、そのうちに買っておきゃよかったと思うようになるかもしれねえぜ」

「親爺に教えておくことがある」

と、英之助が言った。

「こいつが、よろず屋の団子を盗んだのは知っているか」

「知っている」

「こいつから聞いたんだろう」

新五郎が笑った。

「どうせ、わるいのは俺達ってことだ」

「脅されりゃ何でもやるやつは、真面目《まじめ》だと言われるんだ」

英之助がわめいた。

「笑わせらあ。親思いで、学問にすぐれていて、嫌いな剣術の稽古にも精を出していて、女の色香にも惑わされねえときやあがる。団子泥棒をわるいと言うなら、なぜ断らねえ」

「お前達《めえ》に脅されたからじゃねえか」

「盗みなんてえものとは縁のねえような面《つら》をしてやがるから、脅されるのよ。脅されて団子を盗んで、言訳ばかり考えるから、また脅される」

「見つかった時は、間違えて持ってきてしまったと答えることにしようとか、うっかりして代金を払うのを忘れたと言った方がよいとか、聞いていて腹が立つようなことばかり言やあがって。脅されようが脅されまいが、盗みを働いたことにちげえねえんだ。言訳が通ったって盗みを働いたことに変わりはねえと、俺あ、ぶん殴ってやった」

「跡取りなんてえのは、そんなものだ。脅されりゃ盗みでも何でもするくせに、聖人君子の生れかわりのような面《つら》をしていやあがる。そうでなければ、跡継にゃ向かねえと言われるからだ。三河以来の家をつぶす気かと言われるからだ。百五十俵か百俵の家が、それほどのものかってんだ」

「よしねえな、主税」

と、新五郎が言った。

「俺達は百五十俵どころか、七十俵、五十俵の養子の口すらねえんだぜ」

「跡を継がせた者と、継ぐ者の組合せだ。掛軸を見て、つまらない相談でもしていたのだろうよ。——見損なったぜ。町方かと勇三がこばかにしたように言った時、親爺《おやじ》は表情一つ変えなかった。たいしたものだとおもったのだが」

「むかむかする」

勇三郎だった。慶次郎は咄嗟《とつさ》に煙草盆を取り、巻物を引き寄せようとしたが間に合わなかった。縁側へ片足をかけた勇三郎は、巻物の端をつかんで霜どけの庭へ放り投げ、その上に乗って歩きまわった。

「何をする」

悲鳴に近い声を上げて、右近が庭へ飛び降りた。

「わたしの書だぞ。わたしの絵だぞ。はじめて人に見せて、褒めてもらったというのに——。殺してやる」

右近の右手で刃が光った。慶次郎は、腰を浮かせた佐七を突き飛ばして庭へ飛び降りたが、その前に、右近の刀は勇三郎に叩《たた》き落とされていた。

「くそ。ばかやろう——」

右近は、軀《からだ》の芯《しん》からしぼり出したような声でわめき、裸足《はだし》のまま走り出した。門に突き当った音がした。

「何をぼんやりしてる」

慶次郎は、右近を追いながら叫んだ。

「右近を連れ戻してこい。あいつが大川にでも浮かんだら、どうする気だ」

その剣幕に驚いたのか、英之助と主税が草履《ぞうり》を脱ぎ飛ばした。それにつられたように、新五郎と勇三郎も走ってくる。

隣りの垣根を飛び越えたのか、向いの草叢《くさむら》へ飛び込んだのか、右近の姿はもう見えない。二手《ふたて》にわかれて追って行くことにしたが、さすがに若者達の足は早かった。


大川へ向って走っている右近を、新五郎が見つけた。新五郎を突き飛ばすなどしてさからったが、勇三郎が「わるかった」と地面に手をついて、何とか事はおさまった。ところが、それ以来、右近も新五郎達も顔を見せない。よろず屋にもあらわれず、御徒町の道場へもきていなかった。

「何で屋敷を聞いておかなかったんだよ」

と、佐七は、昨夜も慶次郎を責めた。慶次郎は黙って苦笑していたが、道場の仲間から新五郎の屋敷だけは聞き出していた。ただ、新五郎は、まったく屋敷へ帰っていなかったのである。

「ここで剣術の稽古《けいこ》をされては迷惑だと思っていたのだが、こなくなると淋《さみ》しいねえ」

と、佐七が言う。慶次郎も張り合いがなくなったような気がして、ぼんやりとした三日が過ぎた。

右近が顔を出したのは、さらにそれから二日が過ぎた暖かな日であった。

「書き直しましたよ」

と、右近は、てれくさそうに言った。

「お蔭《かげ》様で――と言ってよいのかどうか、前よりもいい絵が描けました」

右近は、持っていた巻物を勢いよくひろげた。先日と同じ漢詩が書かれ、先日とは少しちがう構図の墨絵が描かれていた。

「たいしたものだ」

と、佐七が、慶次郎の言いたいことを先まわりして口にした。

「すごい絵だね、旦那」

書の方がいいと思ったが、慶次郎は黙ってうなずいて、右近を見た。

「ほかの四人はどうしている」

「実は、わたしも屋敷にひきこもっておりました。詫《わ》びてはもらいましたが、口惜《くや》しさが消えたわけではありませんでしたので」

と、右近は言った。

右近は、瘦《や》せた頰に笑みを浮かべた。

「でも、今日、新五さんといい仲の女師匠の家へ行ってきました」

「石にかじりついてでも、書画で身を立てる覚悟をきめました。新五さんは、六つも年上の女の袢纏《はんてん》を着て酔っ払っていましたが、わたしが根岸へ行くと言うと、明日俺も行くと言っていました。みんなを誘うつもりのようです」

そうか——と、慶次郎は笑った。新五郎達は、書を褒めてもらうという右近の楽しみを奪った罰として、自分達も、喧嘩《けんか》に強くなるための稽古を中止していたのかもしれなかった。

巻物をあずからせてくれと言うと、右近は喜んで置いていった。慶次郎は、それを懐《ふところ》にして寮を出た。「帰ってきておくんなさいよ、明日はみんながくるんだから」という、佐七の声が追いかけてきた。

昔馴染みの一人に、翁屋《おきなや》与市郎という、古道具屋をいとなむ男がいる。彼に見せれば、右近の書や墨絵がどの程度のものなのか、わかる筈《はず》であった。

与市郎は、帳場格子《ごうし》の中にいた。熱心に筆を動かしていたので、帳面をつけているのかと思ったが、狂歌の推敲《すいこう》をしていたらしい。のぞき込むと、書きつけた歌の上に幾本もの線を引いて立ち上がった。

「あいかわらず、暇な店だな」

「旦那《だんな》のようなお客しか、おみえになりませんので」

「もっともな話だ」

慶次郎は、懐の巻物を出した。与市郎は、また偽物《にせもの》をつかまされたのかと言いたげな顔をして受け取った。

「どうだえ」

「わるくないですね。旦那のお知り合いにしちゃ上出来だ」

「買ってくれるかえ」

「ご冗談でしょう」

与市郎は、馴《な》れた手つきで巻いて、慶次郎の手へ戻した。

「もっとも、あまり間を置かずに何度も見せていただきたいですけどね」

「そのうちに、書いて下さいと泣きつくようになっても知らねえぞ」

「おや、お帰りで？」

と、与市郎が笑う。

「いそがしいんだよ、これでも」

明日は、新五郎も勇三郎も、英之助も主税もくる。半月ほど握らなかった竹刀《しない》を持って、多少は稽古をしておかなければならない。若い者は上達が早いのだ。

「おっと、忘れるところだった」

慶次郎は、足をとめてふりかえった。

「帳付けを雇う気はねえかえ。剣術の腕も確かなのが四人いるのだが」

「あいにくでございますな」

与市郎は、古道具にかこまれた帳場格子の中へ戻って行きながら答えた。

「手前《てまえ》どもでは、番頭も手代も元気でございます。それに、手代がやめると申しましても、剣ではなく、算盤《そろばん》を仕込まれた若い者を雇います」

「そこを何とか」

「春は浅《あそ》うございますが、旦那の世話好きの虫はもう、這《は》い出してきましたので？」

慶次郎は苦笑して頭をかいた。

「大丈夫でございますよ。おそらく部屋住の方のお世話をなさろうとしたのだと思いますが、きっとそれぞれに行く道を見つけられます。旦那は、それから後押しをして差し上げなさいまし」

与市郎の言う通りだった。慶次郎は、礼を言って店を出た。早春の風は、まだつめたい。

似ている女

風が桜の花びらを、客と向いあっている膝《ひざ》もとにまではこんできた。この寮の庭には植えられてないのだが、楓《かえで》の緑越しに、或《ある》いは孟宗竹《もうそうだけ》の薄緑を透かして、隣家の桜の淡い桃色が見える。

「結構なお庭でございますねえ」と、客は感嘆の声を洩《も》らしたが、用件はまだ切り出そうとしない。

慶次郎の古馴染《ふるなじ》み、翁屋《おきなや》与市郎に、根岸へ行って森口慶次郎という男に会ってみろと言われたそうで、先刻、新大坂町の傘問屋、清水屋の彦三郎であるとなのった。年齢《とし》は二十二、入聟《いりむこ》だという。

慶次郎は湯呑《ゆの》みをとって、ぬるそうな茶を眺めた。そこにも桜の花びらが浮いている。風も、粋《すい》ないたずらをするものだった。

「実は――」

黙っていることが、つらくなったのかもしれない。彦三郎が、ようやく口を開いた。が、そこへ佐七が鉄瓶を持って入ってきた。七輪で湯を沸かしてくれたらしいが、案の定、長火鉢の横へ坐《すわ》り込む。彦三郎は、佐七をちらと見て言葉を飲み込んだ。

慶次郎は、急須《きゅうす》の茶の葉を茶殻入れにあけた。ついでに、まだ手をつけてない彦三郎の茶碗《ちゃわん》をとり、ぬるくなった茶をあけてやる。そこにも桜の花びらが入っていた。

「大分、言いにくいことのようだが」

「はい……いえ、それほど」

彦三郎の白い頰が赤くなった。この容貌《ようぼう》であれば、相談事の内容は見当がつく。女がらみのことと思って間違いない。

佐七が、慶次郎の手から彦三郎の茶碗をもぎ取った。座をはずしてくれとは言わせぬとの、意思表示をしたのだろう。

これでまた、しばらく隣りの桜を眺めていなければならないと慶次郎は思ったが、彦三郎は、あらためて「実は――」と言った。一人に恥を話すのも、二人に話すのも同じことだと度胸を据えたのかもしれなかった。

「手前《てまえ》どもに、はつという女中がおります」

やっぱり――と、佐七がうなずいた。おそらくは「その女に手をつけなすったのだね」とつづけるつもりだったにちがいないが、慶次郎は佐七の脇腹《わきばら》を突ついた。佐七は「何だね」と怪訝《けげん》な顔をし、彦三郎は、苦笑して言葉をつづけた。

「おはつとは、この二月にはじめて会いました。当人の申しますように、おはつが、おきちでないのであれば」

「どういうことだえ」

「きちという女に、おはつがよく似ているのでございます。おきちとは五年前、私が清水屋へ聟入りする前に、その……そういう仲となりました」

彦三郎は、袂《たもと》から手拭《てぬぐ》いを出して額の汗を拭《ふ》き、ことの起こりから話をすると言った。しどろもどろの、わかりにくい話になるのではないかと心配したが、思いのほかに要領がよい。やさしげな容貌に似ず、強い気性の持主なのかもしれなかった。

「実父は、堀江町の釘《くぎ》鉄銅物問屋、日野屋六郎兵衛でございます。六郎兵衛の子供は男ばかり三人、三番目が私でございまして、妙な苦労をいたしました」

現在の日野屋はすでに長兄が継いでいて、次兄も同じ町内で日野屋の暖簾《のれん》を出しているという。こちらは空樽問屋《あきだるどんや》で、てがたい商いをしているそうだ。清水屋との縁談は、この次兄へきたものだった。

空樽問屋の日野屋は、六郎兵衛の叔父に当る人がはじめた店だったが、八年前に二代目とその一粒種があいついで流行《はや》り病いにかかり、あの世へと旅立ってしまった。ともかくにも新しい主人をと、その白羽の矢が彦三郎にたった。が、これには、空樽問屋の後家が難色をしめした。

当時の彦三郎は十四歳、いかにも頼りなさそうに見えたし、幼い頃は軀《からだ》が弱く、母親が手許《てもと》において育てたため、兄達のように奉公に出て、他家のめしを食べるという経験をしていなかった。空樽問屋の養子となったあと、いちいち母親へ相談に行くようでは困るというのである。次男を養子に出すのなら、清水屋ではなく親戚《しんせき》を先にしてくれと強硬に申し入れてきた。

もっともな心配だと、六郎兵衛は言った。自分が後家の立場であれば同じ心配をするだろう、次男は十八歳になっていて多少は商売のこともわかる、清水屋には申訳ないが親戚の店をつぶすわけにはゆかぬからと、まとまりかけていた次男の縁談を断ったのだった。

「空樽問屋の後家の目が、そのまま世間の目だったのでございましょう。二番目の兄には清水屋のほか、聟にくれ、養子にもらえぬかと幾つも話がありましたのに、私へは、十七になっても、そういう話がいっこうにまいりませんでした」

口惜《くや》しかったと彦三郎は言った。軀が弱かったのは、自分のせいではない。母親に可《か》愛《わい》がられていたことは認めるが、格別に甘えていた覚えもない。日野屋の三男は母親がいなければ何もできぬ男ときめつける前に、なぜ自分を使ってみてくれぬと、いつも歯ぎしりをしていたという。

彦三郎が次兄にかわって清水屋の聟となったのは、清水屋の一人娘が彼を見染《みそ》めたからだという。おそらくは、しぶる清水屋夫婦を娘が説得し、日野屋との縁談を、相手をかえてもとに戻したのだろう。

が、彦三郎でなければいやだと言った娘の眼力は、褒めてやらなければならない。この四年の間に、清水屋の売り上げは倍近くにまで伸びたというのである。

兄達に負けたくなかったと、彦三郎は言った。譫言《うわごと》にまで帳面の数字を言うと、一つ年上の女房にいやな顔をされたこともあるそうだが、今は隣りのうちわ問屋の借金を肩代わりして、清水屋の暖簾を一つふやそうと考えているという。聟を当てたと喜ぶ舅《しゅうと》夫婦の顔が、目に見えるようだった。

ところが、二月の出替わりに、はつという女中が入ってきた。その女が、かつて契《ちぎ》りをかわしたおきちと瓜《うり》二つだったのである。母親がいなければ何もできない男と噂《うわさ》されて捨鉢になっていた頃のことだった。

「びっくりいたしました。薄情なことを言うようでございますが、私は、おきちのことなど忘れておりました。いったい、何をしにきたのかと思ったのです」

が、おはつを物陰に呼んで尋ねると、不思議そうな顔をする。おきちという女になど、会ったこともないというのである。

おきちは、思案橋のたもとにあった縄暖簾の女だった。おはつは代田村《だいたむら》の生れで、出替わりまで十軒店《じっけんだな》の人形問屋で働いていたという。雇い入れる時に多少は身許《みもと》を調べるのだが、おはつの言葉に嘘《うそ》はなかった。

「ですが、おはつは、私に高砂町《たかさごちょう》へ行ったことがあるかと尋ねて、意味ありげに笑ったのでございます」

「心当りがあるのかえ」

ございます――と答えて、彦三郎は、また額の汗を拭いた。

「先程おきちは縄暖簾の女だったと申し上げましたが、十六、七の頃の私は、あちこちの縄暖簾に顔を出しておりました」

酒が好きだったのではない。商家の伜《せがれ》が行かぬところへ行って、身内に顔をしかめさせてやりたかったのである。高砂町にもそんな店があり、そこにはお安という女がいた。

「お恥ずかしゅうございますが、高砂町へは幾度も出かけましたから、おきちも、私とお安とのことを耳にしていたかもしれません。でも、それでおきちに恨まれるほどのかかわりは、ないのでございます」

おきちは、気のいい女、世話好きな女だと評判だった。彦三郎も、おきちの屈託なさが気に入って、足しげく通うようになった。が、店は行徳《ぎょうとく》行きの舟をあやつる船頭の溜《たま》り場で、夜が更《ふ》ければ、必ずと言っていいほど喧嘩《けんか》が起きた。一度、彦三郎も喧嘩に巻き込まれそうになったことがあり、以来、足が遠のいた。

おきちの顔すらはっきりと思い出せぬようになっていたのだが、その日は、暖簾分けをしてやるという兄と、元手の多寡《たか》で大喧嘩をして日野屋を飛び出した。財布を持っていず、酒さえ飲ませてくれればどこでもよいと入ったのが、おきちの店だった。

どれくらい飲んだのかは覚えていない。五合は飲んでいないと思うが、空《す》き腹へ流し込むように飲んだのがよくなかったのだろう。気がつくと店の中には誰もいず、おきちが隣りに坐っていた。酔いつぶれていたのである。

苦労知らずの若旦那《わかだんな》かと思っていたら――と、おきちは笑った。雀《すずめ》の涙ほどの金で店が出せるかと、彦三郎はしきりに言っていたらしい。

思いきってお店を出しておしまいなさいなと、おきちは囁《ささや》いた。そりゃ大変じゃないとは言わないけれど、やってみれば何とかなるものですよ、及ばずながらお力添えいたします。

「あとは、申し上げずともおわかりでございましょう」

彦三郎は、茶碗を茶托《ちゃたく》へ返し、顔を俯《うつむ》けたまま言葉をつづけた。

「それっきり――と言いたいのでございますが、一度、おきちがそっと日野屋へきたことがございます。雀の涙ほどの金で店を出す話はどうなったのかと言って」

「おきちを抱いて、よろしく力添えを頼む、商売がうまくいった暁《あかつき》には――なんてえ約束をしなすったのじゃあるめえな」

「いえ。やさしいことを言ってくれるのはお前さん一人だというような、ばかなことは申したようですが」

「相手は、それが約束だと勘違いしているかもしれねえぜ」

「それが、その……日野屋の裏で会った時に、いつ捨てられてもいいのだから、またきてくれなどと言われまして」

彦三郎は、まだ汗を拭《ぬぐ》っている。

「かえって行きにくくなりましたものですから、思案橋へ足を向けることもなくなったのですが。――聟入りする前に、酔いつぶれた私を、はげましてくれた礼を言いに行きました。いくらかの金も渡しましたが、いけなかったでしょうか」

「いけなくはねえさ」

慶次郎は鉄瓶をとって、急須へ湯をそそいだ。

「五年前のことをどうこう言ってもはじまらねえ。俺は、おはつさんって人の身許を調べりゃいいのかえ」

「おひきうけいただけますか」

彦三郎は、意外そうな顔をした。

「翁屋の口添えじゃしょうがねえ。で、おきちさんの素性はわかっているのかえ?」

彦三郎はかぶりを振った。

「尋ねてみたこともありません。それに、先日、思案橋のたもとまで行ってみましたところ、縄暖簾が瀬戸物屋になっておりました。日野屋の手代にそれとなく聞いてみますと、店仕舞いをしたのは三年も前のことだそうで、あんなに繁昌《はんじょう》していたのになぜ閉めたのだろうと、不思議がっておりました」

「おきちさんは行方知れずか――」

「薄気味がわるくってならないのですが、姑《しゅうとめ》も女房も、気のきく女だと言っておはつをそばにおいています。追い出してくれと頼むには、一部始終を話さねばならず、とうていできません」

そういえば――と、慶次郎は思い出した。定町廻り同心だった頃、新大坂町の傘問屋、清水屋又左衛門《またざえもん》は、石にとのこを塗ったような男だという噂を耳にしたことがあった。赤ら顔で、石のように身持ちがかたいというのである。彦三郎が翁屋へ相談に行ったのも、むりのないことかもしれなかった。

無駄足だろうとは思っていた。おきちは、三年前に店を閉めたという。十軒店の人形問屋に住み込む余裕は、充分にある筈《はず》だった。

三十年に及ぶ同心暮らしで、桂庵《けいあん》とか人宿《ひとやど》とか呼ばれている口入屋の主人とは、たいてい顔見知りになっている。おはつを清水屋へ紹介した口入屋は、帳面を繰って、「人形問屋の前に、塗物問屋で働いていますよ」と言った。

「主人に口説《くど》かれたのをはねつけたとかで、塗物問屋は半年で暇を出されましたが、近頃、あれほど評判のいい人はいませんよ」

何のお調べかと首をかしげながら、口入屋は、奥の部屋にいる女を呼んでくれた。次の働き場所が見つからず、食事代などの雑用《ぞうよう》を払いながらこの店に寝泊りしている女で、一月の末に暇をとったおはつは、二月五日の出替わりまで、この女と人宿暮らしをしていたらしい。菓子を食べ食べ、お互いの身の上話をしていたようだというのである。

女は、二十一だと言っているおはつのほんとうの年齢《とし》が二十四であることや、代田村にいる兄夫婦の名前が久作《きゅうさく》とたねであること、兄夫婦の間には五つと四つになる男の子と女の子がいて、去年の藪入《やぶい》りに人形のみやげを持って村へ帰り、大歓迎されたとおはつが喜んでいたことなどを話してくれた。

そのあとで、「あれほど気のいい人もめずらしい」と、女は感心しきっているように言った。人形問屋も、せめてもう一年働いてくれとひきとめたようで、なぜ口添えをしてくれなかったのだと、口入屋へ苦情がきたそうだ。

ほぼ予想していた通りの答えだった。慶次郎は、代田村へ行くつもりで、おはつの特徴を尋ねた。

即座に答えが返ってきた。特徴は、透きとおるような薄桃色の肌だという。丸顔で、さほど特徴のない顔立ちを美人に見せているのは、一にも二にもその肌の色だと、二人が口を揃《そろ》えるのである。

慶次郎は、礼を言って口入屋を出た。そのまま代田村へ向うつもりだったが、また無駄足になるかもしれなかった。

暑かった。慶次郎は、芝へ向っている途中でにじんできた汗を拭った。近頃は季節も気が早くなっているのか、陽射《ひざ》しは初夏を思わせる。

延々とつづく大名屋敷の海鼠塀《なまこべい》に沿って歩き、白金のまばらな町並を抜けて、さらに歩きつづけると、家と家との間から田畑が見えるようになった。やがて家が消え、田畑ばかりがひろがって、しばらくすると、点在する藁葺《わらぶき》屋根が見えはじめた。代田村であった。

れんげの咲いている田圃《たんぼ》にはさまれた道には、まるで人影がない。やむをえず一軒の家へ入って行こうとすると、草笛が聞えて、十四、五の男の子が牛をひいてあらわれた。田圃へ行くのかもしれなかった。

慶次郎は、久作夫婦の家を尋ねた。男の子は、笛にしていた葭《よし》の葉を持った手で、曲がりくねった道の向うに見える藁葺屋根を指さした。やはり、久作とおたねは実在した。

とすれば、久作にはおはつという妹がいて、去年の藪入りには人形をかかえて帰ってきたにちがいない。慶次郎は、子供に「おはつを知っているか」と尋ねてみた。子供はうなずいて、「今はいねえけど」と答えた。

子供と牛が、家を出たところで立ちどまっているのを不審に思ったのだろう。父親らしい四十がらみの男が、槙《まき》の垣根の中から顔を出した。

「おはつねえちゃんのことを、聞きにきなすったんだって」

子供が父親をふりかえって叫ぶ。

「おはつだと？」

子供がよけいなことを喋《しゃべ》ったのではないかと心配になったのかもしれない。父親は、野良着《のらぎ》の袖《そで》で頬についている泥をこすりながら近づいてきた。

「たいしたことは聞いちゃいねえさ」

と、慶次郎は言った。

「一つ、教えてもれえてえんだよ。久作さんの妹のおはつさんは、色が抜けるように白い、可愛《かわい》い顔をした人かえ」

答えは、すぐに返ってこなかった。教えてやってよいことかどうか、子供の父親は、その間に考えたようだった。

「きれいな娘だったですよ」

重苦しい口調の、しわがれた声が言った。

「それほど縹緻《きりょう》がいいとは思わねえが、母親ゆずりで、色だけはほんとうに白かった。なにしろ夏の真っ昼間に畑で働いても、ほっぺたや腕がちょいと赤くなるだけで、翌《あく》る日《ひ》にゃ、もとのように白くなっているだから」

人形問屋から暇をとり、清水屋の女中となったおはつに間違いないようだった。

「すまねえが、もう一つだけ教えてくんな。おはつさんは、いつ頃江戸へ出て行ったのだえ」

父親は、また少し考えてから答えた。

「おはつは十六でしたよ。もう八年前のことになるだねえ。可哀《かわい》そうな子でね、せっかく旅籠《はたご》のおかみさんにおさまったってのに、亭主に死なれて、また働きだしたと言ってました」

久作夫婦にも会ってみたが、おはつの嫁いだ旅籠が千住《せんじゅ》にあったこと以外は、先刻の農夫の話と変わるところがなかった。千住にいる頃のおはつはめったに便りを寄越さず、去年、藪入りで帰ってきた時は、何を尋ねても、心配しないでくれと答えるだけだったという。

慶次郎は、丸顔で目許《めもと》に愛嬌《あいきょう》のある久作の顔からおはつのそれを思い描きながら、江戸へ戻った。

翁屋与市郎が使いを寄越したのは、その翌日であった。

彦三郎夫婦の部屋に、天地紅《てんちべに》の結び文《むすぶみ》が落ちていたというのである。宛名《あてな》も差出人の名もない文であったが、せつない思いを訴えられているのは誰か、子供でもわかる筈であった。

彦三郎の女房おえいは、差出人が高砂町のお安であると思ったらしい。無論、彦三郎は、身に覚えのないことだと言った。だが、天地紅の艶《つや》やかな文が、空を飛んでくるわけがない。彦三郎がお安に会ったのか、お安が使いにことづけたのを受け取ったのでなければ、新大坂町にある清水屋の、それも夫婦の部屋に落ちているわけがなかった。

「おきちとかおはつとかいう女が、部屋へ投げ込んだにきまっているわさ」

と佐七は推測して、得意そうな顔をした。

慶次郎も佐七の推測通りだろうと思うのだが、与市郎は、使いに持たせて寄越した走り書きで、彦三郎を助けてやってくれと言っている。聟《むこ》入りしてから四年もたつのに、彦三郎はまだお安と手がきれていなかったと、清水屋では大騒動になっているようだった。慶次郎に助けを求めているようでは、おはつの一件も舅《しゅうと》夫婦に打明けたにちがいない。

「早く行っておあげなさい」

と、いつもは慶次郎の外出を嫌う佐七までが言う。できることなら自分も慶次郎について行って、揉《も》め事の一部始終を聞きたいのだろう。

慶次郎は、与市郎の使いと一緒に寮を出た。

翁屋のある田所町と新大坂町は、かつて大門《おおもん》通りと呼ばれた道をはさんで向い合っている。慶次郎は「帰りに寄る」と使いの者にことづけて、清水屋へ足を向けた。

店をのぞくと、彦三郎は、帳場格子《ごうし》の中で算盤《そろばん》をはじいていた。手代らしい男がしきりに二階を指さしているが顔を上げようともせず、二階から降りてきたらしい番頭に催促をされて、ようやく算盤をはじく手をとめた。客を待たせているのかもしれなかった。蛇の目を選んでいる母娘《おやこ》連《づ》れもいて、小僧が茶をはこんでくる。店は普段とまるで変わっていなかった。

帳面を持って立ち上がった彦三郎が、店の外にいる慶次郎に気づいたようだった。あわてて土間へ降りてきて、「申訳ございません」と低声《こごえ》で詫《わ》びた。

「ご足労を願うようになってしまいまして。私が根岸へ伺うつもりだったのですが、うちわ問屋の一件が急にまとまることになったものですから」

「気にすることあねえさ。寮番なんざ暇なものだ、お前さんがしっかり商売をしている間に、俺は、おはつさんの顔を拝ませてもらうよ」

「有難うございます。そうしていただけると助かります」

女房や姑のいる方へは行きたくないのだろう。彦三郎は、番頭に短い言葉で指図をして二階へ上がって行った。

慶次郎は、番頭に奥の客間へ案内された。番頭といれかわりに主人の又左衛門が挨拶《あいさつ》にきたが、噂《うわさ》通り赤ら顔の、頑固そうな男だった。浮いた噂の一つや二つはあった方がよいなどと言っているものの、ほんとうに彦三郎がお安との関係を断ち切らずにいたのだとしたら、許さぬにちがいない。

「失礼いたします」

障子の外で声がした。女中が茶をはこんできたようだった。

入っておいでと又左衛門が言い、抜けるように色の白い女が障子を開けた。おはつだった。

「お前さんがおきちさんか」

慶次郎は、何気ない口調で言った。が、おはつは、唇をふるわせて答えた。

「先刻も、若旦那《わかだんな》様からそんなことを言われました。でも、わたしは、はつでございます。代田村に兄がおりますので、お調べになっていただければわかります」

ふいにおはつはうしろを向き、袂《たもと》で顔をおおった。絣《かすり》の着物を着た背がふるえている。泣き出したようだった。

「わたしが天地紅の文をお部屋へ投げ込んだなんて——。わたしは、この二月にこちらへご奉公に上がったのでございますよ。早くこちらに馴染《なじ》まねばと、一所懸命に働かせていただいているところでございます。そんなわるさを考える暇などございません」

口惜《くや》しいという言葉が途中でとぎれ、嗚咽《おえつ》が洩《も》れはじめた。

客の前ではしたないと思ったのか、又左衛門は手を叩《たた》いて人を呼ぼうとした。おはつを連れて行かせるつもりらしかった。慶次郎は、又左衛門にかぶりを振ってみせ、手を叩くのをやめさせた。

それに気づいているのかいないのか、おはつは、泣きじゃくりながら言いつづけた。

「そりゃこちらのしきたりが呑《の》み込めなくって、まごついたこともございます。でも、こちらのおかみさんも若いおかみさんも、それはおやさしくって、叱《しか》られたことはございません。いいところへご奉公できたと、喜んでいるんです。妙なわるさをして、追い出されるような種を蒔《ま》くわけがないじゃありませんか」

おはつは、坐《すわ》りなおして慶次郎を見た。白い頬が涙に濡《ぬ》れて、なお透きとおっていた。

「それとも、わたしがここにいてはいけないのでしょうか」

「どういうことだえ？」

おはつは、ちらと又左衛門へ目をやった。

「おきちさんというお人に似ているからでございます」

慶次郎も又左衛門を見た。又左衛門は、苦虫を嚙《か》みつぶしたような顔をしていた。

おはつは、両手をついて又左衛門を見上げた。

「どうぞ、わたしをここで働かせて下さいまし。ご存じの通り、わたしは亭主を亡《な》くしました。子供もおりません。代田村の兄には、わたしを養うほどのゆとりはございません。ここを追い出されましたなら、また人宿で雑用を払いながら暮らさねばなりません」

「そういう話は、女房にしておくれ」

又左衛門は、唇をへの字にまげて横を向いた。女に泣きつかれるのは苦手なのだろう。

「おかみさんには先程お願いいたしました。でも、今度のようなことは、また……」

言葉を切って、掌《てのひら》を両の頰に当てる。思わず口走ってしまったのを、後悔しているように見えた。

「今度のようなことが、また起こるとでも言うのかね」

又左衛門が尋ねた。おはつは、掌を頰に当てたまま俯《うつむ》いた。

「はい……いえ、わたしの取越苦労かもしれませんが」

「おかしいじゃねえか」

慶次郎が口をはさんだ。

「お前《めえ》が投げ込んだのでなけりゃ、彦三郎さんが落としたにきまっている。若いおかみさんが泣いて怒るのもむりはねえ。となりゃ、これからの彦三郎さんは用心して、もらった文は片端から引き裂いて、川へ投げ込んでしまうかもしれねえんだぜ」

「いえ、あの……」

おはつは言いよどみ、ややしばらくたってから、「申し上げてもよいでしょうか」と又左衛門を見た。

「言いたいことがあるのなら、言っておしまい」

又左衛門にすれば、そう答えるほかはなかったにちがいない。が、おはつは、とんでもないことを言い出した。

「あの文は、若旦那様がわざと落とされたのだと思います。わたしが投げ込んだと……あの、難癖をおつけになるために」

「何だと」

「お許し下さいませ」

おはつは、畳に額をすりつけた。

「ご奉公に上がるとすぐ、わたしは若旦那様に呼ばれて、おきちではないかと尋ねられました。ちがうとお答えしたのでございますが、若旦那様はそれから幾度も同じことをお尋ねになり、しまいには、おきちでなくともよいからと……。それから先のことは申し上げられません」

「呆《あき》れはてた奴《やつ》だ」

ただでさえ赤い又左衛門の顔が、怒りでさらに赤くなった。

「お許し下さいませ」

おびえたように、おはつはあとじさった。

「わたしは、きっぱりとお断り申しました。ですから、あの、若旦那様と、やましいことはいたしておりません」

「わかっている。お前はそういう女だ」

失礼いたしますと言う声が、障子の向うから聞えた。手代が又左衛門を呼びにきたのだった。

「うちわ問屋の一件で……」

若旦那が——という言葉が聞えたとたん、又左衛門が顔色を変えて立ち上がった。

「こちらへくるよう、彦三郎に言いなさい。うちわ問屋のことは、もう番頭にまかせておけばいい」

慶次郎は、黙ってぬるい茶を飲んだ。茶碗《ちゃわん》を持つ手で顔を隠しながらおはつを見たが、おはつは涙を拭《ぬぐ》っているだけで、自分の言葉に又左衛門が激昂《げっこう》したことを、驚いてもいないようだった。

清水屋を出た慶次郎は、約束を破って翁屋へ寄らず、浅草の天王町へ向った。天王町には、岡っ引の辰吉がいる。面倒をかけたくなかったが、この調べは下っ引の手を借りる方が早そうだった。

「ごめんよ。いるかえ」

慶次郎は格子戸を少しばかり開けて、辰吉の家の中をのぞいた。男一人の所帯だが、案外に片付いていて、近頃住みづくようになった野良《のら》猫が、勝手に戸を開けた無礼を咎《とが》めるように鳴いた。

「いやすよ。どうぞ上がっておくんなさい」

飼主の方は、茶の間から顔をのぞかせて、慶次郎の無礼がむしろ嬉《うれ》しそうに笑う。つづいてあわただしい物音が聞えたのは、眺めていた絵草紙でも片付けたのだろう。

「すまねえが、ちょいと手伝ってもれえてえことがあってね」

「いやだな、他人行儀になっちまって」

辰吉は、長火鉢の火を掘り起こしながらそう言った。

「ちょいと手伝ってくんな、それですむことじゃありやせんか」

「昔は昔だ。今はちがう」

「出入口で手伝ってくれと怒鳴ってくれなすった方が、俺も面倒くさくなくって助かる」

「何を言ってやんでえ」

辰吉は、笑いながら台所へ立って行った。盆に急須《きゅうす》と湯呑みをのせて戻ってきたが、湯呑みの一つは、以前、慶次郎用に買っておいてくれたものだった。

「頼みってのは」

辰吉が、湯呑みに茶を入れていた。

「千住の旅籠《はたご》に、おはつってえ女がいたかどうか、調べてもれえてえんだよ。多分、飯《めし》盛《もり》だったと思うんだが」

「いつ頃のことで？」

両手で持った湯呑みが暖かかった。

「今から七、八年前のことだ。色が抜けるように白くって、五、六年前に身請けをされた女と言えば、わかるかもしれねえ」

「承知しやした。早速、そっちの方に顔のきく下っ引を走らせやす」

「もう一杯、茶をご馳走《ちそう》してくんな」

「一杯と言いなさらず、何杯でも。茶の葉は買ったばかりですから」

こぼれそうなほどついでくれたのを、慶次郎は大事そうに口許《くちもと》へはこんだ。妙にうまい茶であった。

それから三日目の早朝に、辰吉が根岸へきた。下っ引が昨日の夜遅く、帰ってきたのだという。

「いましたよ、千住大橋の北の上宿《かみしゅく》に、おはつさんってえ色の白い女が」

そう言いながら慶次郎の居間へ上がってきた辰吉は、ものめずらしそうにあたりを見廻した。昨夜の風で、隣りの桜はあらかた散って、この寮の庭を花びらで埋めている。

「いいところですね。俺も十手《じって》をお返《けえ》しして、根岸の寮番になろうかな」

「まだ早えぜ。あと十年は働いてくんな」

「冗談じゃねえ」

苦笑いをして、辰吉は、懐《ふところ》から半紙を二つ折りにした書付を出した。下っ引が書いたものらしく、『むさしや』と『とくぞう』という下手な文字がならんでいる。武蔵屋はおはつのいた旅籠、徳蔵は、おはつを請け出した男の名前だと辰吉は言った。

「徳蔵は、下谷《したや》の建具職人だそうで。よく千住へ仕事にきていたが、おはつを一目見て気に入って、強引に請け出したといいます。四十を過ぎたやもめだったというから、多少の金は持っていたんでしょう。それに、武蔵屋も徳蔵に雨戸を直してもらったりしているので、高く吹っかけることができなかったようで」

「よく調べてくれたなあ。上宿にゃ百四、五十の旅籠屋があるというのに」

「なあに、飯盛を置いているのは百軒足らずですから」

「お蔭《かげ》で、聟《むこ》が一人、追い出されずにすみそうだよ」

徳蔵に身請けされたおはつは、飯盛をしていたことを知られるのがいやさに、おきちと名をあらためたのだろう。が、一年もたたぬうちに亭主に先立たれる。

その後は、薄々事情を知っている親戚《しんせき》にいやみを言われるなど、つらいことがあったにちがいない。おそらくは辛抱ができなくなって住まいを日本橋に移し、徳蔵の残してくれた金やら家財道具を売り払ってつくった金やらを掻《か》き集めて、小網町《こあみちよう》の思案橋際《ぎわ》に縄暖簾《なわのれん》の店を借りた。そこへ彦三郎が幾度か酒を飲みに行ったのだ。

「どうしやすえ。おはつをしょっ引《び》くなら、晃之助旦那を呼んできやすが」

「しょっ引くようなことをしちゃいねえんだよ、おはつは」

が、この三日間、又左衛門は、彦三郎を無視しつづけている筈《はず》だった。ものがたい親に育てられたおえいは、彦三郎を穢《きたな》らしいと言って泣き、番頭はうちわ問屋の一件を、彦三郎に相談もせずまとめてしまったかもしれなかった。

与市郎からの使いがこないところをみると、彦三郎は、歯を食いしばって清水屋を出て行きたくなる気持を抑えているのだろう。憔悴《しょうすい》しきった顔が、目に見えるようだった。

「頼みついでだ」

と、慶次郎は言って立ち上がった。

「新大坂町まで一緒に行って、おはつを呼び出してくんな」

「おやすいご用ですが、旦那《だんな》は？」

「蕎麦屋《そばや》かどこかで待っているよ。彦三郎の濡《ぬ》れ衣《ぎぬ》さえ晴れりゃいいのだから、清水屋へ乗り込んで、おはつを詰《なじ》ることもあるめえ」

「わかりやした」

「いよいよ大詰だね」と、芝居を見ているような気になっている佐七に見送られて、慶次郎と辰吉は根岸をあとにした。

町は賑《にぎ》やかになりはじめていて、屋台を引いて帰ってくる夜鷹《よたか》蕎麦といれかわりに、横丁の蕎麦屋が戸を開けている。

辰吉は、新大坂町の横丁にあった蕎麦屋へ裏口から入って行き、どう交渉したのか、二階の部屋を借りてくれた。「ご遠慮なく」と、亭主も愛想《あいそ》よく言ってくれたが、住まいとして使っているらしく、茶殻のついた湯呑みが長火鉢の猫板にのっていたりして、あまり居心地はよくなかった。

まもなく、「二階ですよ」という蕎麦屋の亭主の声がして、階段をのぼってくる足音が聞えた。十手持ちは途中で退散すると言っていた通り、辰吉は浅草へ帰ったのか、足音は一つだった。

「はつでございます」

「待っていたよ。こっちへ入ってくんな」

おはつは、階段を上がった板の間に手をついて、ていねいに頭を下げてから部屋へ入ってきた。

「旦那は、八丁堀のお方だったのでございますね」

「昔のことさ」

が、おはつは、つぶやくように言った。

「まさか、清水屋さんが町方の旦那をお呼びするとは思いませんでした」

「代田村のおはつで通せると思っていたのかえ」

「はい。若旦那が知り合いを代田村へやっても、兄は、わたしが千住の旅籠の女将《おかみ》だったと言う筈ですから。おきちとはつながらぬと、たかをくくっておりました」

「代田村のお百姓は、お前《めえ》を褒めていたぜ。どこへ行っても評判がいいのに、何であんな真似《まね》をしたのか、そのわけがわからねえ」

「だって、あんまりじゃありませんか」

涙がにじんできたのかもしれなかった。しばたたいた目から雫《しずく》がこぼれ落ちて、おはつは、襦袢《じゅばん》の袖《そで》で目頭を押えた。

「あの夜、若旦那は、わたしの店へきておくんなすったのですよ。ええ、兄《あに》さんと大喧《おおげん》嘩《か》をしなすったあの夜です。若旦那にはお安さんという人がいたのに、わたしの店へきておくんなすったんですよ」

彦三郎は、店内で起こる喧嘩を理由に姿を見せなくなった。しばしば顔を見せていた時も、おきちを出合茶屋へ誘うどころか、手を握ってくれたこともなかった。

それでも、おきちの店へ入ってくる時の彦三郎は、まずおきちの姿を探し、視線が合うと、安心したように腰をおろして、一合の酒を飲んでゆくのである。

「わたしに会いにきているのだと、すぐにわかりましたよ。育ちのいい若旦那にゃ、手を握って口説《くど》くような真似はできやしない。わたしと目を合わせるのが精いっぱいなんだと、心底可愛《かわい》くなりました」

おきち――おはつが家主の家へ通うようになったのはその頃だった。

家主の女房は娘時代に武家奉公をしたのが自慢で、今の着物の着方は遊女そのものだとか、言葉遣いがなっていないとか、口を開けば不満を洩《も》らしていた。野良仕事と客に媚《こび》を売ることしか知らず、盆暮の挨拶《あいさつ》に行くたびに、もう少し何とかならぬのかと立居振舞いを叱《しか》られていたおはつは、彦三郎にふさわしい女と言われるように、躾《しつ》けてもらおうと思ったのである。

彦三郎の足は、その頃から遠のいた。喧嘩に巻き込まれるのがいやなのだと言っていた。

可愛い――と、おはつは思った。

「だってそうじゃありませんか。喧嘩がこわいから当分こないと、わざわざ断りにくる人がどこにいます？　律儀《りちぎ》な人なんだって、あらためて思いましたよ」

だから、家主の女房の口うるささも辛抱して、礼儀作法を習いつづけていた。

「そうしたら、あの夜ですよ。若旦那——いえ彦さんは、酔ってわたしの手をとって、もうお終《しま》いだって言ったんです」

「とんだ思い違いだよ」

「いいえ」

おはつは、うっとりと虚空《くう》を見つめている。

「彦さんは、わたしが好きだったんですよ。わたしが好きだったのに、お金に目がくらんで清水屋へ養子にいったんです」

「目を醒《さ》ませ」

慶次郎は、おはつの頰を思いきり叩《たた》いた。おはつは頰を押えて俯《うつむ》いた。

「頼むよ」

慶次郎は、おはつを抱き起こしながら言った。

「目を醒ましてくんな」

おはつは黙っていた。が、しばらくたってから、かわいた声が聞えてきた。おはつが笑っているのだった。

「とうに目は醒めてますよ」

慶次郎が口をつむぐ番だった。

「わたしのような女なんざ、彦さんの眼中にない。「そんなこたあ、店の喧嘩を理由に彦さんがこなくなった時から気づいてましたよ」

「だったら――と言う慶次郎の声と、だけどね――と言うおはつの声が重なった。

「旅籠の女中だと騙《だま》されて飯盛奉公をさせられ、請け出してくれた亭主は一年足らずであの世行き、小姑《こじゅうと》にさんざんいじめられたあげく、一目惚《ぼ》れした男が見向きもしてくれないってんじゃ、ちっとばかり淋《さみ》し過ぎやしませんか」

おはつは、抱きかかえていた慶次郎の手を振り払った。

「わたしゃね、いいことをすりゃいいことがあるとおっ母《か》さんに言われて、その通りに生きてきました。けどね、これは、おっ母さんが一生に一度ついた嘘《うそ》だった。他人のおあしを借りたっきり返さない人の方が、運が向いてきたりするんです」

だからね、旦那――と、おはつは軀《からだ》をのけぞらせて笑った。

「わたしも考えたんですよ。清水屋の旦那は、あの通りの石部金吉《いしべきんきち》だ。彦さんが天地紅の文なんぞをうちへ持ち帰ったとなりゃ、黙っちゃいない。彦さんは、いつか追い出されるにきまっています」

「ばかやろう。そんなことをして何になる」

「追い出されたら、わたしが追いかけて行けるじゃありませんか。追いかけて行って、今度こそほんとうにお終いだって言うにちがいない彦さんの手をとって、一緒に泣いてやるんですよ。わたしのことなんざ眼中にないと言ったって、それは彦さんが若旦那の時のこと、追い出されて行きどころのない彦さんは、今度こそわたしの胸のうちに気づいてくれる。そうしたら、ずっと夢に見ていたように、彦さんと暮らせるんだ」

「残念だが、そうはならねえ」

慶次郎は、横を向いて言った。

「おっ母さんの言っていたことは、ほんとうだよ。わるいことをすりゃ、わるいことがある。天地紅の文を落として彦三郎を困らせたのだ、お前《めえ》、脅しの罪で牢《ろう》へぶち込まれるぜ」

おはつの顔色が変わった。

「どうするえ」

答えはなかった。

「代田村へ帰《けえ》りな」と慶次郎は言った。

「俺あ、もと定町廻りだ。お前《めえ》がもう彦三郎につきまとわねえと言うなら、今度の一件は見逃してやる」

それでも答えはなかった。

「よけいなお世話だが、彦三郎はお前に惚れちゃいねえ。そんな男を追いかけるより、お前に惚れてくれる男を探しねえな。代田村でのお前の評判は、すてきによかったぜ」

おはつの背は、かすかにふるえている。が、天地紅の文を落としたくらいで罪に問われることはない。脅しの罪は、慶次郎の方にあるようだった。

饅《まん》頭《じゅう》の皮

晃之助から、妻の皐月がみごもったという知らせがあった。めでたいとは思ったが、晃之助は、慶次郎の死んだ娘、三千代の恋い焦《こ》がれた男であった。たとえ仏壇の中からでも、晃之助夫婦が仲むつまじく暮らしているのを見るのはつらかろうと、位牌《いはい》をかかえて八丁堀の組屋敷を出たほどなのである。

が、皐月は、気だてのよい女だった。盆や彼岸は無論のこと、毎月の命日にも、三千代の墓参に出かけてくれる。祝いに行って、でかしたと言ってやりたかった。森口慶次郎は、三千代の位牌に「お前も喜んでやれよ」と頼んでから根岸の住まいを出た。

皐月は、頬がこけて、ちょっときつい顔になっていたが、嬉《うれ》しそうに舅《しゅうと》を迎え、生れてくるのは男の子のような気がすると言った。つわりもなく、体調はすこぶるよいらしい。

一人前の定町廻り同心になった晃之助も、奉行所から急いで戻ってきて、泊ってゆけと言ったが、慶次郎は、「この次に」と断って屋敷を出た。

孫の誕生は楽しみだし、甘い祖父になるだろうとも思うのだが、祝い酒の酔いがまわるにつれて、孫を生むのが三千代だったらと、言ってはならぬ愚痴を言いそうになる。

途中まで送るというのにもかぶりを振って、慶次郎は、ゆっくりと歩き出した。

一昨日が袷《あわせ》から単衣《ひとえ》にかわる衣替えで、気候がそれに合わせたように暑くなった。七つの鐘が鳴り、夕暮れとなってゆく八丁堀を通り過ぎて行く風が、酔った頬にこころよかった。

お前も飲むかえ。――

三千代の顔が脳裡《のうり》をよぎって、慶次郎は、虚空《くう》へ向って尋ねた。

三千代は、晩酌をしている慶次郎から、盃《さかずき》に一杯か二杯の酒を横取りする時があった。それだけで耳朶《みみたぶ》まで赤く染め、「晃之助様と指きりをしてしまった」とか「お役目だからと、半刻《はんとき》も待たされた」などと、のろけたり、頬をふくらませたりするのである。晃之助に子供が生れるとわかれば、横取りする酒を、もう一杯ふやしたくなるかもしれなかった。

「よしよし」

慶次郎は、日本橋の青物町へ足を向けた。青物町には、娘が好んで食べた卵の厚焼を売る店があった筈《はず》だった。

が、定町廻り時代に叩《たた》き込んだ町の記憶と、娘の好物を売っている店を覚えているのとは別物であるらしい。そこと思っていた所には紅白粉所《べにおしろいどころ》の看板がかかっていて、その両隣りは糸物問屋と呉服問屋、万町《よろずちょう》となる向い側にも、油問屋やら蠟燭《ろうそく》問屋やらの看板をかけた店がならんでいた。

「はて――」

慶次郎は、家路を急ぐ人のふえはじめた通りを見廻した。

あれほど繁昌《はんじょう》していた店が、暖簾《のれん》をおろしたとも思えない。尋ねるのが一番の早道と、慶次郎は、通りかかった女を呼びとめた。

一瞬、背筋に悪寒《おかん》が走った。声をかけた女の顔色は、尋常ではなかった。

もともと色白で、血の気の薄い頬をしているのだろうが、蒼白《そうはく》を通りこして土気色になっているし、二重瞼《まぶた》の大きな目はまばたきもせず虚空《こくう》を見据えていた。昔、慶次郎のよく知っている男が匕首《あいくち》を懐《ふところ》にして、恋女房を殺した無頼漢を追って行った時と同じ顔だった。

卵焼の店を探す気は失《う》せた。慶次郎は、返事もせずに通り過ぎた女のあとを追った。生きていれば、娘は二十三になる。娘と同じ年頃の女が、もし人を恨み、その命を奪いたいとまで思いつめているのだとすれば、娘の晃之助への思いを知っているだけに哀れだった。

女は、刃物屋の前で足をとめた。

しばらく看板を見つめていたが、血がにじむのではないかと思うほど唇を強く嚙《か》んで、店の中へ入って行った。

素知らぬふりで女のあとについて行くと、女は、手代に幾本かの出刃庖丁《ぼうちょう》をはこばせている。手代も薄気味わるそうな顔をしていたが、女の言うがままにそのうちの一本を木箱に詰めた。

慶次郎は、一足先に店を出た。

通りにあらわれた女は、出刃の入った木箱を胸にかかえ、人や荷車の往来も目に入らぬようすで歩き出した。

「痛《いた》――」

慶次郎は、女のすぐうしろで胸を押えて蹲《うずくま》った。

「くそ。こんなところで持病が……」

道行く人と一緒に、女もふりかえった。

大丈夫だ、見込がある。

慶次郎は、集まってきた人達をかきわけて、持っていた手拭《てぬぐ》いをふりまわした。

「もし、そこの女の人。落とし物だ。落とし物を拾って追いかけてきたのだが、あ痛――このありさまだ。頼む、わしを八丁堀の医者へ連れて行ってくれ」

女の顔に、戸惑ったような色が浮かんだ。落としてもいぬ手拭いを拾ったと言われ、警戒はしているらしいのだが、痛い、痛いと叫ぶ老人を見過ごすこともできぬのだろう。

慶次郎におそるおそる近づいてくる。大きな目は気遣わしげに見開かれていて、それが本来の女の表情にちがいなかった。

通りがかりの者だと言ったのだが、先刻の男の知り合いらしい医者は、もう少し待ってくれと言った。おゆみは、病人が治療を待つらしい部屋の隅に坐《すわ》って、何ということもなく衿《えり》をかきあわせた。

男が連れて行ってくれと頼んだ庄野玄庵《しょうのげんあん》という医者は、定町廻り同心が住んでいる屋敷の敷地を借りて、開業している。腕はわるくないとみえ、町の人達も遠くから治療に通ってくるようだった。

が、男を連れてきた時にこの部屋にいたのは、隠密《おんみつ》廻り同心だという。初対面の同心がおゆみの胸のうちを知っているわけがないのだが、その視線がどうにも心地わるかった。

しきりに胸が痛いと訴えていた男は薬がきいて眠ったのか、あわただしく医者や弟子が動きまわっていた隣りの部屋からも、今は声すら聞えてこない。行燈《あんどん》の明りが必要になるほど日が暮れてきて、薄暗い部屋に出刃庖丁を引き寄せて坐っていると、おゆみは気が変になりそうだった。早く中次郎の息の根をとめて、自分の命も絶ってしまいたかった。

立ち上がって、隣りの部屋をのぞいたが、男の眠っているらしい寝床ばかりが見えて、玄庵の姿はない。おゆみは、また部屋の隅に戻って爪《つめ》を嚙んだ。

神様も仏様も、いじわるなことをなさると思った。おゆみは、去年の九月、中次郎を避けて、日本橋小舟町《こぶなちょう》から神田連雀町《れんじゃくちょう》へ越してきた。それが一月《ひとつき》前の三月、また中次郎に出会ってしまったのだ。

あれは、須田町《すだちょう》へ茶の葉を買いに行こうとした時だった。着古したように見せかけた結城紬《ゆうきつむぎ》の男が裏通りへ入ってきて、あたりのようすを面白そうに見廻した。それが中次郎だった。おゆみはあわてて横丁へ駆け込んだのだが、その姿がかえって中次郎の目をひいてしまったらしい。

しかも、いつもは人通りの少ない横丁へ、表通りから派手な傘をさした飴《あめ》売りが入ってきて、そのあとについてきた子供達の一人が、心配そうに足をとめた。おゆみのもとへ長唄《ながうた》の稽古《けいこ》にきている女の子で、おゆみが悪い男に追いかけられていると思ったようだった。

立ちどまらぬわけにはゆかなかった。二人が顔見知りの間柄であるとわかって、女の子は安心して飴売りのあとについて行ったが、中次郎は、その間におゆみの袂《たもと》をつかんでいた。

「どうしたんだよ。やっと会えたっていうのに」

あいかわらずの声だった。調子が低いくせにやわらかで、甘たるくて、誰もが、聞いているうちに軀《からだ》の芯《しん》がゆるんでくると言う。早く別れた方がいいと思いながら、おゆみが六年間もぐずぐずしていたのは、その声のせいかもしれなかった。

「ずいぶん探したんだよ。黙って引越しちまうんだもの」

自惚《うぬぼ》れの方も、あいかわらずだった。おゆみが彼を嫌って小舟町から出て行ったとは考えず、泣く泣く身を引いたと思っているのである。それが、まったくの見当はずれでないのが情けなかった。

「まったくもう。このいそがしい最中に、わたしが暇を見つけちゃあ探しまわったんだからね」

おゆみが引越してから十日後か一月後か知らないが、かつての家をたずねてきたことはきたのだろう。が、きたとしても、戸口に貼《は》られている『貸家』の札を見て、驚いたり怒ったりするような男ではない。うっすらと笑っただけで帰って行ったにちがいなかった。

「どこに住んでいるんだよ。さんざん人に心配をさせて」

あの時、なぜ、中次郎の手を振りきって逃げ出さなかったのだろう。おゆみは中次郎に背を向けて、美男でもなければ精悍《せいかん》な顔つきをしているわけでもなく、ただ切長な目に不思議な色気のある顔を、思い出すまいとしながら思い浮かべていたのである。

「わかったぞ」

やわらかな声がはしゃいで、中次郎は、おゆみの前に立った。

「その裏通りに、稽古所の看板があった。あのうちだろう」

当っていたが、おゆみは黙っていた。その時にはまだ、連雀町での暮らしを失うまいと努めるだけの気力が残っていた。

稽古所に通ってくる子供や娘達を連れて花見に行き、或《ある》いは男達と芝居を見に行って、小女もまだ雇っていない家へ戻ってきた時、心細さに涙をにじませたことがないとは言わない。言わないが、来ると言っておきながらこない男を恨んで、軀の捻《ね》じれるような苛立《いらだ》たしさや、胃の腑《ふ》の焼けつくような妬《ねた》みに悩まされるより、どれほどましであることか。

昼前から稽古にくる子供や娘達は、おゆみになついて、幼いなりに抱いている秘密を打明けるようになっていたし、戸を閉める頃になって「すみませぇん」と駆け込んでくる男達は、おゆみが風邪で寝込んだりすると、女房や妹を見舞いに寄越してくれた。いそがしいが、穏やかな暮らしだった。なのにあの男は、あのやわらかな声で言ったのだ。

「あれが今度のうちだとすれば、やっぱり二人は縁があるんだよ」

ここで逃げてもよかったと、今になれば思う。が、おゆみの足は、金縛りにあったように動かなかった。

「この連雀町のお隣り、須田町にも店を出すことになってね」

え？——と、思わずおゆみは顔を上げた。その時に、連雀町での穏やかな暮らしは終りになった。

中次郎は、顔を上げたおゆみに視線をからみつけて微笑した。

「ほら、二丁目に塗物問屋があっただろう。あの店が日本橋本町へ移って行ったあとを、うちが借りることになってね」

中次郎が生れた三根屋《みつねや》は、四代前からの紙問屋だったが、当主である中次郎の父は、墨や筆にまで手をひろげることにきめたのだという。

「といっても、親父《おやじ》は堀江町の店を離れられないからね、こちらの店は、わたしがあずかることになる」

疲れたよ——と、中次郎は笑った。

「番頭達が、新しい店を出すのに反対でね。親父より、わたしが苦労した」

そんな時に、おゆみを探しまわっている暇が、中次郎にある筈もない。が、おゆみは、

「一休みさせてくれ」と肩へ手をかけられると、ぜんまいじかけの人形のように歩き出した。

須田町の店はまだ修理中で、そのようすを見にきたのだという中次郎が、泊まってゆ

くと言いだすのにさほど時間はかからなかった。

また、玄庵を呼ぶ女の声が聞えた。奥の部屋で茶を飲んでいた慶次郎は、立ち上がった玄庵にかぶりを振って見せた。

「そろそろ帰してやらねば、家の者が心配するぞ」

玄庵が低声《こごえ》で言った。

「心配させておけ」

慶次郎は、低い声だが強い調子で答えた。

「あのようすでは、自分の家にゃ帰らねえ。男か、男を横取りした女か、恨んでいる者の家へ行って、そいつの姿を見たとたんに逆上するってえやつさ。まだまだ、ひきとめておいた方がいい」

「だが何と言って……」

「病いは気から。病人に嘘《うそ》八百を並べたてて元気づけるのは、医者の勤めじゃねえか。逆上しかかっている娘も病人だ。癒《なお》してやれ」

「参ったな」

玄庵は、額を叩きながら部屋を出て行った。

胸を押えて転げまわっていた男はもと定町廻り同心で、役目を聟《むこ》にゆずり、根岸で寮番をしているのだという。助けてもらった礼を言いたいから、必ず待っていてもらってくれと頼んで眠ったのだそうだ。

帰りは駕籠《かご》を呼び、彼の聟に送らせるし、家の者が心配するなら使いも出すと玄庵は言ったが、おゆみは、それより早く帰してくれと言った。定町廻り同心などに送られては、中次郎が泊まっている筈の女の家へ行くことができなかった。

「弱ったね」

と、玄庵は額を叩いた。

おゆみは苛々《いらいら》と爪を嚙み、玄庵が見ているのも忘れて、嚙み切った爪を飲み込んだ。あんなお饅頭《まんじゆう》を喜んで食べるなんて——と、中次郎が女と嗤《わら》っていると思うと、胃の腑どころか、軀中が焼けただれそうだった。

一昨日の夜、中次郎は、約束の時刻より半刻《はんとき》以上も遅れておゆみの家をたずねてきた。待ちくたびれて床に入ろうとしていたおゆみは、周囲を憚《はばか》るような戸の叩き方にはじかれたように立ち上がり、行燈を下げて台所へ走った。

心張棒をはずすのももどかしく戸を開けると、中次郎は羽目板の陰に隠れていて、

『まつしま』と書かれた紙包だけを突き出した。

「饅頭屋でござい」

約束の時刻に遅れてきたことは、その一言できれいに忘れて、おゆみは中次郎の腕にすがりついた。鍋町《なべちょう》にまつしまという菓子屋があり、そこの饅頭が評判で、甘いものの好きなおゆみが、みやげに買ってきてくれとねだっていたのだった。

が、中次郎は、「あいにくだが人を待たせている」と言った。筆屋の寄り合いがあり、商売の話が終ったところで抜け出してきたのだが、皆まだ飲みつづけているというのである。

幾度もそんな科白《せりふ》に騙《だま》されているのに、おゆみは、中次郎と指をからませて横丁の角まで送って行った。「明日きてくれる？　その次の晩も泊ってくれる？」と、他人が聞いたら眉《まゆ》をひそめそうな言葉を軀をくねらせて繰返し、中次郎の袖《そで》を放して家へ戻ってきたのは、どれくらいの時が過ぎてからだったろう。

家に戻ったおゆみは、上がり口に腰をおろした。

気がつけば中次郎は、昼からの稽古を断って念入りに掃除した部屋には上がらず、髪結いに結わせた髪も、買ったばかりの紅を塗った唇も、ろくに見もせずに帰って行った。が、上がり口には饅頭の包があった。掃除をした部屋に上がらなくとも、新しい紅を塗った唇を見なくとも、好物を買ってきてくれた気持があればいいではないかと思った。

おゆみは、早速その場で開けてみたが、一つをつまみ上げて首をかしげた。饅頭の皮がかたくなっていたのである。

忘れぬようにと、昼間のうちに買っておいたのかと思ったが、二つに割った饅頭の皮は、中までかたく乾いていた。

いつ、買ったのさ。――

竈《かまど》でくすぶっているような煙が、胸のうちに広がった。それでもまだ、おゆみは、甘いものを食べぬ中次郎が、二、三日前に買った饅頭を皮がかたくなったとも知らずに持ってきたものと考えることにしていたのだ。

ところが今日、古鉄《ふるがね》屋の娘、おそめが稽古にきた。昼前の稽古が長びいて、八つ近くになってから、昼食の茶碗《ちゃわん》と塩鮭《しおざけ》の皿を長火鉢の猫板にならべた時だった。出直せと言うのも可哀《かわい》そうで、おゆみはおそめを茶の間に上がらせて、羊羹《ようかん》を切ってやった。

「おっ師匠《しょ》さん、ゆっくり召し上がっておくんなさいね」

と、おそめは、はしゃいだ口調で言った。

陽気で屈託がなく、唄の覚えもわるくない娘なのだが、いつも、稽古より噂《うわさ》話に身を入れている。黙って羊羹を食べてはいまいと思った通り、「あのね、おっ師匠さん」と、膝《ひざ》をすすめてきた。

「ほら、須田町の二丁目に、三根屋っていう筆屋さんができるでしょう。おっ師匠さん、ご存じ？」

茶漬けを流しこんでいたおゆみの箸《はし》がとまった。

「八百屋のおまきさんがね、言うんですよ。三根屋の若旦那《わかだんな》って、役者にしたいっていうのとはちがうけど、いい男なんだって」

「おや、まあ」

平静を装《よそお》ったが、むりに香の物をつまんだ箸が震えていた。

「でね、一丁目の裏通りの絵草紙屋さんのおかみさん、おむらさんっていいましたっけ。ほら鍋町の、越前屋《えちぜんや》さんの、ご隠居さんの思い者だったっていう人――」

頬のひきつれてくるのが、自分でもよくわかった。般若《はんにゃ》のような形相《ぎょうそう》になるかもしれない顔を隠そうと、おゆみは、残り少なくなった茶漬けに湯をそそぎ、茶碗を口許《くちもと》へ持っていった。

「おまきさんはね、ずいぶんと年齢《とし》がちがう筈《はず》だのに、おむらさんと仲よしなんですよ。それで時々おむらさんのうちへ遊びに行くんですけど、一昨日、お煎餅《せんべい》を持って遊びに行ったら、その若旦那がみえていたんですって」

一昨日だって？

そうわめきたくなる口の中へ、おゆみは、熱い茶漬けを流し込んだ。

一昨日といえば、おゆみと約束があった日ではないか。

胸が煮えたぎってきたのは、熱い茶漬けが胃の腑へ流れていったせいばかりではないようだった。

「知り合いの人だって、おむらさんは言ったらしいんですけど、ただの知り合いかどうか、ちょいと見りゃわかりますよね。おまきさんも、邪魔をしないようにってんで、一昨日はすぐに帰ってきたと言ってました。その時、おむらさんの横に、お饅頭の包があったんですって」

おゆみは息苦しくなってきた。

「でも、おむらさんは近所でも評判の大酒飲みでしょう、お饅頭なんか、食べるわけがないじゃありませんか。それでね、おまきさんは昨日また、おむらさんのうちへ行ったんだそうです。三根屋さんの若旦那が持ってきたお饅頭なら、おむらさんが食べるのかどうか知りたかったなんて、ばかなことを言ってましたけど、わたしは、おまきさんがもう一度若旦那の顔を見たかったのだと思うな」

羊羹を爪楊枝《つまようじ》で切っては食べているおそめは、おゆみの呼吸が荒くなっていることに、まるで気づかないようだった。

「おむらさんがお饅頭を食べたかどうか、おっ師匠さんはどう思われます？」

「食べやしませんよ」

「大当り。あのね、おっ師匠さん――」

おそめは、さらに膝をすすめた。

「お饅頭はね、若旦那が、ちょいとからかっている女の人に持って行くつもりだったんですって。一昨日その女の人のとこに泊まる約束があったのに、おむらさんのとこへ、その女の人に上げるお饅頭を持って泊まりにきたんですって」

おゆみは、茶碗と皿を持って立ち上がった。おそめは、おゆみが汚れものを台所へはこんで行くと思っていたことだろう。

「そのお饅頭を、若旦那が女の人に持って行ったっていうから、呆《あき》れちまうじゃありませんか。約束を反古《ほご》にしても、みやげさえ買って行きゃあいつは喜ぶって若旦那が言ったっていうんですけど、それをおまきさんに話す、おむらさんもおむらさんじゃありませんか。さすがのおまきさんも、いやになったって……」

そのあとの言葉は聞いていなかった。おゆみは、勝手口から外へ出た。おっ師匠さん――と呼ぶおそめの声が二度ばかり聞えたが、おゆみは、ふりかえりもせずに歩き出した。

それから先は、よく覚えていない。小舟町の三根屋へ行って、若旦那は出かけていると言われたような気もするし、それは数日前のことだったような気もする。が、中次郎はおむらの家にいると、頭にも胸にも刻み込まれているところを見ると、小舟町へ行ったのだろう。

そして、どういうわけか青物町へ行って、出刃庖丁《ぼうちょう》を買った。人目をひかぬよう、小舟町や連雀町の近くで庖丁を買わない方がいいと、霧がたちこめているような頭で考えていたのかもしれない。

おゆみは、唇をへの字に曲げて苦笑した。

顔を知られている町で庖丁を買えば、おゆみを見たと言う者が確かにあらわれるだろうが、土気色をした顔でふらふらと歩いていれば、かえって人目をひくことが多い筈だった。

「とすれば――」

おゆみは、かすかに明りの洩《も》れている唐紙をふりかえった。もと定町廻り同心だったというあの男は、土気色をしたおゆみの顔を見て、この医者の家へ連れ込んだのかもしれなかった。

何か、ご心配をかけましたようで――と、女は玄庵に言っていた。

先刻にくらべると、声音《こわね》も口調も落着いていて、話の内容も筋道が通っている。女は料理屋の娘で、父親の大事にしている出刃庖丁を奉公人の足の上に落とし、怪我《けが》をさせた怖さと、父親に叱《しか》られる怖さとで家を飛び出したというのである。血に染まった庖丁は捨て、夢中で新しいものを買いにきたらしい。

「そろそろ帰ってあやまらないと、どこまで心配をさせる気かと、なおさら父親に叱られそうな気がします」

　と言う女に、玄庵は、ろくな反論もできずに戻ってきた。

「もう勘弁してくれよ」

と、玄庵は、寝床に戻っていた慶次郎に言った。

「これ以上ひきとめると、かどわかしの罪になる」

まったくだ——と慶次郎は笑った。確かに、気持の落着いてきたらしい女をひきとめておく理由はない。

が、父親が人違いで捕えられたことがあり、町奉行所を嫌っているので、定町廻りに送ってもらうのは困るというのは、どう考えても、女が無理にひねり出した理由のように思えた。ということは、女はまだ、人の命を奪おうと思いつめていることになる。

　慶次郎は、女の頼みで駕籠《かご》を呼びに行く玄庵の弟子を手招きした。持っていた金を懐紙につつみ、これを駕籠舁《かき》に渡して、できるだけゆっくり走るよう頼んでくれと言うと、弟子は、まかせて下さいと胸を叩《たた》き、一番星のまたたきはじめた道を駆けて行った。

　玄庵が、また女に呼ばれた。

「何ですと？」

玄庵は絶句しているらしい。

何を言っているのかはよくわからないが、女の声が聞えて、玄庵が戻ってきた。

「負けたよ」

玄庵は、額に浮かんだ汗を拭《ぬぐ》いながら苦笑した。女は、帰る前に慶次郎を見舞いたいと言ったという。

「お前さんは仮病と気づかれたようだ」

「見舞わせてやるさ」

慶次郎は、掛布団《かけぶとん》を口許まで引き上げた。

「これでこっちにも、あの女が嘘《うそ》をついているとわかった。俺は、駕籠をつけて行く」

「あいかわらずだな」

「放っておいたら可哀そうじゃねえか。おそらく相手は男だろうが、そいつに出会わなければ、あの女は人を殺そうなんぞと思わずにすんだのだ。会っちまったものをどうすることもできねえが、庖丁を振りまわさねえようにすることなら俺にもできる」

人が人殺しになるかならぬかは紙一重、その紙を剝《は》ぐか剝がぬかは、その時まわりにいた者次第ということもある。言葉を換えれば、俺にも責任があるということになる。あの女に人殺しの罪を犯させずにすむかもしれぬのに、黙って見ていることはできない。

弟子が、駕籠を呼んできたようだった。

入ってもよろしゅうございますかと、女が唐紙の向うから声をかけてきた。玄庵は、慶次郎の顔色をはっきりと見せぬつもりか、行燈《あんどん》を遠ざけてから、「どうぞ」と答えた。唐紙が開いて、女が入ってきた。作法通りに閉めて立ち上がると、寝床からは遠い明りが女を照らした。細かな網代模様《あじろもよう》がよく似合う女だった。

「まだ眠っております」

と、玄庵が言い、女が低い声で笑った。狸《たぬき》寝入りという言葉を思い出したのかもしれなかった。

女は、枕《まくら》もとに坐《すわ》って慶次郎の顔をのぞき込んだ。しばらく息を殺していたが、女の立ち上がる気配はない。薄目を開けると、女は、それを待っていたように「帰ります」と言った。地獄へ帰ると言ったように、慶次郎には聞えた。

が、女は、落着きはらって玄庵に挨拶《あいさつ》をした。

「有難うございました。では、遠慮なく駕籠《かご》に乗って、小舟町まで帰らせてもらいます」

「小舟町の、何という料理屋ですか」

玄庵は、よけいなことを言いながら女を送って玄関へ出て行った。慶次郎は、飛び起きて勝手口へまわった。

頬かむりをして尻《しり》を端折《はしょ》り、玄庵のものらしい草履《ぞうり》を突っかけて、庭から玄関へ向う。

「お気をつけて」と、玄庵が合図の声を張り上げて、駕籠舁の掛声が聞えてきた。

玄庵の弟子から事情を聞いているのか、駕籠舁は、慶次郎の姿が見えるのを待っていたようだった。慶次郎は、右手を軽く上げてみせて早足になった。

駕籠舁の足は、通行人に追い越されるほどのろい。が、八丁堀を出ると、小舟町へは向わずに、通町《とおりちょう》へ出た。

駕籠舁の掛声がとぎれたのは、女が、もっと早く走ってくれと注文をつけているのだろう。「先棒、頼むぜ」という駕籠舁の声が聞えたが、足はさほど早くならなかった。日本橋を渡り、室町《むろまち》、十軒店《じっけんだな》を通って、駕籠は今川橋に向っている。神田へ入るようだった。

女は、じれているらしい。垂れを跳ねあげて、白い顔を出した。慶次郎は咄嗟《とっさ》に、大戸をおろした商家の軒下に入り、たまっている闇《やみ》の中に身をひそめた。駕籠舁の足は多少早くなって鍋町と通新石町《とおりしんこくちょう》を通り過ぎ、須田町一丁目で止まった。

慶次郎は、ふたたび商家の軒下に入った。

女は、不服そうな顔で駕籠から降りた。急いでくれと頼んでも、まるで早くならなかった駕籠舁の足が気に入らなかったのだろう。それでも、酒手は玄庵からもらっていると言う彼等に、いくらかの銭を渡している。

女は、庖丁の入った木箱をかかえて歩き出した。人通りの絶えた横丁を曲り、裏通りへ出て足をとめる。木箱を捨て、出刃庖丁を帯の結び目に隠そうとしているらしいが、庖丁は素直に言うことをきいてくれず、帯の端を切ったようだった。

ばか──。

軒下にいる慶次郎は、舌打をした。

女は指を舐《な》めている。今度は指を切ったのだろう。が、何とか庖丁を結び目に納め、夜の闇を吸い込んでいるような路地に入った。

路地の右側は、黒板塀の仕舞屋《しもたや》だった。左側の家には看板が下がっていて、そばへ寄って見ると、『さうし』の文字が読みとれた。絵草紙屋だった。

路地を入って行った女は、その裏口を叩いている。

「開けておくんなさい、おむらさん。わたしゃ、このうちにきていなさるお方に話があるんです」

開くまいと思った腰高障子が開いて、女の笑う声が聞えてきた。

「さあ、どうぞ。お話をしなすったところで無駄と思うんですけどねえ」

慶次郎は路地へ飛び込んだ。女をうまく押えつけたつもりだったが、役目を離れてからの月日が、多少、軀《からだ》の動きを鈍らせていたらしい。女が帯の結び目から引き出そうとした出刃庖丁が、慶次郎の腕を切った。深い傷ではなかったが、血の雫《しずく》が障子にたれた。路地に悲鳴が響いた。おむらと呼ばれた女が上げたものだった。

と、慶次郎はおむらを叱りつけて、足許《あしもと》を見た。足許には、障子を汚した血の雫を見て、声を出すことすらできなくなった女が蹲《うずくま》っていた。

「わかったかえ」

慶次郎は、ほっとして女を抱き起こした。血におびえた女は、二度と心中をせまろうとはしない筈であった。

「人を殺せば、もっともっと血が出るんだよ。決して気持のいいものじゃない。恨みが晴れるようなものじゃないんだよ」

女が慶次郎の胸に頬を埋めた。やがて、慶次郎の胸が暖かく濡《ぬ》れはじめた。女が泣き出したのだった。

物音に驚いたのだろう。二十七、八と見える男が裏口の土間へ降りてきた。慶次郎から見ると、妙にねっとりとした感じがするだけの男だった。

慶次郎の腕の中にいた女が、泣きながら短い言葉を呟《つぶや》いた。「ごめんなさい」と、男に詫《わ》びたようだった。

「放っておけ」

と、慶次郎は言った。男の声を聞けば、女の心はまた揺れる。

「口をきくんじゃないよ。それよりも、わたしを早く、医者へ連れて行っておくれ。さっきの玄庵先生がいいんだが」
胸の中の傾が、かすかにうなずいたような気がした。

解説

北上次郎

正直に書くと、北原亞以子のいい読者ではなかった。一九八九年に『深川澪通り《ふかがわみおどお》木戸番《きどばん》小屋《ごや》』で泉鏡花賞を受賞し、一九九三年に『恋忘れ草』で直木賞を受賞している作家だというのに、その作品の真価に気がついたのは一九九四年に刊行された『深川澪通り燈《ひ》ともし頃』であったのだから、恥ずかしい。私の場合、こういうことはよくあって、小野不由美の傑作ファンタジー「十二国記シリーズ」の存在に気がついたのも第五部の『図南《となん》の翼』が刊行されたときだったから、恥ずかしいほど遅すぎる。しかし遅すぎたぶんだけ熱狂的な読者になるのもこういう場合の常で、小野不由美の話は別の機会にすることにして、それ以降は北原亞以子の新刊を待ち望むようになった。それはもちろん、この『深川澪通り燈ともし頃』を読んで、ぶっ飛んだからだ。何なんだこれは。それまでに読んできた人情話と微妙に異なっていて、そのズレがとにかく新鮮だった。ここは、『慶次郎縁側日記』の魅力について語る場なのだが、木戸番小屋シリーズの斬新《ざんしん》さを語ることによって、慶次郎シリーズの美点を浮き彫りにしたいと思う。そういうわけで、少しだけ遠回りする。最初にお断りしておくが、具体的な内容に触れざるを得ないので、その点はご勘弁いただきたい。

『深川澪通り燈ともし頃』は二篇の中篇を収録しているが、そのうちの一篇「たそがれ」を見る。この主人公はお若。三十五だ。十七年前に綱七と知り合って、故郷に妻子があると知りながら、綱七が江戸に出てきたときだけ一緒に暮らす生活をしている。だから、淋《さみ》しい。「一人暮らしを選んだのは、結局、お若なのだ。独り者のふりをした綱七に、騙《だま》されたという言訳はできる。妻子とは別れると言った綱七の嘘《うそ》を、責めることもできる。が、独り者だという嘘も、妻子とは別れるという嘘も、信じてしまったのは自分なのである」とわかってはいても、やっぱり身を切られるように淋しい。その行き場のない感情を、物語の中でどこに落ちつかせるのか。道筋としては当然そうなってくるから、期待して読み進むと、北原亞以子は意外なゴールを用意するのである。その結論を書く前に、もう一篇「藁《わら》」のほうがその構造が見えやすいと思われるので、先にこちらについて書いておく。煙草《たばこ》売りの政吉が店を持つことになり、同時に狂歌が本に載ることになったという幸せな報告からこの中篇は始まるが、それからいろいろなことがあって（それをここに書くと興《きょう》を削《そ》ぐのであえて触れないが）、どうにもならなくなるラストが白眉《はくび》。事態は何ひとつ解決することなく、すとんと終わるのである。それでもそれが見事なラストだと読者が納得するのは、最後の二行が「ここでどう区切りをつければよいのか、まだわからない。が、木戸番夫婦もうなずいてくれる方法が、きっとある筈《はず》だと思った」というものであるからだ。つまり、問題は苦しみ、悩み、迷う感情の揺れ動きであり、それさえ落ちつくことが出来るのなら事態は解決したに等しいのである。現実などはあとからついてくるのである。行き場のない感情そのものが問題なのだ。で、この場合はその落ちつく先を笑兵衛とお捨の木戸番夫婦に求めるという構造に留意したい。政吉のかかえる問題は何ひとつ解決していないけれど、とりあえず今のどうにもならない感情を木戸番夫婦に預けてしまえば、先に進むことができる。かくて政吉の再出発を暗示して物語は見事に閉じる。「たそがれ」に話を戻せば、ラスト近くのお若の述《じゅっ》懐《かい》を見られたい。

「一人前の女なら、たちのわるい男に騙されたと泣いたりはすまい。たとえ寝床を涙で濡《ぬ》らしても、人前では、色恋沙汰《ざた》を教える寺子屋へ高い束脩《そくしゅう》をおさめたから、今度は教えてあげると、見栄を張るのではあるまいか。そして、多分、中島町澪通りのお捨も笑兵衛も、人に泣き顔を見せるのは野暮と、世を拗《す》ねたい時にも見栄を張って、ころがるような笑い声を響かせていたにちがいない」

ここでもお若のかかえる問題は何ひとつ解決していないが、お捨や笑兵衛だって泣きたいこともあれば、世を拗ねたいことだってあるはずなのに、見栄を張って生きているではないか。ならば私にどうしてそれが出来ないのか、と考えることによって自分を救おうとする構造に注意。つまり、木戸番小屋シリーズにとって、お捨と笑兵衛は行き場のない感情を引き受ける物語的装置なのである。この構造が実に新鮮だった。自分で解決できる問題ならば、これほど悩みはしない。どうやっても解決できない問題を抱えているから立ち止まっているのだ。とがった感情を持て余しているのだ。しかしとがった感情を抱いたまま前に進むことはできない。そこでそのささくれだった感情を宥《なだ》めてくれる装置が必要になり、お捨と笑兵衛が登場するというわけである。

もちろん、北原亞以子の小説であるから、すべてが単一なわけではない。シリーズ第一作の『深川澪通り木戸番小屋』にも目を向ければ、「忘れもの」のおちせと、「ともだち」のおすまの問題は解決するし、「坂道の冬」にいたっては、おていの問題に見せながら、行き場のないのはお捨のほうだったという逆立ち構造がミソ。であるから、すべてが「藁」や「たそがれ」のように展開するわけではない。しかし木戸番小屋シリーズを貫く趣向は、お捨と笑兵衛のそういう役割であったと思う。

ということを前提にすれば、慶次郎シリーズの美点も見えやすくなる。このシリーズには魅力的な人物が少なくないのだが、誰を中心に語ろうか。やっぱり吉次だ。この男について語りたい。この岡っ引は「あまり性質《たち》のよくない男で、十手《じって》をちらつかせて商家を強請《ゆす》っているのを見つけたことがある」と慶次郎に紹介されるが、けっして単純な悪党ではなく、陰影に富む魅力的な男といっていい。当の吉次は次のように述懐している。

「人が懸命に隠していることを探し出し、それをちらつかせて収入を得るのも、疲れることなのだ」「気にしないようにはしているものの、それでも、あいつ恨んでいるだろうなと思うことがある。それを苦にして自害をはかったなどという話を聞けばなおさらだ。わるいことをしたと思ってしまう心を踏みつぶすのも、楽ではないのである」

惚《ほ》れた女を女房にして、貧乏させなければ岡っ引の女房もわるくないと思ってくれるのではないかと叩《たた》けば埃《ほこり》の出そうなやつを探して強請りに精を出すものの、女房はざる売りと駆け落ちして、今ではそば屋を営む妹夫婦の二階で独り暮らし。この女房はのちに物語に登場してくるが、それは別の話。その吉次が空樽《だる》売りの少年源太と知り合う「似たものどうし」をまず見よう。この少年が吉次には他人事《ひとごと》ではない。「昔の吉次がそうだった。母親が病いで逝《い》ったあと、酒びたりの父親と妹のおきわをかかえて、金になることばかりを探していた。強請りはもっとも得意にしていた」。そういう昔の吉次に源太はそっくりなのである。

強請りでおしんを助けようとする源太に「そんな金で助けられたって、おしんちゃんは喜ばねえぜ」と言うのは、あこぎな探索で金を稼ぎ、妹を助けたつもりでいたが、しかし妹はありがたさとは別の重苦しさが胸の底に残っているにちがいないと思うからだ。吉次が二階に居候《いそうろう》していては迷惑なはずなのに、どこかに引っ越してくれと言わないのはそのためだ。だから、源太を止める。「強請りを子供が覚えてよいわけがない。覚えてしまえば、次々に人の秘密を探り出そうとするようになり、ついには女房の秘密までほじくり返してしまう」から、そんなことはやめろと言う。しかし、ではどうしたらいいのか。何もしなければ、おしんの姉を身請けできない。問題はそれだ。そのことで源太の感情はとがっているのである。この短篇のラストを紹介しないと物語構造が説明できないので書いてしまおう。「強請りも、岡っ引にまかせておいた方がいい。おしんの姉を取り返すくらい、どこかの商家から引き出してやる」という吉次の決意で、この短篇はすとんと終わるのである。つまり、源太の行き場のない感情を吉次が引き受けるのだ。木戸番小屋シリーズにおけるお捨と笑兵衛の役割を、吉次がつとめるのである。

もちろん、吉次はお捨と笑兵衛ではない。たとえば『再会』に収録の短篇「晩秋」を読まれたい。これは見事な短篇だ。まず、行き場のない感情を持て余している吉次が出てきて、次に、これも金を落として途方に暮れる幸助が出てきて、最後に、嫁の実家に向かう五兵衛が出てくる。三人ともに独りもので、なんだか体の中が風を吹いているように感じている男たちだ。たたみかける導入部から、一気にこの三人が絡《から》んでくる展開が秀逸。幸助は五兵衛の巾着《きんちゃく》を狙《ねら》っていて、吉次はその現場を捕まえようとするのだが、なんと五兵衛は幸助の味方をする。五兵衛の言い分はこうだ。「見ず知らずの年寄りが転んだというのに、駆け寄ってきて抱き起こしてくれたのである。しかも数日後に、具合はどうだと言ってたずねてきてくれた。金くらい、何だというのだ」

ここからあとは吉次の推測になる。並の男であれば、幸助は五兵衛の気持ちが身にしみてまともな人間になるまでは五兵衛に会うまいと思うだろうが、意地も張りもない男だから、臆面《おくめん》もなく五兵衛の家に住みついて、家賃を集める役目を引き受けるだろう。で、こう続けて考える。「ま、二人で暮らすようになっても、すぐに五兵衛は癇癪《かんしゃく》を起こし、幸助も、雨の日に家賃を集めに行くのはどうのこうのと言い出す筈だ。早く言えば、幸助が飛び出すか、五兵衛が幸助を追い出す。ざまあみろってんだ」。そして最後にこう述懐する。「幸運なんてものは、そう簡単にゃこねえんだよ」

お捨や笑兵衛ならこうは思わないだろうから、吉次はやっぱり吉次だ。だから、「似たものどうし」で、吉次がお捨や笑兵衛の役割をつとめたのは、この慶次郎シリーズにお捨や笑兵衛が不在であることを表していると考えたほうがいい。

本来なら、慶次郎シリーズでは森口慶次郎がその役割なのだろうが、この男はそうではない。元南町奉行所同心で、下手人を捕まえることよりも、下手人を作らないことが大切だと考える男だから「仏の慶次郎」と言われるものの、「考えようによれば、仏の慶次郎という同心時代の異名も、悪人を捕えるというお役目にどこか中途半端なところがあったがゆえに、つけられたのではないか」と本人は反省しているし、たとえば「春の出来事」の冒頭では「気に入らぬ嫁ではない。むしろ、三千代と祝言《しゅうげん》をあげる筈だった晃之助《こうのすけ》のもとへ、よくぞこれほどの娘が嫁いできてくれたと思っている。慶次郎が顔を出せば、皐月《さつき》は大喜びで酒よ料理よと走りまわるだろう。それが、わけもなくひねくれてしまった今日の慶次郎には鬱陶《うっとう》しい」と思っているのである。「晃之助や皐月のような養子夫婦がいてさえ、ふと、行きどころがないような気持になる」のだから、この男も吉次同様に、彷徨《ほうこう》を続けているといっていい。しょせんは独りだと思う飯炊《めした》きの佐七。妻が殺された傷をずっと抱えている辰吉など、慶次郎以外の男たちもみんな、そういう感情のなかにいる。

つまり、このシリーズでは木戸番小屋シリーズにあったお捨と笑兵衛という物語的装置をあえて外しているのである。従って、「律儀者《りちぎ》」のおとき、「片付け上手」のおはる、「花の露」の卯之吉《うのきち》など、お捨や笑兵衛が不在でも問題が解決してしまう人間たちもいるけれど（特に秀逸なのは「あかり」で、晃之助が指し示す具体的な方向と展開は見事。この男を主人公にすれば、木戸番小屋とも慶次郎シリーズとも異なるシリーズが生まれるような気がしてならない)、「早春の歌」の若者たち、「八百屋お七」のお勢、「やがてくる日」のおはまなど、行き場のない感情をかかえたまま生きていかねばならない人間たちの姿が描かれることになる。木戸番小屋シリーズがある種のファンタジーであったとするなら、これは我々の現実だ。すなわち、この二つのシリーズは対になっている。そうも言えるだろう。慶次郎シリーズが淋しく悲しい我々の現実の諸相を鮮やかに描き出すことに成功したのは、慶次郎をお捨と笑兵衛にしなかったからである。観察者に徹したからである。それがこの慶次郎シリーズに託した作者の意図であると思うのだが、どうか。

(「小説新潮」二〇〇一年三月号より再録、文芸評論家)

この作品は平成十年九月新潮社より刊行された。

〈編集部注〉本書に収録されている短編「その夜の雪」は、既に新潮文庫から刊行されました短編集『その夜の雪』に収録されていますが、「慶次郎縁側日記」シリーズの第一作であるため、あえて再収録いたしました。

傷《きず》
慶次郎縁側日記

新潮文庫　き－13－4

平成十三年四月一日発行
平成十六年九月十日十二刷

著者　北《きた》原《はら》亞《あ》以《い》子《こ》

発行者　佐藤隆信

発行所　株式会社新潮社

郵便番号　一六二―八七一一
東京都新宿区矢来町七一
電話　編集部(〇三)三二六六―五四四〇
　　　読者係(〇三)三二六六―五一一一
http://www.shinchosha.co.jp

価格はカバーに表示してあります。

乱丁・落丁本は、ご面倒ですが小社読者係宛ご送付ください。送料小社負担にてお取替えいたします。

印刷・大日本印刷株式会社　製本・憲専堂製本株式会社

ISBN4-10-141414-9 C0193